던전에서 만남을 추구하면 안 되는 걸까

오모리 후지노
OMORI FUJINO

일러스트 야스다 스즈히토
YASUDA SUZUHITO

김완 옮김

6

© Suzuhito Yasuda

던전에서 만남을 추구 하면 안 되는 걸까

6

오모리 후지노 지음 | 야스다 스즈히토 일러스트 | 김완 옮김

S NOVEL

헤파이스토스 HEPHAISTOS

벨프가 속한 【헤파이스토스 파밀리아】의 주신. 헤스티아와는 천계 시절부터 질긴 인연으로 맺어진 사이.

베트 로가 BETE LOGA

늑대 수인 웨어울프. '풍요의 여주인'에서 벨을 비웃었지만, 얼마 전 미노타우로스와 싸우는 모습을 보며 인식을 달리 한다. 【로키 파밀리아】 소속.

핀 디무나 FINN DEIMNE

로키 파밀리아 단장. 머리가 비상하다.
【로키 파밀리아】 소속.

티오네 히류테 TIONE HIRYUTE

아마조네스 자매 중 언니. 단장 핀에게 홀딱 반했다.
【로키 파밀리아】 소속.

오탈 OTTARL

【프레이야 파밀리아】에 속한 초 실력파 모험자.

미아흐 MIACH

【미아흐 파밀리아】의 주신.
주로 포션 같은 회복계 아이템을 판매한다.

헤르메스 HERMES

【헤르메스 파밀리아】의 주신. 파벌들 사이에서 중립을 표방하는 여리여리한 남신. 기민하고 빈틈이 없다. 누군가의 명령으로 벨을 감시하도록 부탁을 받은 것 같은데……?

타케미카즈치 TAKEMIKAZUCHI

【타케미카즈치 파밀리아】의 주신.

오우카 OUKA

【타케미카즈치 파밀리아】 단장.

로키 LOKI

오라리오 최대 파벌인 【로키 파밀리아】의 주신. 의문의 가짜 관서 사투리를 쓴다.
권속인 아이즈를 아낀다.

리베리아 리요스 알브 RIVERIA LJOS ALF

오라리오에서도 손꼽히는 실력을 자랑하는 로키 파밀리아의 부단장. 종족은 하이엘프.
【로키 파밀리아】 소속.

티오나 히류테 TIONA HIRYUTE

아마조네스 모험가. 자칭 아이즈의 절친.
티오네는 쌍둥이 언니.
【로키 파밀리아】 소속.

프레이야 FREYA

【프레이야 파밀리아】의 주신.
신들 중에서도 손꼽히는 미모를 가진 '미의 여신'.

시르 플로버 SYR FLOVER

주점 【풍요의 여주인】의 점원.
우연한 만남으로 벨과 친해졌다.

나자 에리스이스 NAZA ERSUISU

【미아흐 파밀리아】의 유일한 단원.
미아흐에게 접근하는 여성들에게 질투심을 불태운다.

아스피알안드로메다 ASUFI AL ANDROMEDA

수많은 매직 아이템을 개발하는 아이템 메이커. 【헤르메스 파밀리아】 소속.

미코토 MIKOTO

극동 출신 휴먼. 한 번 미끼로 삼았던 벨에게 용서를 받은 데에 은혜를 느끼고 있다.
【타케미카즈치 파밀리아】 소속.

치구사 CHIGUSA

【타케미카즈치 파밀리아】 소속 단원.

헤스티아

HESTIA

인간과 아인을 넘어선 초월존재인, 천계에서 내려온 신. 벨이 속한【헤스티아 파밀리아】의 주신. 벨이 정말 좋아!

벨 크라넬

BELL CRANEL

본 작품의 주인공. 할아버지의 가르침 때문에 던전에서 멋진 헤로인과 만날 날을 꿈꾸는 신출내기 모험자.【헤스티아 파밀리아】소속

릴리루카 아데

LILIRUCA ARDE

'서포터'로 벨의 파티에 들어온 소인족 파룸 소녀. 보기보다 힘이 장사.【소마 파밀리아】소속.

아이즈 발렌슈타인

AIS WALLENSTEIN

아름다움과 강함을 겸비한 오라리오 최강의 여성모험자. 별명은【검희】. 벨에게는 동경의 존재. 현재 Lv.6.【로키 파밀리아】소속.

류 리온

RYU LION

엘프. 원래는 뛰어난 모험자였다. 현재는 주점 '풍요의 여주인'에서 점원으로 일한다.

벨프 크로조

WELF CROZZO

벨의 파티에 들어온 스미스 청년. 벨의 장비〈강총이 Mk-II〉의 제작자.【헤파이스토스 파밀리아】소속.

에이나 튤

EINA TULLE

던전을 운영하고 관리하는 '길드' 소속 접수원. 벨과 함께 모험자 장비를 구입하는 등 공사 양면에서 도와준다.

CHARACTER & STORY

미궁도시 오라리오——통칭 '던전'이라 불리는 장대한 지하미궁을 보유한 거대도시. 모험자가 되려는 소년 벨 크라넬은 이 도시에서 여신 헤스티아와 만나【헤스티아 파밀리아】의 일원이 된다. 그리고 서포터 릴리, 스미스 벨프가 동료가 되어 던전에서 수많은 모험을 겪는다. 한편으로는 동경하는【검희】아이즈 발렌슈타인과는 엇갈리기만 할 뿐. 그런 가운데 신 아폴론이 벨에게 심상찮은 뜨거운 시선을 보내게 되는데……?

커버 그림, 본문 일러스트 | **야스다 스즈히토**

프롤로그 **달** 밤의 화근

담담히 빛나는 달에 엷은 구름이 걸려 있었다.

올려다보면 빨려 들어갈 것 같은 밤하늘에 흩어진 조각 구름은 별빛을 가린다.

많은 이들이 잠든 저녁 시간.

술에 찌든 모험자들이 눈부시고 소란스러운 도시 중심부를 떠나가는 어스름한 거리 한구석.

어둠 속에 몸을 숨기듯 어떤 한 건물로 숨어든 소녀는 신과 면회를 하고 있었다.

"부탁드려요, 소마 님. 릴리를, 【파밀리아】에서 퇴단시켜 주세요……."

절박하게 애원하는 그 목소리가 떨렸다.

낡은 로브로 온몸을 감싼 소녀 릴리는 무릎을 꿇고 깊이 고개를 조아렸다. 동그란 밤색 눈은 크게 뜨인 채 바닥 한 점만을 바라보았다.

그녀의 목소리가 향한 곳, 이름을 불린 남자 신은 방 한 구석에서 무릎을 끌어안고 있었다.

창문으로 달빛이 스며드는 실내. 벽 한쪽을 온통 메운 선반에는 식물의 모종, 투명한 술병이 놓여 있다. 파벌의 홈, 【소마 파밀리아】를 통솔하는 주신의 방이었다.

릴리는 파벌 이적을 청하고자 소마를 알현하고 있었다.

진정한 의미에서 파벌의 주박으로부터 벗어나기 위해──
──가슴을 펴고 벨과 벨프의 곁에 서기 위해──그녀는 기회를 봐 자신의 주신을 찾아간 것이었다.

【파밀리아】에서 탈퇴하려면——지금도 등에 새겨진 '팔나'를 컨버전하려면 주신인 소마의 협조가 반드시 필요하다.

"그간 소식이 없었던 것도 포함해, 제가 저지른 수많은 무례는 사죄드리겠어요. 하지만, 부디 자비를……."

고개도 들지 못하고 눈도 마주치지 못한 채.

두려워 떨듯 무릎을 꿇고 몸을 웅크린 그 모습은 주신에 대한 잠재적인 공포를 이야기하고 있었다. 자신을 환혹에 빠뜨렸던 '신주'의 마력, 그리고 이를 만들어낸 소마에게 릴리는 아직도 두려움을 씻지 못했다.

한편 소마는 아무런 반응도 보이지 않았다.

중간키의 청년 신이었다. 몸의 선은 가늘고 어딘가 섬세한 인상이 엿보였다. 낙낙한 로브 비슷한 옷의 소매와 옷자락 언저리는 흙색으로 지저분했다.

지금은 두 무릎을 끌어안고 바닥에 주저앉은 채 벽을 향해 무언가 중얼거리고 있었다.

"운영 자숙……." "페널티……." "취미가……."

전혀 정리가 안 된 부석부석한 머리에는 생기가 없었으며, 긴 앞머리에 묻힌 얼굴은 분명 의기소침했다. 꼼짝도 하지 않은 채 릴리에게 등만 보이고 있다.

그때 릴리와 소마 이외의 목소리가 방 안에 울려 퍼졌다.

"소마 님은 바쁘시다. 이야기는 내가 들어주마, 아데."

무릎을 끌어안은 채 움직이지 않는 주신의 곁에 휴먼 남성이 서 있었다.

안경을 낀 선이 가는 얼굴은 이목구비가 뚜렷했다. 까만 눈동자는 날카로웠으며, 이지적인 척하지만 감출 수 없는 음험함이 입가의 웃음에서 배어나왔다.

"하지만 네가 살아 있을 줄이야. 카누에게서는 죽었다고 보고를 받았다만?"

자칫 새어나올 뻔한 혀 차는 소리를 릴리는 입 안에서 삼켰다.

자니스 루스트라.

【소마 파밀리아】의 단장이자 Lv.2인 상급모험자.

별명은 【간다르바】.

랭크 업을 해 신주 '소마'의 마력에 휘둘리지 않는 강인한 마음을 가졌다.

거의 파벌을 통솔하려 들지 않는 주신을 대신해 그가 단원들에게 지시를 내리는 일은 적지 않다. 아니, 단장이라는 지위를 이용해——주신의 이름을 멋대로 이용해——사리사욕을 채우고자 조직원들을 부리는 일도 흔했다. 릴리를 킬러 앤트의 무리 속에 집어던져 죽이려 했던 동료 카누와 마찬가지로 약자에게서 착취하는 쪽의 사람이었다.

릴리는 이제까지 자신이 죽은 척 위장을 하고, 오늘도 단원들과 맞닥뜨리지 않도록 이목을 피해 소마를 찾아왔는데, 가장 만나고 싶지 않은 인물과 만나고 말았다.

"그 카누 패거리도 바로 얼마 전부터 소식이 끊어졌다만…… 네가 한 짓이냐?"

"……몰라요."

여전히 희미한 웃음을 짓는 사내의 물음에 짐작 가는 바가 없는 릴리는 솔직하게 대답했다.

분한 감정이 드러나지 않도록 고심하면서, 목소리를 억누르고, 눈만으로 자니스 쪽을 살폈다.

"자니스 님……. 릴리의 용건에 대해, 부디 소마 님께 말씀드려 주세요."

"아, 그랬지. 이야기를 다시 되돌리자."

천천히 고개를 끄덕이는 자니스는 어딘가 연극적인 몸짓으로 천천히 다음 말을 꺼냈다.

"퇴단에 대해서 말이다만, 물론 대가가 없다고는 할 수 없지. 이제까지 너를 길러주신 소마 님께 보답하려면——천만 발리스 정도는 필요하겠군."

릴리는 처음 몇 초 동안은 움직이지 못했다.

자니스의 말을 이해한 후, 크게 숨을 삼켰다.

"소마 님, 어떠십니까?"

"……일임하마."

돌아보지도 않고, 눈길조차 주지 않은 채, 벽에 던지면 튕겨 돌아오는 돌처럼 소마는 자니스의 목소리에 대답했다.

"처, 천만 발리스……."

그 결정에 릴리는 창백해진 것과 동시에 할 말을 잃었다.

껍질 속에 틀어박힌 주신의 귀에 자신의 목소리는 들리지 않는다. 큭큭 웃으며 이쪽을 내려다보는 자니스에게는 애초에 항의해봤자 의미가 없다.

실이 끊어진 인형처럼, 조그만 몸에서 힘이 빠져나갔다. 바닥에 쓰러질 뻔했지만 가느다란 팔로 간신히 지탱하고, 릴리는 긴 시간을 들여 일어났다.

얼굴에서 생기를 잃고 위태로운 발걸음으로 비척비척 소마의 방을 나갔다.

활짝 열린 쌍여닫이문으로 나가는 소마의 모습에 자니스가 입가를 틀어 올렸다.

그리고 잠시 후.

릴리와 자리를 바꾸듯 몸집이 큰 사람 하나가 들어왔다.

"이봐, 아폴론 쪽 놈들이 왔어."

커다란 표주박을 허리에 찬 무뚝뚝한 드워프였다.

제대로 시선도 맞추지 않은 채 오만한 태도로 자니스에게 말을 걸었다.

"수고했다, 찬드라. 뒷문 쪽 골방으로 안내해."

"몰라. 직접 하든가."

찬드라라 불린 드워프는 부루퉁한 얼굴로 되받아치고는 등을 돌렸다.

쓸데없는 대화를 싫어하는 듯 복도 안쪽으로 사라지는 그에게 자니스는 못 말리겠다는 양 어깨를 으쓱했다.

돌아서서 주신의 등에 말을 건다.

"그러면 소마 님, 제가 교섭을 하러 가겠습니다. 괜찮으시겠습니까?"

"……일임하마."

전혀 관심이 없다는 소마의 목소리에 자니스는 슬쩍, 코끝으로 웃었다.

눈동자 안에 조롱을 감춘 채 몸을 돌린다.

문을 닫는 소리가 들린 후, 방은 정적에 휩싸였다.

"…….."

홀로 남은 신은 갑자기 중얼중얼 거듭하던 혼잣말을 우뚝 멈추었다.

달빛을 받은 식물이 남색으로 물든 가운데 선반에서 술병을 꺼내 뚜껑을 딴다.

그리고 이를 찰랑찰랑 따른 술잔을 단숨에 들이켰다.

1장 ~

분노의 토끼

화창한 햇살이 조용한 포석을 내리쪼였다.

오늘도 날씨가 좋아 길을 오가는 사람들의 얼굴에는 웃음이 꽃피고, 즐거운 목소리가 대로 곳곳에 넘쳐났다. 인파도 마차 통행량도 이미 넘칠 지경이다. 넓은 메인 스트리트에는 오라리오의 주민들이며 행낭을 짊어진 여행자들이 바삐 돌아다녔다.

인파와 대로가 향하는 곳, 도시의 중심부에는 장대하고 아름다운 백색 거탑이 푸른 하늘 너머에서 우리를 내려다보았다.

"그래도 벨 씨 일행이 무사히 돌아와서 정말 다행이에요."

"어, 걱정을 끼쳐드려 죄송합니다……. 그리고 고마워요."

서쪽 메인 스트리트의 한 모퉁이, 주점 '풍요의 여주인' 옆에서 나는 시르 씨에게 몇 번째인지 모를 사죄와 감사를 보내고 있었다. 머리 뒤에 한데 묶은 잿빛 머리카락을 찰랑찰랑 흔드는 시르 씨는 우리가 18계층에서 생환한 데에 진심으로 기뻐해주었다.

계층 터주 골라이아스를 쓰러뜨리고 지상으로 돌아온 지 이미 사흘.

'중층' 탈출에 실패해 18계층까지 피난하는 고초를 겪었던 것이 일주일 전. 당시 지상에서는 수많은 사람들이 우리의 안부를 걱정해주었다고 한다. 눈앞의 시르 씨도 마찬가지라, 직접 던전까지 와주셨던 주신님이나 헤르메스 님과는 다르지만 동료인 류 씨를 보내 도움의 손길을 뻗어주었던 것이다.

엘프인 류 씨에게 많은 도움을 받은 나로서는 아무리 감사를 해도 모자랄 지경이었다.

물론 그런 시르 씨의 배려에 대한 기쁨도.

눈앞의 미소에, 나는 멋쩍음을 얼버무리려는 듯 쓴웃음을 지었다.

"몸은 이제 괜찮으세요?"

"네. 미아흐 님…… 친하게 지내는【파밀리아】분들께서 치료를 해주셔서요."

미아흐 님과 나자 씨의 특제 약초와 포션 덕에 전투에서 입었던 부상, 소모되었던 체력과 마인드도 사흘 동안 말끔히 회복되었다.

계층 터주를 격파했던 다음 날 지상으로 생환하고, 꼬박 이틀을 휴식에 쓴 나는 이렇게 짬을 내 아는 사람들에게 무사히 돌아왔다는 연락을 하고 다니는 중이다. 직접 찾아가 안심하는 모습을 보기도 하고, 꾸중을 듣기도 하고, 웃음을 사기도 하고 이러저러. 참고로 시르 씨에게는 돌아오자마자 즉시 얼굴을 보이러 갔으므로, 이렇게 기뻐하는 모습은 사실 두 번째였다.

햇빛이 내리쪼이는 지상, 밝은 일상으로 돌아왔다고…… 이렇게 시르 씨나 다른 사람들과 재회하면서 겨우 실감할 수 있었다. 많은 불안과 위험을 무릅썼던 만큼 기쁨도 컸달까.

정말, 돌아왔구나.

길을 오가는 인파에 에워싸여 뺨에서 힘이 빠져나가는 것을 알 수 있었다.

"시르, 가게를 비우면 또 미아 어머니에게……. 아, 크라넬 씨. 오셨군요."

"류 씨."

주점에서 시르 씨를 부르러 류 씨가 나왔다.

"안녕하세요."

"안녕하십니까."

인사를 하자 그녀도 예의 바르게 인사를 해주었다.

던전에 내려갔을 때 걸친 케이프와 배틀 클로스를 벗고 가게 제복을 입은 모습은 이제 완전히 주점 점원이었다. 그 강하고 아름다웠던 복면 모험자를 아는 나로서는…… 이 귀엽기도 한 웨이트리스 차림에 갭이랄까, 조금 신기한 기분을 느끼고 말았다.

"건강하신 것 같아 다행입니다. 던전에서 돌아오는 동안 크라넬 씨는 줄곧 죽은 사람 같은 표정이어서 걱정이 들었으니까요."

"그, 그때는 죄송했습니다……."

이것저것 무리를 하는 바람에 귀환할 때는 짐짝 상태였던 것을 사과하자, 그녀는 아니라며 살며시 고개를 가로저었다. 도톰한 입술이 살짝 누그러졌다.

……어쩐지 류 씨와 거리가 가까워진 것 같은 그런 기분이 들었다. 어딘가 다정하게 들리는 목소리라든가, 전보다

부드러워진 것 같은 표정이라든가. 언뜻 느껴지는 정도이 기는 하지만.

짧은 기간이었어도 던전 안에서 서로 힘을 합쳤던 일은 그녀에게 다가갈 계기가 되었는지도 모른다.

"……벨 씨, 류하고 아주 친해지셨네요."

"네, 넷?"

"그래도 엿보고 그러면 못쓰죠?"

"네, 넷……!"

빤히 노려보면서 손가락을 들어 불쑥 들이대는 시르 씨. 그녀의 주의에 신음하듯 대답할 수밖에 없었다.

첫 귀환 보고를 하러 왔을 때, 그놈의 **엿보기** 사건을 이 미 다 들었는지 시르 씨는 류 씨의, 그 뭐냐…… 알몸을 보 고 말았던 나를 꾸중했다. 아니, 혼쭐을 냈다.

그렇게 화를 내는 시르 씨는 본 적이 없었다. 연상인 그 녀의 설교는 나를 위축시키기에 충분했다. 아니, 그야 자 업자득이지만…….

내가 저질렀던 일에 대한 수치심과 반성으로 얼굴을 새 빨갛게 물들이며 나는 몸을 웅크렸다.

"시르, 그건 사고였습니다. 크라넬 씨를 책망하지 마십 시오."

"아이 참, 류는 어떻게 사고라고 단언하는 거야?"

"만약 삿된 마음이 있었다면 제가 그 자리에서 베었을 것입니다."

──이젠 두 번 다시 그런 잘못은 저지르지 않겠다고, 참살을 두려워한 나는 마음속으로 굳게 다짐했다.

　　뻣뻣하게 웃고 있으려니 시르 씨가 갑자기 물었다.

　　"그러고 보니 류에게 들은 거지만, 엄청난 몬스터와 싸웠다면서요?"

　　18계층에 갑자기 나타난 '골라이아스'를 말한다는 것을 알아차리고 그렇다고 대답했다.

　　"벨 씨가 쓰러뜨리셨다고 들었는데 사실이에요?"

　　"네? 아뇨, 그건……."

　　창졸간에 부정하는 말이 나올 뻔했지만, 류 씨의 겸손은 필요 없다는 눈빛에 나는 목소리를 꿀꺽 삼켰다. 자신을 폄하하는 행위는 관두라는, 목욕 장면 때 들었던 그 말을 떠올리고…… 뻣뻣하게, 시르 씨의 물음에 고개를 끄덕였다.

　　"와아, 대단해요! 벨 씨, 정말 어엿한 모험자가 되셨네요!"

　　"어, 그게……."

　　손뼉을 짝 마주치며 흥분해 뺨을 물들이는 시르 씨에게 쓴웃음을 지을 수밖에 없었다.

　　칭찬의 말과 존경 어린 눈빛은 매우 기분이 좋고 기뻤지만 자신 있게 가슴을 펴기는 어려웠다.

　　내기해도 좋다.

　　그 전장에서 함께 싸웠던 사람들 중 한 명이라도 없었다면 나는 여기 있지 못했을 것이다.

스킬 【아르고노트】 덕에 결정타를 날릴 수는 있었지만, 일격을 날릴 때까지 무방비했던 나를 감싸주었던 것은 다름 아닌 류 씨나 다른 모험자 분들이었다. 계층 터주는 물론 주위에 있던 몬스터의 무리에게 공격을 당했다면 버티지 못했을 것이다.

수많은 사람들에게 보호를 받고 도움을 받아서.

【파밀리아】의 벽을 넘어 일치단결했기에 승리를 거둘 수 있었던 것이다.

모두의 힘으로 쓰러뜨렸다고 말하는 편이 옳을 것이다.

"우리 주점 손님이 유명해지다니, 어쩐지 저까지 자랑스럽네요."

그런 나를 내버려둔 채 시르 씨는 자기 일처럼 기뻐해주었다.

가늘게 뜬 눈과 그 웃음에 멋쩍음을 느끼고 있으려니 그녀가 말을 이었다.

"괜찮으면 또 축하 파티를 하지 않겠어요? 모두 무사히 돌아오셨으니까요. 오늘 저녁은 어떨까요?"

전에 열었던 랭크 업 축하 파티에 이어 그런 제안을 받았다.

순수한 선의는 고맙지만…… 머릿속에 있던 어떤 인물의 모습이 떠오르는 바람에 나는 그만 사양하듯 대답하고 말았다.

"아뇨, 역시 폐를 끼쳐놓고 잔치를 하기는 좀……. 그 뭐냐, 미아 씨에게 고개를 들 수 없달까⋯⋯."

주점 여주인인 미아 씨는 우리를 수색하기 위해 허락도 없이 나갔던 류 씨에게 매우 화를 내셨다. 파밀리아 이외의 사람들에게 도움을 받았던 나에게도 어리광 부리지 말라고 호되게 꾸지람을 했다.

뇌리에 떠오른 미아 씨의 화난 얼굴이 너무 무서워서 한심하게 꼬리를 말고 말았다.

"후후, 무용담을 들려주시면 미아 엄마도 분명 기분을 풀어주실 거예요."

"하긴, 어머니는 모험자의 무용담을 매우 좋아하시지요."

그런 나를 보고 시르 씨는 재미있다는 듯 웃고, 류 씨도 담담히 설명을 보충해주었다.

어떠냐고 부드럽게 묻는 시르 씨의 마음에 감사와 미안함을 느끼며 나는 그 제안을 사양했다.

"미안해요. 이번에는 사양할게요. 오늘 밤에는 예정이 좀 있어서⋯⋯."

"아, 그랬나요?"

"크라넬 씨, 그건 혹시 아데 씨와 벨프 씨 이야기입니까?"

"네."

살짝 기쁨을 드러내며 고개를 끄덕였다.

류 씨의 말대로 오늘은 동료들과 선약이 있었던 것이다.

높은 시벽 너머에서 일몰이 끝나 도시는 푸른 어둠에 덮였다.

밤을 맞은 오라리오는 더욱 분주해졌다.

주점이며 광장에서 흘러나오는 활달한 환성과 음악. 시내 곳곳에서 마석등이 빛을 내고, 미궁에서 돌아온 모험자들을 더해 대로는 인파로 넘쳐났다.

특히 남쪽 메인 스트리트에 있는 번화가는 한층 붐볐다.

형형색색의 불빛이 길을 비추어 하늘의 별에 뒤지지 않을 만큼 빛을 뿜어낸다. 대로에 인접한 가게들은 모두 높고 크며 외견은 호화롭고 화려하다. 귀족이 이용하는 고급 주점이나 도박장, 대극장 등 도시의 다른 장소에서는 볼 수 없는 시설까지 여럿 존재한다. 번화가라는 이름에 부끄럽지 않게 남쪽 메인 스트리트는 항상 혼잡했다.

그런 대로에서 꺾어져 들어간 뒷골목 한 모퉁이.

새나 사자 등 온갖 동물을 조각한 간판이 늘어선 주점 중 하나에서 나와 릴리, 그리고 벨프는 크고 작은 잔을 들며 한데 외쳤다.

"""건배!"""

웃음과 함께 에일의 거품이 터지고, 피처 잔에서는 술이 넘쳐났다. 마치 우리의 목소리에 이어진 것처럼 주위에서 소란을 떨어대던 모험자들의 테이블에서도 쨍, 쨍! 잔을 맞부딪치는 소리가 연신 울려 퍼졌다.

【파밀리아】의 엠블럼과도 비슷한 새빨간 벌 간판을 내건 주점 '불꽃벌'. 번화가의 뒷길에 위치한 이 가게는 벨프의 단골 가게로, 일부 모험자나 스미스들에게는 매우 인기가 있다고 한다. 가게 명물——마치 루비를 졸인 듯 새빨간 벌꿀주——의 포로가 되어 매일같이 드나드는 사람도 많다나.

뒷골목에 위치한 가게인 만큼 '풍요의 여주인'보다 다소 좁은 느낌은 든다. 그렇지만 움직이기 힘들 만큼 많은 테이블이나 지저분한 가게의 인테리어, 그리고 드워프를 비롯한 남자들이 한데 웃는 큰 목소리에도 묘하게 가슴이 들뜨니 신기했다. 세련된 시르 씨네 가게와 비교하면 여기야 말로 모험자의 술집이라는 느낌이 들었다.

파룸 여자아이 급사가 오종종 돌아다니는 가운데 나와 릴리는 마주 앉은 벨프에게 웃음을 지었다.

"【랭크 업】축하해, 벨프!"

"이제 어엿한 하이 스미스가 됐네요."

"그래…… 고맙다."

평소 모습과는 달리 멋쩍게 대답하는 벨프. 입가에서 새 나오는 미소는 목표를 이룬 기쁨을 감출 수 없다는 증거였다.

얼마 전 중층에서의 강행군과 18계층의 거듭되는 전투

를 거쳐 벨프는 마침내 【랭크 업】——Lv.1에서 Lv.2에 도달하기에 이르렀으며, 이에 따라 '스미스' 발전 어빌리티도 습득했다.

헤파이스토스 님께 【스테이터스】 갱신을 받아 【랭크 업】이 판명된 것이 오늘 아침. 벨프는 제일 먼저 우리 홈에 달려와 웃는 얼굴로 그 소식을 알려주었다. 곧바로 릴리에게도 보고해, 이렇게 셋이서 잔치를 열기로 했던 것이다.

염원하던 하이 스미스의 대열에 들어간 벨프를 축하하고자.

"이제 벨프 님은 【파밀리아】의 브랜드 이름을 마음대로 쓸 수 있게 되나요?"

"마음대로는 아니고. 로고타이프를 넣을 수 있는 건 헤파이스토스 님이나 간부들이 인정해준 무구뿐이야. 어설픈 작품을 세상에 내보내 그분의 이름을 더럽힐 수는 없잖아."

하이 스미스의 말석에 이름을 올린 벨프는 동시에 【Ἥφαιστος】라는 이름을 무구에 새길 수 있게 되었다.

본인 말처럼 모든 무구에 새길 수 있는 것은 아니라지만……. 아마도, 아니 분명, 벨프의 작품은 앞으로 날개 돋친 듯이 팔릴 것이다. 그만큼 【Ἥφαιστος】 브랜드의 이름은 크다.

하이 스미스의 작품이라는 것만으로도 충분한 가치가 있으니, 이번 랭크 업이 공식 발표되면 벨프는 대장장이로서 단숨에 이름을 떨치겠지.

소중한 동료의 낭보를 기뻐하고 축하하면서 나는 조금 아쉬운 웃음을 짓고 말았다.

"그래도 이제…… 파티는 해산해야겠네."

벨프가 우리 파티에 들어와준 것은 '스미스' 어빌리티를 얻기 위해서였다. 하이 스미스가 된 이상 약속했던 기한은 이제 끝나고 말았다.

벨프에게도 목표가 있다. 내 마음대로 붙들어놓을 수는 없다.

내가 서운함을 느끼고 릴리도 난감한 듯 입을 다물고 있으려니…… 벨프는 뒷머리를 긁적거렸다.

마치 동생을 돌봐주는 맏형 같은, 그리고 어딘가 멋쩍음을 감추려는 듯한 쓴웃음이었다.

"그렇게 버림받은 토끼 같은 얼굴 하지 마라."

피처 잔을 살짝 흔들면서 벨프는 말을 이었다.

"너희는 은인이잖아. 볼일이 끝났다고 바이바이 할 수 있겠냐."

"어……?"

"불러만 주면 언제든 튀어나가서, 앞으로도 던전에 내려가줄게."

그러니 걱정하지 말라며 벨프는 쾌활하게 웃었다.

눈을 휘둥그렇게 떴던 나는 그의 웃음에 딸려 함께 활짝 웃었다. 릴리도 곁에서 눈을 가늘게 뜨고, 다시 한 번 웃음을 나누며 세 개의 잔을 맞부딪쳤다.

우리 파티는 아직도 계속되는 것이다.

"그렇지만 벨프 님이 파티에 들어오신 지 2주……. 【랭크 업】도 눈 깜짝할 사이였네요. 릴리는 좀 더 시간이 걸릴 줄 알았는데."

"너희하고 함께 다니기 전에도 나름 아수라장을 겪었거든. 하기야 여기까지 올 줄은 나도 몰랐지……. '중층'에서만 다섯 번은 죽을 뻔했으니."

"아하하……."

주점의 소란에 휩싸여 우리는 내키는 대로 이야기를 나누었다.

그러는 동안에도 요리가 계속 나와, 노르스름하게 익은 두툼한 햄 스테이크며 허브 소스를 끼얹은 도미 찜이 김을 뿜어냈다. 명물이라는 새빨간 벌꿀주를 한 모금 마시니 금세 목과 배가 화악 뜨거워졌다. 벨프의 제안에 이곳 '불꽃벌'을 축하 잔치 자리로 정했는데, 추천을 받았던 만큼 요리나 음료는 매우 맛있었다. '풍요의 여주인'과 비교해도 손색이 없을 정도로. ……요금은 이쪽이 쌀지도?

참고로 주신님도 처음에는 이 자리에 참가하려고 하셨다. 하지만 '하늘이 무너져도 넌 못 보내'라고 벨프의 입을 통해 헤파이스토스 님이 못을 박아버리셔서……. 오늘도 울며 바벨 지점으로 아르바이트를 하러 가셨다. 주신님이 풀 죽은 표정으로 축하의 말을 건넸을 때는 벨프도 쓴웃음을 참지 못했다.

"벨은【랭크 업】안 했어?"

"응, 난 아직."

벨프의 말에 솔직하게 대답했다.

중층에 머물렀던 약 나흘 동안 어빌리티는 대폭으로 올랐지만 내【스테이터스】는 다음 단계에는 이르지 못했다.

"Lv.1하고 Lv.2에서는 획득할 수 있는【엑세리아】의 기준도, 랭크 업에 필요한 양도 다를 테니까요……. 뭐, 마지막 전투에 한해서는 거의 류 님이 독차지하셨을 테고요."

정체가 탄로 나지 않도록 '마법'을 써서 웨어울프 꼬마로 변신한 릴리가 짐승 귀를 까닥까닥 흔들며 말했다. 나도 그 지적에는 동의했다.

마지막 전투…… 골라이아스와의 결전.

우리는 물론 '리빌라 마을' 모험자들도 가담해 치러졌던 계층 터주 공략은 직접 '골라이아스'와 공방을 펼쳤던 사람들만 헤아려도 100명이 넘었다. 소환된 몬스터의 대군을 상대해준 사람들까지 합치면, 그 싸움에 가담한 모험자는 아마 150명 이상일 것이다.

집단전의 법칙에 따라, 입수한【엑세리아】는 전투에 참가한 사람들 사이에서 분산된다. 그중에서도 골라이아스를 붙들어놓기 위해 목숨을 걸고 근접전투를 감행해주었던 아스피 씨와 류 씨——특히 류 씨의 활약은 크게 평가를 받았을 것이다. 계층 터주와의 교전에서 발생했던【엑세리아】는 대부분 그녀에게 갔을 것이 분명하다.

벨프나 다른 사람들이 없었다면 마지막 일격을 날릴 수 없었던 나와는 달리 순전히 혼자만의 힘으로.

동료를 감싸기 위해 거대한 괴물과 혼자서 맞서 싸우는…… 영웅담의 한 장면에 필적하는 그 위훈에 새삼스럽게 경외심이 느껴졌다. 당시 류 씨의 싸움을 선명히 떠올릴 수 있는 나는 부르르 어깨를 떨었다.

"……결국 뭐였던 걸까, 그 골라이아스는?"

계층 터주의 화제가 나와서인지, 벨프가 세이프티 포인트에서 직면했던 그 이상사태에 대해 언급했다.

예의 그 사건을 돌이켜본 우리는 자연스레 얼굴을 맞대고 주위에는 들리지 않도록 목소리를 낮추었다.

"이상사태라고밖에는 형언할 수가 없지만요……. 틀림없이 전대미문일 거예요, 세이프티 포인트에 계층 터주가 태어나다니."

"능력도 보통 녀석보다 위였잖아? 상급모험자가 벌레처럼 날아갔다구. 그딴 일이 앞으로도 계속된다면 목숨이 몇 개씩 있어도 모자랄걸."

"그렇겠지……?"

칠흑의 계층 터주. 강화된 '몬스터렉스'.

원래 출현할 계층을 무시하고, 우리를 절망의 늪에 빠뜨렸던 그 존재는 모든 것이 오버스펙이라 해도 과언이 아니었다.

이상사태라는 말만으로 치부해버리기에는 너무나도 심

각할 만큼.

"헤스티아 님은 뭔가 아시는 눈치였지만요…….''

자신들을 말살하기 위해 보낸 것이다——그 까만 골라이아스를 보고 주신님은 그렇게 말씀하셨다.

던전이 신들의 존재를 느끼고 자객을 보냈다.

또한 존재를 감지당하지 않도록 신들은 원칙상 던전에 내려가지 않는다.

헤스티아 님의 발언에서 읽어낼 수 있었던 이러한 정보만을 보자면, 신들과 던전 사이에는 무언가 악연 같은 것이 있지 않나 억측하지 않을 수 없었다. 역시 전지영능한 신들은 던전에 대해 무언가를 아는 것이 아닐까, 우리는 그렇게 의견을 공유했다.

"무언가 가르쳐주신 것 없나요?"

이쪽을 흘끔 보는 릴리에게 나는 가볍게 고개를 가로저었다. 그 전투가 끝난 후, 주신님은 사과하시면서도 직접적인 원인에 대해서는 화제를 회피하셨다.

들어서는 안 된다는 행간의 의사표명. 다른 사람도 아닌 주신님의 뜻을 거역할 수도 없었다. ……그야 답답하기는 했지만.

그래도 가르쳐주고 싶지는 않다는, 아니, 가르쳐줄 필요는 없다는.

그런 분위기가 있음을 나는 느꼈다.

던전의 '미지'를 해명하는 일은 우리 모험자들의 역할

일지도 모른다고, 입을 다문 주신님의 모습을 보며 나는 혼자 그런 생각을 했다.

"뭐, 이 이상은 말해봤자 도리가 없겠네……. 세간은 요즘 어때?"

분위기를 바꾸려는 듯 벨프가 말을 건넸다.

우리는 사건의 뒤처리며 현재의 상황에 대해 정보교환을 시작했다.

"길드가 제일 먼저 함구령을 내려서 일반인이나 모험자들 사이에서 눈에 뜨이는 혼란은 없는 것 같아요. 상세한 내용을 아는 건 당사자인 릴리네뿐이겠죠."

"절대 입 밖에 내지 말라고 신신당부를 했고……."

"페널티도 불사하겠다니……. 아주 작심을 했지, 길드 인간들."

"그리고 18계층의 '리빌라 마을'은 벌써 기능을 회복했대요. 그 후론 던전도 이상은 없고 평소대로라고."

도적 일을 했던 경험도 있어 정보에는 민감한지 거의 릴리가 현재 상황을 보고해나갔다.

현재 도시와 던전은 평소의 분위기를 되찾아가는 것 같았다. 길드가 혼란을 막기 위해 힘을 다한 덕이기도 할 것이다. 사실 모험자들이 동요해 가장 타격을 입는 것은 미궁의 자원으로 이익을 얻어 도시를 관리하는 길드니까.

그렇다 쳐도 '리빌라 마을'에는 이미 주민들이 돌아오고 있다니. 정말 위험한 경험을 했는데도 무서운 걸 모른달까, 장삿속이 투철하달까 뭐랄까…….

"그러고 보니 벨 님은 괜찮으세요? 길드에서 트집을 잡아 페널티를 내렸다고 들었는데요."

"어—, 응……."

정확하게는 우리 【파밀리아】와 헤르메스 님네 【파밀리아】가 그랬다.

이번 사건의 사정청취 때 헤스티아 님과 헤르메스 님은 길드에 강제 소환을 당했다. 그리고 벼락이 떨어졌다고 한다.

사정을 설명하려 해도 전혀 들어주지 않고, 이번 사건의 발단은 인재가 아닌 '신재(神災)'——신들이 원인이 된 것이라 단정을 지어 엄중한 경고와 함께 가차 없는 페널티를 부과한 것이다.

페널티의 내용은…… 벌금.

"벌금의 액수는 얼마였나요?"

"어…… 【파밀리아】 자산의, 절반."

"……빡세네."

오히려 우리 쪽은 그나마 나았다.

발전 도중, 이라기보다는 영세한 【헤스티아 파밀리아】의 자산은 솔직히 말해 얼마 되지도 않으니 몇 십만 정도로 끝났다. 그것도 거금이긴 하지만.

계층 터주 전투에서 발생한 드롭 아이템 '골라이아스의

경피'도 그 자리의 들끓는 분위기 때문에 내가 떠맡아버렸으니…… 만회할 가망은 충분히 있다. 금화가 가득 담긴 자루를 길드에 제출한 주신님은 부들부들 떨며 신음하셨지만.

한편 헤르메스 님네는 비참했다.

파벌의 규모가 큰 【헤르메스 파밀리아】는 꽤 큰돈을 비축해두었는지, 우리와는 비교도 안 될 만한 거액을 청구당했다는 것이다. 새하얗게 질려 힘없이 웃던 헤르메스 님의 존안을 아직도 잊을 수 없다. 아스피 씨는 한숨을 쉬었지만.

페널티의 내용을 듣고 신음하는 벨프에게 나도 공허하게 웃을 수밖에 없었다.

그로부터 한동안은 손님들의 요란한 웃음소리에 휩싸인 채 요리를 즐기고 있었지만.

"……?"

문득 곁에서 입을 다문 릴리가 신경이 쓰였다.

"릴리…… 괜찮아?"

아까부터 분위기가 이상한 것 같았다.

눈을 떼면 이따금 근심스러운 표정을 짓고……. 뭐랄까, 필사적으로 눈을 돌리려 하지만 릴리의 마음은 이곳이 아닌 다른 곳으로 끌려가는 것만 같달까.

"미안해요. 그냥 딴생각을 좀 했어요."

걱정이 된 내가 말을 걸자 릴리는 활달하게 혹은 얼버무리려는 듯 웃었다.

"벨 님도 얼마 전 사건 덕에 주가가 상당히 올라갔을 거예요. 적어도 그 계층 터주 공략에 참가했던 모험자들 사이에서는 인정을 받지 않았을까요?"

"으, 응……."

애써 화제를 돌리려는 것이 마음에 걸려 애매하게 끄덕였다.

흘끔 반대쪽을 보니 벨프도 눈치를 챈 모양이었다. 입을 댄 피처 잔 너머로 릴리의 옆얼굴을 응시했다. 잔을 테이블에 놓자 눈을 마주하며, 지금은 캐물어도 소용없을 거라고 어깨를 으쓱하는 몸짓을 보였다.

파닥파닥 꼬리를 흔들며 밝은 척하는 수인 모습의 릴리를 보면 나도 그런 생각이 들었다.

"——어라, 뭐지? 어느 '토끼'가 시건방지게 유명해졌다느니 뭐니 하는 소리가 들리는데!"

그리고 그때 들으라는 듯한 고함.

우리 바로 옆에 자리를 잡은 모험자들 쪽이었다.

6인용 테이블에 앉아 있던 사람들 중 파룸 모험자 하나가 잔을 손에 들고 외쳐댔다.

"루키는 무서운 게 없어서 좋으시겠어! 레코드 홀더라느니, 거짓말도 사기도 작작 쳐야지, 난 창피해서 흉내도 못 내겠네!"

어린 소년 같은 목소리가 소란스러운 술집 구석구석까지 울려 퍼졌다. 주위 손님들의 시선이 모여드는 가운데 나와 벨프의 눈도 옆자리 모험자들에게 쏠렸다.

금색 활과 화살에 타오르는 구체…… 아니, 빛나는 태양을 새긴 엠블럼.

파룸 모험자를 포함한 여섯 명의 모험자들 어깨에는 옷 위에 【파밀리아】의 휘장이 붙어 있었다. 다른 파벌의 조직원들이다.

의자 등받이에 몸을 기댄 파룸 남자는 술을 꿀꺽 마시더니 아연실색한 우리를 보며 비웃었다.

"아, 하지만 도망치는 솜씨만큼은 진짜라지? 랭크 업도 오줌 지려가며 미노타우로스에게서 도망친 덕 아니었어? 역시 '토끼'야. 훌륭한 재능인데!"

장난을 치는 것일까, 아니면 모멸을 주려는 것일까.

큰 눈이 특징적인 파룸 모험자는 아마도 일부러 나에게 들으라는 듯 조롱의 말을 이어나갔다. 테이블에 앉아 있던 모험자 동료들도 그를 말리지 않고 재미나다는 듯 이쪽을 쳐다보았다.

물론 기분이 좋지는 않았지만…… 입을 다물었다.

파벌 간의 다툼은 피하는 편이 좋다. 【파밀리아】의 규칙을 입단 직후부터 주신님이나 에이나 누나에게 철저히 배웠던 나는 고분고분 그 말을 따랐다.

그리고 화를 내겠다는 결단도, 되받아칠 용기도, 한심하지만 지금의 나에게는 없다.

어쩌면 도발로도 들리는 웃음소리에 영 분위기가 불편

해졌지만 의식을 하지는 않으려 노력했다. 무언가를 기대했는지, 우리를 지켜보던 주위 모험자들이 약간 실망하는 것을 알 수 있었다.

하지만 내가 곁의 테이블에 등을 돌리자 화살은 벨프와 릴리에게도 향했다.

"난 안다고! '토끼'는 다른 파벌 놈들하고 몰려다닌다지! 실력도 없는 말단 스미스에 애송이 서포터까지, 어디서 찌꺼기만 긁어모은 오합지졸 파티구만!"

분위기를 주도하는 어린 목소리에 남자 동료들이 큭큭 웃음을 흘렸다.

어깨가 꿈틀 떨렸다.

무시할 수 없는 말. 동료를 욕하는 데에 두 손에 부자연스럽게 힘이 들어가고 말았다.

무심결에 등 뒤를 흘끔 쳐다보는 내 반응에 벨프와 릴리가 동시에 끼어들었다.

"관둬, 내버려둬. 떠들고 싶은 대로 떠들라고 해."

"벨 님, 무시하세요."

벨프는 여유 있게 술을 마시며, 릴리는 다독이듯 주의를 주었다.

오랜만에 가슴 속에 태어난 시뻘건 감정을, 두 사람의 말을 듣고 자제했다.

술과 분위기에 조금 취했던 것인지도 모른다. 그렇게 자신을 타이르며, 진정하라고 숨을 가볍게 들이마셨다.

그리고 무시하는 자세를 관철하는 우리가 아니꼬웠는지 파룸 모험자에게서 크게 혀를 차는 소리가 들렸다.

다음으로는 목소리를 거칠게 높였다.

"위엄도 존엄도 없는 여신이 이끄는 【파밀리아】 따위 바닥이 뻔히 보이니까 말이야! 분명 **주신이 떨거지니** 권속도 겁쟁이겠지!!"

──그 순간 시야에서 불꽃이 터졌다.

의자를 박차며 일어났다.

"취소해!!"

부르짖었다.

이성을 잃고 온 힘을 다해 외쳤다.

의자가 커다란 소리를 내며 쓰러지는데도 아랑곳 않고 파룸 사내를 노려보았다.

바로 곁에서 릴리가 말을 잃은 것을 알 수 있었다. 그만큼 나는 화를 내고 있었다.

신을──존경하고 숭배하는 주신님을 모욕당했다. 이 이상 굴욕적이고 격렬한 분노를 느끼는 일은 존재하지 않는다. 소중한 가족이기도 한 분을, 눈앞의 인물은 폭언으로 멸시했던 것이다.

그 찰나 주점은 정적에 빠졌다. 내 험악한 기세에 조그만 몸을 흠칫 떨었던 파룸 사내는 겁을 먹었는지 눈에 보이게 움츠러드는 기색을 보였다.

하지만 어딘가 조소를 다시 머금더니 떨리는 목소리로

말을 이었다.

"찌, 찔리냐? 그딴 땅꼬마 여신이 주신이라 부끄러워 참을 수가 없었지?"

화악, 머리에 피가 거꾸로 솟았다.

저항할 수도 없는 감정의 파도가 온몸을 휩쓸었다.

"안 돼요, 벨 님!!"

릴리가 제지하는 목소리도 뿌리치고 눈앞의 상대를 붙잡으려 했다.

그리고 내 손이 파룸 모험자에게 닿으려던——그 직전.

갑자기 옆에서 날아온 발이 뻑, 소리를 내며 파룸 사내의 안면에 파고들었다.

"뿌익?!"

짓이겨진 비명을 지르며 파룸 모험자가 의자와 함께 넘어갔다.

바닥에 나동그라진 그는 코피를 흘리며 흰자위를 까뒤집고 꿈틀꿈틀 경련하며 기절했다.

썰렁. 이번에야말로 주점이 완전히 침묵에 잠긴 가운데 앞차기를 날렸던 장본인, 내 역할을 가로챈 벨프는.

왼발을 내민 자세 그대로 주위의 시선을 한 몸에 받고 있었다.

나를 감싸준 것인지, 아니면 이미 분노할 대로 분노한 것인지.

아연실색한 나를 내버려둔 채 벨프는 뻔뻔하게 말했다.

"발이 미끄러졌네."

눈을 가늘게 뜨며 대담한 미소를 지은 벨프의 행동이 신호가 된 것처럼.

파룸의 동료들이 일제히 일어났다.

"이 자식이?!"

"어디서 감히!!"

상대 모험자들이 걷어찬 테이블이 넘어가면서 허공에 떠올랐다. 순식간에 울려 퍼지는 접시 깨지는 소리와 급사 아가씨의 비명. 거추장스러운 장애물을 치우고 일직선으로 달려든 상대에게 벨프는 호전적인 미소를 지은 채 호쾌하게 오른팔을 휘둘러 주먹을 날렸다.

한순간 따돌림을 당한 나도 벨프를 옆에서 공격하려는 모험자를 보자마자 몸받기를 감행했다.

——와아!!

주위의 손님들이 모조리 일어나 열렬한 환호성을 질렀다.

"아우, 정말! 이러니까 모험자들은!"

좁은 주점이 열광에 휩싸였다. 릴리가 비난 어린 목소리를 내는 가운데 주먹이, 발길질이 몇 번이나 날아갔다.

대난투가 일어났다. 주위의 테이블과 의자를 닥치는 대로 뒤집는 상대 모험자, 그리고 응전하는 우리에게 마찬가지로 모험자인 손님들은 더할 나위 없이 흥분했다. 한 손에 치켜든 술병이며 피처 잔, 성원인지 뭔지 알 수 없는 굵은 목소리, 그들이 주위를 에워싸 눈 깜짝할 사이에 좁은 링이 완성되었다.

한밤의 어둠도 날려버릴 열기에 휩싸여 상대를 흘려내고는 반격을 감행했다. Lv.2가 된 벨프는 원래 싸움에 익숙한지 네 명의 모험자를 상대로 멋들어진 활약을 보여주었다. 달려들던 사람들이 신 나게 날아간다. 나도 그 움직임에 편승해 재빠르게 몸을 숙이고 바닥에 손을 짚으며 발후리기. 수인 모험자가 깨갱 소리와 함께 요란하게 엉덩방아를 찧었다.

공격이 몇 번인가 몸을 스쳤지만 이래 봬도 전열과 중견을 맡은 우리의 연대는 상대를 압도했다.

2대 4의 드잡이질이 과열되어 손님들의 흥분도 속절없이 치솟아가는 한편.

"……."

6인조였던 파룸의 동료 중 마지막 한 사람이 움직였다.

의자에 앉은 채 남은 술을 들이켜더니 잔을 바닥에 내팽개치고, 일어난다. 유려한 움직임으로——그러면서도 그쪽에 신경을 쓰고 있었던 내 반응이 한 수 뒤처질 만큼 빠르게——벨프에게 접근했다.

다른 상대에게 덤벼들려던 그의 팔을 잡더니, 한 손으로 반대쪽을 향해 던져버렸다.

"으헉?!"

"벨프!"

바닥에 내팽개쳐진 동료의 모습을 보고 나는 상대를 향해 정면으로 달려들었다.

　주먹을 쥐며 돌진하자──보인 것은 싸늘한 웃음.

　다음으로는 눈앞에 있었던 적의 몸이 흔들리더니, 내 돌격은 너무나도 허무하게 빗나가고 말았다.

　"──."

　발의 속도만은 자신이 있었던 나를 조롱하는 듯한 재빠른 몸놀림.

　몸을 앞으로 숙인 채 전율하고 있으려니 어마어마한 충격이 배를 엄습했다. 두 눈을 한껏 크게 뜨며, 엇갈려 지나갈 때 무릎이 꽂혔음을 이해했다.

　지면에서 살짝 떠오른 내 몸은 어깨를 붙들려 강제로 방향전환을 당했다.

　그리고 시야에 한껏 밀려든 주먹이 안면에 꽂혔다.

　"벨 님?!"

　몸이 뒤로 날아가버렸다.

　관전하던 모험자의 벽이 싹 갈라지며 뒤에 있던 둥근 테이블에 처박혔다. 릴리의 비명에 이어, 내 몸을 받은 목제 테이블의 다리가 요란한 소리를 내며 부러졌다.

　얼굴 한복판이 뜨거웠다. 벌렁 드러누운 채로 줄줄 흐르는 코피를 한 손으로 닦고 나는 간신히 고개를 들었다.

　"그저 쓰다듬어줬을 뿐이다만?"

　갈라진 인파 너머로 그는 유유히 서 있었다.

가녀리고 키가 큰 모험자.

엘프에도 꿀리지 않는 미청년 휴먼.

갈색 머리카락은 단정하게 빗어놓았으며, 백색 피부는 여성처럼 치밀했다. 금속 귀걸이를 비롯한 온갖 액세서리를 파벌 제복 위에 걸쳤다. 눈동자는 짙은 바다 같은 벽안이다.

"저 자식…… 히아킨토스다."

"【포이보스 아폴로】……."

"Lv.3…… 제2급 모험자 나리잖아."

술렁술렁 흔들리는 주위의 소란에서 띄엄띄엄 말이 들려왔다. 그중에서도 무시할 수 없는 정보가 귀에 들어왔다.

Lv.3——제2급 모험자.

다시 말해 우리보다도 한 단계 높은 경지에 있는 상급모험자.

"아주 제대로 설치더구나, 【리틀 루키】."

히아킨토스라 불린 청년은 남자치고는 높은 음성으로 말을 걸었다.

그의 푸른 눈동자가 기절한 파룸 사내, 그리고 쓰러져 신음하는 동료들의 모습을 훑었다. 지금 이 술집에서 서 있을 수 있는 소동의 당사자는 그뿐이었다.

릴리가 황급히 달려왔지만 손을 빌려도 떨리는 몸을 제대로 일으킬 수가 없었다. 벨프는 무릎을 꿇은 채 몸을 일

© Suzuhito Yasuda

으켰지만, 청년의 말없는 압력에 함부로 움직이지 못했다.

피에 젖은 얼굴을 일그러뜨린 나를 청년은 머리카락을 쓸어 넘기며 내려다보았다.

"우리 동료들을 상처 입힌 죄는 무겁다……. 상응하는 대가를 치러줘야겠어."

가늘게 뜬 아름다운 벽안 안에서 가학적인 빛이 번뜩이는 것을 나는 분명히 보았다.

그리고 냉소를 머금은 그가 나에게 추가공격을 가하고자 한 걸음을 내디딘, 바로 그때.

나무를 밟아 부수는 듯한 소리가 드높이 울려 퍼졌다.

"!"

주점에 있던 사람들이 일제히 돌아보았다.

우리의 시선 너머에 있던 것은…… 의자에 앉은 채 테이블을 걷어차 쓰러뜨린, 회색 털을 가진 웨어울프 청년이었다.

"아주 하나같이 피라미들만 소란을 피워대고 앉았어."

난폭한 어조에 맞춘 것처럼 얼굴에 새긴 푸른 문신이 일그러졌다.

짐승 귀와 꼬리에 언짢음을 노골적으로 드러낸 그 인물을 보고 모두가 할 말을 잃었다.

그리고 나도 눈을 크게 떴다.

'──저 사람은.'

아직까지 빛이 바래지 않은 기억.

동경하던 검사를 하염없이 쫓던 계기가 되기도 했던 주점에서의 사건.

미노타우로스에게 쫓겼던 나를 호되게 매도했던 【로키 파밀리아】의 모험자다.

이름은 분명…… 베이트 씨?

"네놈들 때문에 맛없는 술이 열라 맛없는 술이 됐잖아. 시끄럽고 눈에 거슬려. 당장 꺼져."

날카로운 눈빛과 험악한 위압감에 주위 사람들의 낯빛이 창백해졌다.

그와 함께 있던 동료의 옷에 새겨진 것은 트릭스터의 엠블럼. 도시 최대 파벌로 이름 높은 【로키 파밀리아】의 단원들. 무엇보다도 그중 간부진인 웨어울프 청년을 보고 주점 모험자들은 위축되고 말았다.

아이즈 씨보다도 훨씬 거칠며 매서운, 그러나 그녀를 앞에 두었을 때와 같은 **진짜의 분위기**를 나 이외의 사람들도 느낀 것 같았다.

"흥…… 상스럽기는. 역시 【로키 파밀리아】는 거칠군. 애완견 목에 사슬도 채우지 않다니."

그런 가운데 그 미청년만은 코웃음을 쳤다.

말대답을 한 그에게 베이트 씨는 호박색 눈동자를 께느른하게 움직였다.

"아앙? 걷어차 죽여버린다, 변태 자식아."

웨어울프와 휴먼의 시선이 교차했다.

팽팽해진 분위기. 한동안 눈싸움을 하던 그들 중 먼저 시선을 돌린 것은 미청년 쪽이었다.

"흥이 식었다."

그렇게 말하곤 청년은 몸을 돌렸다.

동료들에게 가자고 말하곤 혼자 주점 입구로 향한다. 비틀거리며 일어난 모험자들은 정신을 잃은 파룸 사내를 짊어지고 가게 밖으로 사라졌다.

마지막 사람이 사라진 후, 주점에는 정적만이 남았다.

'……도와준, 건가?'

미청년 일행을 쫓아낸 【로키 파밀리아】…… 베이트 씨에게 나는 어째서인지 그런 생각을 하고 말았다.

겨우 피가 멈춘 코를 팔로 훔치며 가볍게 혼란에 빠져 있으려니…… 성큼성큼.

웨어울프 청년은 똑바로 나를 향해 다가왔다.

어라.

굳어버린 내 앞에서 그가 발을 멈추었다.

심장이 떨렸다. 웃음거리가 되어 정신적으로 큰 타격을 받았던 당시의 감정이 한순간에 되살아났다.

아이즈 씨 앞에서 실의의 밑바닥까지 빠뜨렸던 상대에게 아무것도 못하고 얼어붙어 있으려니, 천천히 다가오는 왼손.

손을 내밀어주었다──고 호의적으로 받아들일 틈도 없이 상대는 내 멱살을 힘차게 움켜쥐더니 억지로 확 잡아당졌다.

호흡이 멈추었다.

"——기어오르지 마라."

얼굴을 들이대더니 눈을 부릅뜨고.

코앞에서 으름장을 놓는 바람에 나는 고개를 끄덕이지도 가로젓지도 못했다. 엄청난 힘에 바닥에서 몸이 떠올라 눈을 크게 뜨는 것이 고작이었다.

베이트 씨는 이내 손을 놓아 나를 풀어주었다. 바닥에 떨어진 둔중한 아픔에 허리를 문지르고 있으려니, 그는 몸을 돌려선 언짢은 뒷모습을 드러내며 주점 밖으로 나갔다. 회색 꼬리는 타오르는 불꽃처럼 출렁거렸다.

당황한 동료 단원들은 카운터에 음식 값을 내려놓고는 그의 뒤를 따라갔다.

미청년이 이끄는 모험자들의 뒤를 이어 【로키 파밀리아】까지 '불꽃벌'을 떠났다.

"괜찮으세요, 벨 님?!"

"뭘 어쩌려고 했던 거야, 저 자식은……."

바닥에 무릎을 꿇은 릴리가 걱정하고 몸을 문지르는 벨프는 어이없다는 말과 함께 가게 출구를 보았다.

릴리의 목소리에 뻣뻣하게 고개를 끄덕이면서 나는 곁으로 다가온 벨프의 시선을 따라가보았다. 그 너머에 있는 것은 활짝 열린 주점의 문, 그리고 뒷골목으로 이어지는 어둠뿐이었다. 얻어맞은 얼굴을 손으로 문지르고 있으려니 갈라진 입술이 시큰거렸다.

박살 난 테이블과 의자가 어지러이 흩어진 가게 안에서 급사들이 정리를 시작하는 가운데.

무어라 형언할 수 없는 분위기가 남겨진 우리를 감쌌다.

⊡

'불꽃벌'에서의 난투 소동으로부터 잠시 시간이 지나.

나와 벨프, 릴리는 【헤스티아 파밀리아】의 홈, 교회의 지하 비밀방에 있었다.

"흐응~ 그랬군. 싸움이라."

늘어지는 목소리를 낸 주신님이 나의 얼굴에 고약——그나마 값이 싸서 일반 시민도 쉽게 살 수 있는 약——을 발라주었다. 상처에 약이 스며들 때마다 나도 모르게 얼굴을 찡그렸다.

우리는 지금 치료를 할 겸 주점에서 있었던 건에 대해 주신님께 보고를 드리고 있었다.

경상이라고는 하지만 타박상이며 찰과상을 입고 돌아온 우리에게 주신님은 깜짝 놀랐지만, 릴리가 사정을 설명해 수긍한 듯한 기색을 보이셨다. 주점 마스터에게 사죄한 후 가게 수리비를 【파밀리아】 앞으로 청구하도록 부탁했다는 이야기도 전해두었다.

"우리 벨이 생각보다 개구쟁이라 기쁜 것 같기도 하고

슬픈 것 같기도 하고……."

"분명 벨프 님 영향이에요! 벨프 님을 만난 후로 벨 님은 성격이 모험자들처럼 난폭해졌어요!"

"야, 야. 그건 생트집……. 윽, 살살 좀 못하냐!"

주신님의 부드러운 손놀림을 받으면서 침대에 앉은 우리 옆에서는, 소파 위에서 바보에게 줄 포션은 없다는 양 고약을 난폭하게 문대는 릴리와 벨프가 꽥꽥 말다툼을 했다.

감정에 휘말려 소동을 일으킨 우리에게 릴리는 매우 화가 난 눈치였다. "나 원." "착실하게 반격까지 당하곤." "걱정하는 제 생각도 좀 해보세요." 등등 잔소리가 끊이지 않는다.

릴리의 말을 들으며 주신님도 쓴웃음과 함께 말씀했다.

"놀랐다, 네가 싸움을 하다니. 벨도 사내아이였구나."

"……."

약을 발라주시는 가느다란 손가락의 움직임은 지금도 부드럽다. 주신님의 수고를 끼쳐드렸다는 점을 미안하게 생각하면서도 나는 입을 다물고만 있었다.

치료를 마치고 손을 뗀 주신님은 타이르듯 말했다.

"하지만 역시 싸움은 좋지 않다. 서포터 군도 말했듯 이렇게 다치기까지 하지 않았느냐."

그 말을 듣고 나는 침대에서 일어났다. 주점에서의 광경을 떠올리자 참을 수가 없어 말대꾸를 하고 말았다.

"하지만 그 사람들, 주신님을 욕했는걸요?!"

처음일지도 모르는 주신님에 대한 반항. 릴리와 벨프도 손을 멈추고 나를 올려다보았다.

나를 욕하는 건 아무래도 좋다. 얼마든지 참을 수 있다.

하지만 소중한 사람을 놀리면, 심지어 모욕까지 당한다면 잠자코 있을 수 없다.

파룸 사내와 일당은 나에게 많은 것을 베풀어주신 주신님께 먹칠을 한 것이다.

나는 분해 눈물이 솟으려는 것도 열심히 참으며 눈에 힘을 주었다. 주신님의 파르스름한 눈동자에서 시선을 피하지 않았다.

그런 나와 잠자코 마주 보던 주신님은 이윽고 훗 하고 미소를 지었다.

"네가 나를 위해 화를 내주었다는 건 매우 기쁘다. 하지만 그 때문에 네가 위험을 무릅쓰는 편이 나는 훨씬 슬프구나."

"……!"

몸을 떠는 나에게 주신님은 부드럽게 말을 걸어주었다.

"벨의 마음은 이해한다. 반대 처지였다면 나도 불을 토할 정도로 화를 냈을 테니. 하지만 그렇게 해서 상대와 싸움을 한 내가 얼굴이 퉁퉁 부어 돌아왔다면 벨은 어떻게 생각할까?"

"……울고 싶을 거예요."

"그렇지? 나도 마찬가지다. 조금 불공평할지도 모르지만 나를 놀린다고 화를 내지는 말려무나. 신이란 것들은 아이들이 건강한 것이 가장 기쁘단다."

그리고 주신님은 웃음을 지었다.

"다음에는 웃어넘기려무나. 우리 주신님은 그런 일로 일일이 화를 내는 쪼잔한 분이 아니라고, 마음이 넓은 분이라고."

주신님의…… 여신님의 자애로운 미소에 뜨거워졌던 머리가 식었다.

그렇게 컸던 분노도 분함도 주신님은 모두 부드럽게 받아 감싸주셨다.

아이처럼 천진난만한 그 미소에 마음속의 응어리가 녹아들었다.

입을 꾹 다물었던 나는 고개를 끄덕이고 사과했다.

"다음에는, 참을게요……. 죄송합니다."

고개를 숙이고 약속하는 나에게 헤스티아 님은 따뜻한 벽난로의 불길처럼 웃어주셨다.

탁탁, 침대에 앉은 자신의 곁을 손으로 두드린다. 고분고분 내가 그곳에 앉자 손을 뻗어 부드럽게 머리를 쓰다듬어 주셨다. 얼굴이 붉어졌지만 도망치진 않았다.

그런 우리를 릴리와 벨프는 어딘가 흐뭇하게 바라보았다.

누추한 교회의 지하실에 따뜻한 공기가 흐르기 시작

했다.

"하지만 상대의 반응도 마음에 걸리는걸요. 이래놓곤 원한을 품어서 되레 벨 님에게 생트집을 잡지는 않으면 좋겠는데."

머리를 쓰다듬던 주신님이 어째서인지 끌어안으려 해 내가 당황하기 시작했을 때 릴리가 우려를 드러냈다. 새까만 키나가시 작업복을 들추며 상처를 확인하던 벨프는 시선을 들고 대답했다.

"내가 처음으로 손을 댔으니 벨이야 문제없겠지."

"그야 그럴지도 모르지만……. 자존심 센 모험자, 특히 체면을 신경 쓰는【파밀리아】라면 귀찮은 일이 일어날 수도 있을 거예요."

"으음— 그건 그래."

릴리의 의견에 주신님도 고개를 들고 동의했다.

"나중에 귀찮은 일이 일어나지 않도록 주신끼리 이야기를 해두어야겠구나."

"죄, 죄송합니다, 주신님……."

몸을 움츠리며 사과하자 괜찮다며 별것 아니라는 듯 웃어주셨다. 그리고 문득 덧붙였다.

"그런데 상대【파밀리아】가 어디였는지는 아느냐?"

술집에서 있었던 기억을 떠올리며 이것저것 정보를 정리하다가 제일 먼저 떠오른 광경을 말했다.

"태양 엠블럼을 달고 있었어요."

밤하늘에 뜬 달빛을 받으며 금속으로 만들어진 태양 엠블럼이 빛났다.

마석 가로등 불빛이 닿지 않는 어두컴컴한 뒷골목.

휴먼, 수인, 파룸 등 종족이 다른 6인조 사내들이 무수한 골목길 하나에 모여 있었다.

"제발 이러지 말자, 히아킨토스. 왜 맨날 나만 이런 꼴을 당해야 해……?"

"후후. 너무 그러지 마, 루안. 공을 세웠잖아."

발자국이 뚜렷이 남은 얼굴을 문지르는 파룸에게 히아킨토스는 짙은 웃음을 지었다. 주위에 있던 자들도 농담 섞인 말로 파룸 동료를 치하했다.

루안이라 불린 파룸 모험자는 소년 같은 얼굴을 찡그렸다. 그 표정에는 억지로 떠맡은 손해 보는 역할에 대한 불만이 생생히 떠올랐다.

그런 그를 내려다보며 히아킨토스는 다시 한 번 입의 각도를 치켜세웠다.

"방해를 받기는 했지만, 목적은 이루었어……."

한밤의 거리에 넘쳐나는 소란은 이곳에서는 멀게만 느껴진다.

번화가를 벗어난 이 뒷골목에서 그들의 대화에 귀를 기울이는 자는 없었다.

휴먼 미청년은 천천히 주신의 이름을 입에 담았다.

"이로써 아폴론 님도 기뻐하시겠지."

그의 귀걸이가 찰랑찰랑 흔들렸다.

태양을 대신해 빛나는 한밤의 달을 히아킨토스는 가늘게 뜬 눈으로 올려다보았다.

2장
Shall We Dance?

© Suzuhito Yasuda

"그러면 이제 몸은 괜찮니?"

"네. 완전히 다 나았어요."

눈앞에 있는 에이나 누나에게 웃으며 고개를 끄덕였다.

'불꽃별'에서 축하 연회를 열었던 다음 날, 나는 길드 본부에 들렀다.

담당관인 에이나 누나와 면접용 부스에 들어가 현재 상황을 보고하고 앞으로의 예정을 의논하는 중이었다.

"정말, 얼마나 걱정했는지 알아? 네가 던전에서 돌아오지 않는다는 말을 듣고 난 심장이 멈추는 줄 알았어."

"죄, 죄송합니다……."

"……그래도, 응, 용서해줄게. 이렇게 무사히 돌아왔으니까."

생긋 웃는 에이나 누나.

그 아름다운 미소에 잠깐 넋을 잃으면서 뺨을 기쁨으로 물들이고 말았다.

얼마 전, 귀환했음을 보고하러 왔을 때는 눈물을 흘리며 기뻐해주었던 에이나 누나의 모습을 다시 떠올리고 말았다.

"살라만더 울, 고마웠어요……. 정말, 많은 도움이 됐어요."

"그랬구나……."

감사 인사를 하자 에이나 누나는 멋쩍은 듯 한쪽 눈을 감았다.

책상을 사이에 두고 별생각 없이 마주 보기를 한동안.

조금 부끄러운 공기가 두 사람 사이에 흘러, 에이나 누나는 어흠 헛기침을 했다.

"그래서 말인데, 벨……. 나는 입장 때문에 쓸데없이 캐물을 수는 없지만…… 위험했지?"

"……네."

무슨 말을 묻는지는 듣지 않아도 잘 알았다.

이상사태, 골라이아스의 출현. 길드 직원은 이번 사건에 대해 함부로 캐묻지 못하도록 함구령을 받았는지, 에이나 누나는 깊이 언급하려 하지 않았다. 대신 그것이 얼마나 위험한 상황이었는지를 내 입으로 대답해주길 원했다.

깊이 고개를 끄덕이자, 이쪽을 바라보던 에이나 누나도 알았다며 고개를 끄덕였다.

안경을 고쳐 쓰고——에메랄드색 두 눈에 힘을 주며 이쪽을 똑바로 바라본다.

"나도 앞으로 조금이라도 도움이 될 수 있도록 노력하겠어. 일단은——던전 공부를 강화하자. 양과 범위 모두."

"엑."

"아직은 못 갈 거라고 세이프티 포인트에 대해서도 가르쳐주지 않았던 건 내 실수였어. 어떤 상황과 맞닥뜨릴지…… 어떤 몬스터가 튀어나올지 모른다는 것도 이번 사건으로 잘 알았고. 응. 만에 하나를 대비해, 던전에 대해서는 모조리 알아두기로 하자."

……처음 모험자가 된 나는 에이나 누나가 어드바이저

로 결정된 그날부터 스터디라는 이름의 개인수업을 받고 있다. 길드 직무와 상관없이 에이나 누나가 자발적으로 시간을 내준 덕에 하염없이 던전의 지식——몬스터의 종류며 능력은 물론 각 계층의 정보 등——을 주입받고 있었던 것이다.

오늘까지 살아남을 수 있었던 것은 누나의 헌신적인 가르침 덕이기도 하다는 것을 뼈저리게 이해하지만…… 힘들다. 이 이상 공부가 늘어난다니. 아이즈 씨와의 수행과 비슷할 정도로 에이나 누나의 지도는 스파르타다.

얼굴이 굳은 나에게 누나는 조금 전과 같은 미소를 지어주었다.

내 몸의 안전을 걱정해주는 이 사람의 다정함을 거절할 수도 없다.

"우리 열심히 하자."

"네……."

나는 메마른 웃음을 지으며 고개를 끄덕일 수밖에 없었다.

"그럼 앞으로의 예정 말인데."

"아…… 네. 앞으로 이틀 정도는 던전에는 안 갈 생각이에요."

마음을 고쳐먹고, 미리 생각했던 예정을 에이나 누나에게 들려주었다.

"앞으로 이틀……. 며칠쯤 쉰다는 이야기니?"

"어, 사실은 벨프…… 계약한 스미스가 무기를 만들어주기로 해서요."

직접 계약을 맺은 벨프에 대해 말하자 에이나 누나도 이해한 눈치를 보였다.

18계층의 강행군으로 잃었던 장비는 한둘이 아니다. '골라이아스'와 싸웠을 때 반파된 라이트아머는 그나마 쓸 수 있었지만, 그래도 벨프는 모든 무구를 새로 맞춰주겠다고 기세등등했다. '스미스' 어빌리티를 습득한 하이 스미스의 작품은 보통 스미스의 작품과 비교해 성능이 훨씬 뛰어나다. 나의 무장이 하이 스미스가 되고 첫 일이라는 데에 벨프는 전에 없을 정도로 의욕을 보였다.

어떤 무기와 방어구가 될지 나도 벌써부터 가슴이 두근거렸다.

"그럼 던전에 내려가는 건 장비를 갖춘 다음이란 말이구나. 참고로 탐색 재개는 어느 계층부터 시작할 예정이야?"

"역시 13계층부터 착실하게 갈까 해요. 18계층까지 가긴 했지만, 그건 우연이나 마찬가지니……."

그 후 우리는 서로 예정을 확인하고 때로는 의논하며 앞으로의 방침과 자세한 내용을 정했다.

당면 목표는 13계층 완전답파였다. 벨프도 Lv.2가 됐으니 이전보다는 훨씬 공략하기 수월할 것이다. 물론 방심해서는 안 되지만.

또한 에이나 누나는 우리 파티의 균형을 인정해주었

는지, 길드에 접수된 퀘스트를 몇 개 소개해주었다. 던전 관련 의뢰는 여러 사정 때문에 '중층' 이하의 층역이 대상이 되는 경우가 많다.

경험을 쌓게 해주려는 마음에 감사하며 나는 에이나 누나가 알선해준 퀘스트를 두 개 정도 수락했다. 특정한 몬스터의 '드롭 아이템' 수집과 13계층에 존재하는 특수한 광석의 발견 및 채굴이었다.

미궁탐색에 유익한 의논을 마친 우리는 자리에서 일어나 상담용 부스를 나왔다.

"그리고 벨? 앞으로는 함부로 다른 【파밀리아】 모험자와 싸우면 안 돼. 헤스티아 신께도 야단을 치셨다니 나까지 집요하게 뭐라고 할 마음은 없지만……."

"네, 네엑……."

"다른 파벌과 다툼을 일으켜봤자 좋은 일은 하나도 없으니까."

에이나 누나에게는 어젯밤에 일어난 일을 솔직하게 털어놓았다. '갈 데까지 가면 【파밀리아】 사이에 항쟁이 벌어져 시내가 전장으로 변하기도 한다'는 무시무시한 말에는 나도 모르게 목을 꼴깍 울렸다.

알고는 있었지만, 파벌 사이의 분쟁은 위험하다고 나는 위기의식을 새로이 다졌다.

부스에서 로비로 나가 창구 앞에서 에이나 누나와 헤어지려 했을 때였다.

© Suzuhito Yasuda

"......?"

시선이 느껴져 돌아보니 넓은 로비 구석에 있던 두 여성 모험자와 눈이 마주쳤다.

그녀들은 내 머리카락과 눈동자를 확인하려는 듯 빤히 바라보더니 이쪽으로 다가왔다.

현재 시각은 정오 무렵. 평소보다도 모험자들의 모습이 많이 보이는 것 같다. 백색 대리석 로비를 얼쩡거리는 사람들을 피해 두 사람은 나와 에이나 누나 앞에서 발을 멈추었다.

"벨 크라넬 맞아?"

"어, 네."

기질이 드세 보이는 단발 소녀가 물었다. 당황하며 대답하자 이번에는 뒤에 서 있던 부드러운 장발을 가진 소녀가 쭈뼛쭈뼛 다가왔다.

"저기, 이걸……."

눈을 올려 뜨고 나를 보며 내미는 한 통의 편지.

아니다, 이것은——초대장이다.

질 좋은 종이에 봉랍을 찍고, 보낸 사람이 누구인지를 알 수 있도록 휘장을 각인해놓았다. 그리고 거기 새겨진 것은 **활과 화살과 태양의 엠블럼.**

내가 놀라 고개를 들자 단발 소녀가 입을 열었다.

"나는 다프네. 그리고 얘는 카산드라. 이젠 알았겠지만 【아폴론 파밀리아】야."

자기소개를 한 여성 모험자 다프네 씨는 내가 예상한 소속을 밝혔다.

　사수(射手)와 광명을 연상케 하는 활과 화살과 태양의 엠블럼——【아폴론 파밀리아】. 어제 주점에서 있었던 소동을 일으킨 모험자들의 동료에 해당하는 사람들.

　곁에 있던 에이나 누나가 살짝 얼굴을 가까이 하고 귀띔해주었다.

　"다프네 라우로스와 카산드라 일리온. 두 분 모두 Lv.2고 제3급 모험자야."

　이름은 유명한 편이며, 보아하니 베테랑 모험자인 모양이었다.

　두 사람 모두 나보다 연상일 것이다. 눈꼬리가 올라간 다프네 씨는 기질이 드센 인상이지만 보기보다 차분한 인물인 것 같았다. 반대로 눈이 처진 카산드라 씨는 분위기 탓인지 어딘가 앳되게 보였다.

　처음부터 나를 찾고 있던 눈치였으니…… 모험자의 출입이 많은 이곳 길드 본부에서 내가 모습을 나타내기를 기다렸던 걸까.

　어떻게 반응해야 좋을지 난감해하고 있으려니 카산드라 씨가 역시 쭈뼛쭈뼛 말을 걸었다.

　"저기, 그건, 안내장이에요. 아폴론 님께서 '연회'를 주최하셔서, 호, 혹시 괜찮으시다면……. 따, 딱히 안 오셔도 상관은 없지만요……!"

철썩, 다프네 씨가 카산드라 씨의 뒤통수를 때렸다. 신음소리를 내는 카산드라 씨를 무시하고 앞으로 나선 그녀를 보며 땀을 삐질삐질 흘리고 있으려니, 초대장과 나에게 번갈아 손가락을 내민다.

"반드시 너희 주신님에게 전해. 알았지? 난 확실히 전했어."

"……알았어요."

거듭 못을 박는 바람에 고개를 끄덕이자 다프네 씨는 물러났다. 쓸데없는 이야기를 나눌 생각은 없는지 카산드라 씨를 손짓해 우리 앞에서 멀어져가려 했다.

짧은 머리카락을 찰랑이는 그녀는 떠나가며 이쪽을 돌아보았다.

"안됐다."

"네?"

되물었지만 다프네 씨는 그 이상 아무 말도 하지 않았다.

카산드라 씨는 꾸벅 인사를 한 다음, 등을 돌리며 멀어져가는 다프네 씨를 황급히 따라갔다.

에이나 누나와 함께 멀거니 선 채 나는 손에 든 초대장을 내려다보았다.

✉

그날 밤.

여느 때처럼 단둘이서만 있는 홈에서 나는 낮에 있었던 일을 주신님께 전했다.

"'신의 연회' 초대장이라……."

테이블에 펼쳐놓은 초대장을, 의자에 앉은 주신님은 팔짱을 끼며 내려다보았다.

이미 저녁을 마친 후라 식탁에는 찻잔도 놓였다. 아르바이트를 하고 돌아와 지친 주신님 대신 내가 설거지를 하고 있다.

"가네샤가 열었던 '연회'로부터 한 달 반 정도……. 슬슬 누군가가 열 때가 됐지 싶기는 했다만."

'신의 연회'는 신들이 자율적으로 여는 파티다.

연회를 열 정도로 【파밀리아】에 힘이 있음을 과시하고 자랑하는 측면도 있다지만, 보통은 신들끼리 소란을 떨기 위한 이벤트라고 한다. 전에 주신님도 다녀오신 적이 있다.

그리고 이번, 이틀 후에 '신의 연회'를 여는 것이 【아폴론 파밀리아】.

【아폴론 파밀리아】……. 나도 알아봤지만 파벌의 힘이나 모험자들의 질은 높다. 조직원들끼리 구성한 파티만으로 17계층의 계층 터주 골라이아스도 쓰러뜨렸다. 길드 랭크는 D.

왜소한 우리 【헤스티아 파밀리아】보다 훨씬 격이 높은 【파밀리아】였다.

"어떻게 할까요?"

"다툼이 있었던 직후니 무시할 수는 없지……."

난감한 표정을 짓는 주신님께 나는 매우 송구스러운 심정이었다.

【아폴론 파밀리아】와는 주점에서 소란을 일으킨 지 얼마 되지 않았으므로, 일부러 초대해줬는데도 거절하면 공연히 이야기가 틀어질지도 모른다.

이 제안을 무시한다는 것은 평범하게 생각해도 상대의 얼굴에 흙칠을 하는 것과 마찬가지였다.

"으음―."

입술을 세모꼴로 구부리고 끙끙거리는 주신님께 나는 사과했다.

"죄송합니다, 주신님……."

"아, 괜찮다. 괜히 책임을 느끼지 말아다오. ……사실은 나도 아폴론이 영 별로라서 말이다."

"어, 그러셨어요?"

"음…… 천계에서 이것저것 일이 있다 보니."

우물우물 말을 흐리는 주신님을 보며 나는 고개를 갸웃했다.

"뭐, 그건 차치하고……. 이번 연회는 평범한 연회와는 달리 취향이 좀 바뀌었거든."

그런 말씀을 하시더니 주신님은 초대장을 보며 웃으셨다.

건네드리기 전까지 뜯지도 않고 내용물을 읽지도 않았던 나는 재미있어 하는 주신님의 옆얼굴을 의아하게 바라보았다.

설거지한 접시를 정리하며 무엇이 적혀 있는 걸까 궁금해졌다.

"반드시 참가해야 한다는 건 이미 결정사항이나 마찬가지다. 미아흐나 다른 친구들에게도 초대장이 갔을 테니, 기왕 이렇게 된 거 함께 다 같이 가보자꾸나."

함께?

나는 다시 고개를 갸웃했다.

❧

뜬금없는 말이지만 오라리오는 지금 봄이다.

겨울의 무겁게 드리운 구름은 자취를 감추고, 온갖 풀꽃이 일제히 꽃을 피우는 계절. 날씨도 안정되고 이에 따라 도시를 찾는 여행자들도 많아진다고 한다. 그렇게 말하는 나도 두 달쯤 전 계절이 막 봄으로 바뀔 때를 틈타 이곳 오라리오에 찾아왔다. 어쩌면 우리 같은 도시 밖 출신 사람들이 평소의 붐비는 모습에 일익을 담당했는지도 모른다.

추위는 이미 누그러지고 나날이 기온은 높아져간다.

여름의 발소리를 가까이에서 느끼게 된 가운데——지금 체온이 이렇게 높아진 원인이 단순한 계절의 변화 때문이 아니란 점은 잘 안다.

덜컹덜컹 하는 마차 바퀴 소리에 맞춰 몸을 흔들며 땀이 밴 손으로 의미도 없이 앞머리를 만지작거렸다.

차분해질 수 없는 몸을 주체하지 못하던 나는 '그때'가 올 때까지 창밖에 흐르는 꼭두서니색 거리의 광경을 바라보고만 있었다.

마차가 멈추었다.

말 울음소리가 울려 퍼지는 가운데 고급스러운 문이 열리고 혼자 먼저 밖으로 나갔다.

익숙하지 않은 예복——흔히 말하는 연미복을 입은 나는 마찬가지로 기품 있는 구두 소리를 울리며 지면에 내려섰다.

뻣뻣한 움직임으로 돌아서서, 다음으로 내려오는 소녀에게 손을 내밀었다.

기쁨의 미소를 지으며 마차에서 나온 사람은 헤스티아 님이다.

나와 같이 정장으로 드레스를 입어 평소보다도 훨씬 아름답고 화사하다.

"고맙다, 벨. 에스코트도 제대로 할 줄 아는구나."

"아, 아뇨……."

지면에 내려선 주신님은 웃음을 지어주셨지만, 사실 나는 완전히 굳어 긴장해버렸다.

속속 모여드는 고급스러운 마차, 정장을 입은 수많은 미남 미녀, 여기에 결정타를 가하는 대부호의 호화 저택——아니, 궁전으로 착각할 만큼 거대한 연회 시설. 주위를 에워싼 온갖 것들이 나를 동요하게 만들었다.

오늘 【아폴론 파밀리아】가 개최한 '신의 연회'는 **권속 한 명을 대동한**, 신과 아이를 섞은 이례적인 파티라고 한다.

보통 '신의 연회'에서는 권속의 참가를 허용하지 않지만, 이번에는 주최 측이 동반을 조건으로 내세운 것이다. 아니나 다를까 신들은 재미있어 하며 그 요구를 받아들였고, 자신의 아이를 자랑하고자 우수한 단원을 데리고 참가했다. 완벽한 용모를 자랑하는 남신 여신 사이에 섞여 화려하게 옷을 빼입은 모험자며 기술자들이 잔뜩 보였다. 그리고 헤스티아 님에게 이끌린 나도 그중 한 사람이었다.

시골 농민 출신이 멋진 옷을 입고 누가 봐도 알 수 있는 허세를 부리는 꼬락서니…….매우 튀지 않을까.

자신의 까만 연미복 차림을 내려다보고 나는 절절히 그렇게 생각했다. 이날을 위해 마련한 예복은 분위기에 어울리지 않는다는 자기 평가를 몇 배로 증폭시켰다.

"잘 어울린다, 벨. 부끄러워할 것 없다."

안절부절 못하는 나에게 주신님은 태평하게 말씀하셨다. 예쁜 드레스를 입을 수 있어 어지간히 기쁘셨는지 매우 기분이 좋아 보인다.

주신님의 옷은 많은 레이스와 프릴이 달린 바다처럼 푸

른 드레스였다. 계곡을 착실하게 강조해준 것은 훌륭한 가슴을 가진 신이기 때문일까. 솔직히 눈 둘 곳이 난감했다.

어떤 나라의 왕녀님……이라는 표현은 좀 다를지도 모르지만, 오늘 주신님에게는 가련함과 아름다움이 함께 자리를 잡고 있다.

"미안하다, 헤스티아, 벨. 머리에서 발끝까지 전부 챙겨주다니."

우리를 이어 마차 안에서 미아흐 님이 나오셨다. 그의 손을 잡은 것은 단원인 나자 씨였다. 물론 두 사람 모두 우리와 같은 정장이었다.

미아흐 님은 당초 극빈【파밀리아】주제에 사치를 한다는 데 거부감이 있다고 연회 참가에 의욕을 보이지 않으셨지만,

『나자 군을 위해서라도 가끔은 긴장을 풀어주는 편이 좋지 않을까?』

헤스티아 님의 그런 설득에 굴복해, 그건 그렇다며 결국은 쓴웃음과 함께 수긍해주신 것이다. 상인에게 빌린 마차, 미아흐 님과 나자 씨의 의상 비용은 평소의 답례 삼아 우리가 대신 냈다.

몇 만 발리스나 하는 하이포션이며 듀얼 포션을 싼값에 제공해주신 점을 생각하면 이 정도도 아직 모자란다.

"불러줘서, 고마워, 벨……."

"나, 나자 씨."

주신님과 대화를 나누는 미아흐 님에게서 떨어져 시앙스로프 나자 씨가 말을 걸었다.

평소에는 소박한 옷밖에 입지 않지만 나자 씨의 드레스 차림도 매우 신선하고 매력적이었다. 원단은 붉은색이며 오른팔의 의수를 가리도록 긴 소매로 마무리했다.

"……어울려?"

스커트 부분을 두 손으로 매만지는 나자 씨에게 나는 끄덕끄덕 크게 고개를 끄덕여주었다.

반쯤 눈이 감긴 그녀의 표정은 어딘가 기뻐하는 것 같았으며, 꼬리도 파닥파닥 좌우로 흔들렸다.

"그럼 그만 가보도록 하지"

"그래. 그러면 벨, 부탁한다."

"네, 넷!"

미아흐 님의 말씀에 주신님이 고개를 끄덕이고 손을 내미셨다. 나는 그 손을 조심스레 잡았다.

뒤를 돌아보자 금세 시야 한가득 나타나는 호화로운 궁전. 활짝 열린 정면 현관으로 귀족과도 같은 신들, 현란한 의상을 차려 입은 권속들이 함께 입장한다.

역시 나도 모르게 마른침을 삼키게 된다.

원래는 먼 세계——혹은 접점이 없었던 '밤의 세계'.

오라리오를 찾아왔을 때, 신들의 이벤트라고는 하지만 이런 사교계에 참가할 수 있으리라고는 상상도 못했다.

가슴이 두근거리지 않는다면 거짓말이겠지만……. 이번

만은 긴장이 앞섰다.

눈앞의 광경에 시간을 빼앗긴 나는 살짝 숨을 들이마셨다. 마음을 굳게 먹고 발을 한 걸음 내디뎠다.

주위의 다른 사람들과 마찬가지로 헤스티아 님과 나자씨, 두 여성을 미아흐 님과 함께 에스코트해 우리는 까마득히 올려다봐야 할 정도로 높은 건물 안에 들어갔다.

정문 홀은 건물의 외견에 뒤지지 않을 정도로 호화찬란했다.

금색과 은색 광채가 굵은 기둥이며 촛대에서 뿜어져 나와 눈이 아찔할 지경이다. 홀의 구조는 매우 개방감이 있었다. 벽 쪽에 자리 잡은 설화석고 조각상은 신들을 본뜬 것인지 남신과 여신이 하나씩 있었다.

나도 모르게 벌렁 자빠질 정도로 화려한 대계단을 올라가니, 건물 2층에 오늘의 연회장인 대형 홀이 있었다.

벌써부터 북적거리는 홀 또한 말할 필요가 없을 정도로 화려했다. 높은 천장에는 샹들리에 형태의 마석등. 수많은 긴 테이블 위에는 상위계급 사람들밖에는 먹을 수 없을 것 같은 요리들이 즐비하게 늘어섰다. 높은 창문 밖은 발코니로 이어졌다.

해가 다 저물어 바깥의 경치는 어둠으로 가득했다. 연회장 시설은 북쪽 메인 스트리트 외곽, 고급 주택가 안이라 그런지 주점들이 있는 소란스러운 밤거리는 멀게만 느껴졌다. 정말로 오라리오인지 의심이 갈 정도로 이 장소는 매우 조용했다.

아마도 사교계 특유라고 할 수 있는 분위기. 나도 모르게 위축되었다.

홀 안을 나아가자 이름이 알려진 모험자들이 여기저기 보였다. 마지 못해 참가한 듯한 아름다운 엘프, 예복을 입어 갑갑해하는 드워프, 날카로운 분위기의 수인이며 아마조네스까지 신들 말고도 수많은 데미휴먼이 회장 안에 보였다.

"아…… 저 사람, 본 적 있어요……."

"저 모험자는 전부터 꽤 유명해. 강하고……. 저쪽에 모인 파벌은 좋은 소문이 없으니까, 조심……."

곁의 나자 씨에게 이런저런 정보를 들으면서 나는 나도 모르게 주위를 두리번거렸다.

구석 쪽으로 나아가자 우리에게 말을 걸어주는 여신과 남신——헤파이스토스 님과 타케미카즈치 님이 계셨다.

"어머, 왔구나."

"미아흐도 있다니 의외인걸."

"헤파이스토스, 타케!"

기뻐하며 달려가는 헤스티아 님의 뒤로 미아흐 님이 따라가고, 나와 나자 씨가 인사를 하자 "여어." "건강한 것 같네."라며 두 분 모두 웃음을 지어주었다.

"타케는 미코토 군을 데려왔군. 요전에는 고마웠다."

"아, 아닙니다, 어, 네……!"

"헤파이스토스네 아이는 어디 있지? 보이질 않는데."

"애가 좀 유별나서 말이야. 주신을 내팽개쳐놓고 근처에서 혼자 산책하고 있어."

헤스티아 님이 감사를 했던 것은 타케미카즈치 님의 뒤에 서 있던 휴먼 미코토 씨였다. 얼마 전 '중층'까지 도우러 와준 분들 중 한 명인 그녀는 뻣뻣하게 긴장하고 있었다.

기품 있게 한데 모은 흑발과 몸에 걸친 드레스가 끊임없이 떨린다. ……다행이다. 동지가 있었다.

나와 마찬가지로 정장 경험이 없는지, 드레스 소매에서 드러난 어깨를 부끄러운 듯 작게 움츠리고 귀까지 발갛게 물들였다.

미아흐 님과 헤파이스토스 님이 대화를 나누시는 옆에서 눈을 빙글빙글 돌리는 그 모습에 나도 모르게 친근감을 품고 말았다.

"――여어, 다들 모여 있었네! 나도 끼워주라!"

"아, 헤르메스."

큰 목소리가 우리에게 들렸다.

돌아보니 밝은 분위기로 다가오는 헤르메스 님이 보였다. 눈을 활 모양으로 구부린 얼굴을 보며 타케미카즈치 님이 언짢은 표정을 지었다. 곁에 함께 있던 것은 안경을 낀 아스피 씨였다.

"헤르메스 님, 목소리를 좀 낮추십시오……."

잔소리와 함께 한숨을 쉰다.

"왜 네가 이쪽으로 오는 거야. 이제까진 별로 친하지도 않았으면서."

"어허, 어허, 타케미카즈치. 함께 단결해 큰일을 치렀던 사이잖아! 나만 따돌리기야?"

밝은 어조로 떠들어댄 후 헤르메스 님은 타케미카즈치 님의 옆을 스르륵 빠져나갔다.

그리고는 우리 앞에 오시더니 친근한 미소를 지었다.

"여어, 벨! 그 옷 아주 멋진데! 나자도 예뻐!"

"고, 고맙습니다."

"고맙습니다……."

"어라, 미코토, 긴장한 거야? 귀여운 얼굴이 아깝잖아!"

"귀, 귀엽……?!"

미아흐 님이나 나와는 달리 의상을 살짝 풀어서 입은 헤르메스 님은 주신님들은 물론 우리까지 모조리 칭찬해주셨다. 마지막으로는 재미난 것을 발견했다는 듯 미코토 씨에게 다가가 손을 잡고 손가락에 입을 맞춘다. 퍼엉! 미코토 씨가 마침내 시뻘겋게 물들어 폭발했다.

뻐억, 퍽! 타케미카즈치 님이 뒷머리를 치고 아스피 씨가 구둣발 끝으로 정강이를 걷어찼다.

쓰러져 혼절한 헤르메스 님을 보며 땀을 삐질삐질 흘리고 있으려니 헤파이스토스 님이 말했다.

"사람이 많아졌네."

"신들 말고도 아이들까지 있으니 보통 '연회' 보다도 붐비는 것 아닐까?"

정말로 사람들이 끊임없이 입장해…… 파티란 것을 실감했다. 우리가 서 있는 곳만 해도 이미 상당히 시끄러웠고.

하지만 이제는 슬슬 이 자리의 분위기에 익숙해졌는지도.

『──제군, 오늘 정말 잘 와주었다!』

그때 낭랑히 울려 퍼지는 목소리.

실내에 있던 모든 이들의 시선이 향한 곳, 대형 홀 안쪽에는 한 명의 남신이 서 있었다.

햇빛의 색을 뿜어내는 금발. 마치 태양빛이 응축된 것 같은 금발은 찬란한 윤기가 있었다. 입가에 지은 미소도 눈부셔서, 그 단아한 용모는 남자인 내가 봐도 눈길을 빼앗길 정도였다. 키도 크다. 머리 위에는 녹색 이파리가 달린 월계수관.

좌우에는 남녀 단원이 서 있으니 틀림없을 것이다. 분명 저분이 아폴론 님이다.

『오늘은 내 독단에 따라 취향을 바꿔보았는데, 다들 마음에 들었으려나? 평소 귀여워하던 아이들을 한껏 꾸며 이렇게 우리의 연회에 데려오는 것 또한 재미있지 않나!』

연회의 주최자답게 한껏 잘 차려입은 아폴론 님의 목소리는 잘 울려 퍼졌다. 분위기 잘 타는 몇몇 신들은 환호성을 지르고 갈채를 보냈다.

『많은 동족, 그리고 사랑스러운 아이들의 모습을 볼 수 있어서 나 자신도 기쁠 따름이다. ──오늘 밤에는 새로운 만남도 많을 것 같은 그런 예감마저 드는군.』

그리고 아폴론 님의 말에 귀를 기울이고 있으려니 갑자기.

빈객들을 둘러보던 아폴론 님의 시선이 이쪽을 쏘아보는 듯한 기분이 들었다.

'……?'

의아한 표정을 지었던 나는 잠깐 뒤를 본 다음 고개를 앞으로 돌렸다. 남신님은 나 같은 사람은 전혀 신경도 쓰지 않는다는 듯 쳐다보지도 않은 채 인사를 계속했다.

……【아폴론 파밀리아】와는 이런저런 일이 많았으니 조금 예민해진 것인지도 모른다. 나는 위화감을 기분 탓이리라고 가슴 속에만 담아두었다.

『오늘 밤은 길지. 고급스러운 술도, 음식도 얼마든지 있다. 부디 즐겨다오!』

그 말을 끝으로 아폴론 님이 두 팔을 들었다.

이에 동조하듯 남성 신들을 중심으로 환성이 터졌다. 많은 사람들이 세련된 잔을 들어 올리고, 홀은 금세 소란스러워졌다.

"주신님……. 어, 음, 어떻게 할까요?"

내가 묻자 곁에 있던 헤스티아 님이 아폴론 쪽을 보며 말씀하셨다.

"음— 아폴론과 이야기를 하고 싶다만 나중이 좋겠구나. 아무래도 바쁜 것 같으니."

우리는 주점에서 있었던 소동의 화근을 남기지 말아야 겠다고 생각하고 왔지만, 사실 【아폴론 파밀리아】는 바쁜 것 같았다. 같은 제복을 입은 단원들은 급사 역할을 수행했고, 주신인 아폴론 님도 인사를 하러 돌아다니느라 수많은 신들에게 에워싸여 있었다. 이래서는 말을 걸기도 힘들 것 같았다.

헤스티아 님의 말씀대로 조금 시간을 두는 편이 좋겠다.

"뭐, 기왕 왔으니 파티를 즐겨야지. 맛있는 요리라도 먹자꾸나, 벨."

"어, 네."

주신님의 채근에 우리는 미아흐 님과 나자 씨 틈에 끼어들었다. 다들 이미 술을 즐기고 있다.

나자 씨에게 잔을 건네받은 나는 한동안 이런저런 사람과 환담을 나누기로 했다.

"미코토 씨. 18계층에서는 정말 고마웠어요. 이래저래 많은 도움을 받아서……."

"아, 아닙니다! 저는 아무것도……."

시간이 지나 겨우 수치심과 긴장이 풀어졌는지 미코토 씨는 말을 더듬으면서도 대답을 해주었다.

수색대 건만이 아니라, 주신님이 모험자들에게 권유하셨을 때 달려와준 것을 정식으로 감사하자 그녀는 살짝 고개를 가로저었다.

"벨 공이야말로, 훌륭했습니다. 그러한 사태에 직면해서도 과감하게 계층 터주에 도전하고, 마지막에는 자신의 손으로 결판을 내다니……. 외람된 말이오나 그 광경에는 마음이 벅차올랐습니다."

"그, 그건 저 혼자 했던 게 아니랄까, 혼자선 아무것도 못했달까……."

미코토 씨가 절절히 말하는 바람에 나도 말을 더듬었다.

둘이서 서로 겸손해하다 동시에 웃음을 터뜨렸다.

"……벨 공, 무슨 일이 있으면 언제든 말씀해 주십시오. 미력하나마 일조하겠습니다."

"미코토 씨……."

"오우카 공도 치구사 공도, 벨 공을 돕고 싶어 합니다. 물론 저도."

"어, 그러면…… 미코토 씨네도 뭔가 어려운 일이 있으면 불러주세요. 도와드릴 테니까요."

앞으로도 서로 도움을 주고받으면 좋겠다고, 그런 말을 하자 미코토 씨는 활짝 웃었다.

손을 내밀어주어, 나는 멋쩍어 뺨을 긁으면서도 악수를 나누었다.

"전해 들었습니다만, 벨 공의 성장에는 괄목할 만한 면이 있다 들었습니다. 무언가 강해지는 비결이라도 있습니까?"

"벨은 개조인간이야. 내가 만든 위험한 약을 먹고, 매일 도핑해……."

"거짓말을 하면 안 되죠?!"

나자 씨도 끼어들어 대화를 즐기면서 새삼 주위를 둘러보았다.

소문으로 들었던 '신의 연회'는 이상한 격식을 차리지도 않고, 어떤 신들은 입을 크게 벌린 채 웃음을 터뜨렸다. 뭐랄까, 긴장했던 것만큼 거북한 곳이 아니었다.

오히려 사치스럽기 그지없는 이 건물에 더 주눅이 들 것 같았다.

"저, 이 건물은【아폴론 파밀리아】의 소유물…… 홈인가요?"

내가 묻자 아스피 씨가 대답해주었다.

"아뇨, 그렇지 않습니다. 이 시설은 길드가 관리하는 공공건물이지요. 필요할 때는【파밀리아】나 상인들에게 대여를 해줍니다."

타케미카즈치 님이 말을 이으셨다.

"홈에서 '연회'를 여는 신도 있지만 그건 가네샤 정도나 그렇고. 보통은【파밀리아】본거지에 다른 파벌 사람들을 들이는 짓은 하지 않아."

"이 사람 저 사람 드나들면 정보 유출도 있을지 모르니."

미아흐 님도 보충해주셨다. 그렇구나.

우리의 대화를 옆에서 들으며 헤파이스토스 님과 헤르메스 님도 주위를 둘러보았다.

"오늘 '연회'는 형식이 다르다 보니 평소에는 안 오던 친구들도 있는 것 같아."

"그러게. 아폴론도 재미난 짓을 다 하는걸."

두 분의 말씀을 슬쩍 엿들은 나는 조금 망설이다가 궁금해진 점을 물어보았다.

"죄송한데요……. 아폴론 님은, 어떤 분인가요?"

"음? 궁금하니, 벨?"

"네."

헤르메스 님의 말에 고개를 끄덕였다. 등황색 두 눈을 활처럼 구부리며 헤르메스 님은 입을 열었다.

"재미있는 놈이야. 난 천계 때부터 알고 지냈는데, 보고 있으면 질리질 않아. 다른 신들에게선 곧잘 웃음거리가 됐고."

"네?"

생각지도 못했던 내용에 나는 눈을 깜빡였다.

"일단은 스캔들 화제가 끊이질 않거든. 모험자도 아닌데 【비애(悲愛)】라는 별명까지 있을 정도로."

비, 비애?

뭐야, 그게……. 안 되겠다, 전혀 알 수가 없다.

"연애에 뜨거운 신이란 소리지. 그치, 헤스티아?"

"몰라!"

어느샌가 등을 돌리고 식사――비축?――를 하시던 주신님은 싱글거리는 헤르메스 님께 고함을 질렀다. 아구아구 하염없이 요리를 그 조그만 몸속에 욱여넣는 뒷모습은 어딘가 언짢아 보였다.

헤스티아 님은 아폴론 님이 영 별로라고 하셨는데⋯⋯.
무슨 일이 있었던 걸까?

"그리고, 어디 보자——**집념이 강하지.**"

"네?"

헤르메스 님이 입에 담은 마지막 말씀에 고개를 확 돌렸다.

무슨 뜻이냐고 물으려던 직후.

술렁, 홀 입구에서 일어난 큰 소란이 내 목소리를 가로
막았다.

"어이쿠⋯⋯ 거물께서 납셨군."

목소리가 들린 곳을 보며 헤르메스 님이 너스레를 떨었다.

나도 인파 안쪽으로 시선을 돌려보니——무엇이 소란의
원인이었는지 한순간에 이해하고 말았다.

모든 이들의 이목을 송두리째 모은 것은 몸집이 커다란
수인을 대동한 은발의 여신님이었다.

"저, 저분은⋯⋯."

"프레이야 님이야, 벨. 【프레이야 파밀리아】의 이름은 너
도 들어봤지?"

엄청난 존재감에 숨을 죽이며 나는 헤르메스 님의 말에
간신히 고개를 끄덕였다.

【프레이야 파밀리아】——【로키 파밀리아】와 어깨를 나
란히 하는 최강세력의 파벌. 오라리오의 정점에 군림하는
이 양대 파벌은 미궁도시의 쌍두(雙頭)라 불릴 정도다. 신출

내기 모험자라도 저 【파밀리아】의 무용담과 명성은 모두 들어보았을 것이다.

시선 너머에 있는 여신님이, 그런 【파밀리아】의 주신……?

프레이야 님이 등장하자 연회장의 분위기가 단숨에 달아올랐다. 그 정도로 그녀는 아름다웠다.

은색 두 눈을 가진 미모도, 커다란 가슴이나 잘록한 허리를 담아둔 천의(天衣) 같은 드레스도, 몸짓 하나하나마저도 수많은 시선을 못 박아놓았다. 멀리서 보고 있는 나까지 얼굴이 발그레해질 정도로.

저렇게 예쁜 분은 처음 봤어…….

"——으음?!"

내가 나도 모르게 넋을 놓고 있으려니 갑자기 헤스티아 님의 트윈테일이 흔들렸다.

헤스티아 님은 열중하던 요리에서 고개를 들어 프레이야 님을 보시더니 넋을 놓은 나에게 고개를 돌리고,

모든 것을 깨달았다는 듯 쌩하니 힘차게 나에게 뛰어들었다.

"프레이야를 보지 마라, 벨!!"

"허윽?!"

바로 옆에서 몸받기를 감행한 주신님에게 깔려 쓰러질 뻔했다.

간신히 넘어지지 않고 버티자, 주신님은 내 시선을 프레

이야 님에게서 차단하려고 목에 매달렸다.

"아이들이 '미의 신'을 쳐다보면 금세 포로가 돼 '매료'당하고 만단 말이다!"

'미의 신'——지식으로는 알고 있다.

신도 하계 사람들도, 만인을 예외 없이 '매료'시켜버리는, 아름다움 그 자체라고도 할 수 있는 데우스데아.

주신님의 말을 뒷받침하듯 각 파벌 단원들은 입을 벌린 채 프레이야 님을 바라보았다. 성별에 상관없이 영혼이 빠져나간 것처럼 서 있는 사람조차 보였다.

"안 되지, 안 돼."

우리 옆에서도 나자 씨가 고개를 설레설레 가로젓고, 미코토 씨는 발그레해진 얼굴로 신음했다. 아스피 씨는 처음부터 시선을 다른 방향으로 돌리고 있었다.

"가네샤의 '연회' 때도 왔으니 연속으로 두 번째……. 프레이야가 이렇게 공공연히 얼굴을 드러내다니, 정말 드문 일이야."

"그, 그게 무슨 뜻인가요, 헤파이스토스 님?"

주신님과 씨름을 하며 헤파이스토스 님께 되묻자 헤르메스 님이 보충해주었다.

"보통 프레이야 님은 '바벨' 최상층에 있으면서 남들 앞에는 전혀 나오는 법이 없거든. 남신들 중에는 그녀를 한 번 보려고 일말의 희망을 품고 '연회'에 오는 놈들도 있을 정도야."

남들 앞에는 나타나지 않는다……. 하기야 이렇게까지 사람들의 주목을 끈다면 어지간해서는 돌아다닐 수도 없을 것이다. 프레이야 님 자신이 사람들 앞에 나서는 것을 싫어하는지는 차치하고서라도, 함부로 외출을 했다간 그때마다 혼란이 일어날 것이 분명하다.

남신들에게 에워싸인 프레이야 님을 보며 나는 그렇게 생각했다.

"――."

그때 은색 눈동자가 이쪽을 바라보았다.

우뚝 움직임을 멈춘 프레이야 님은 가만히 나를 바라보는가 싶더니…… 미소를 지었다.

또각, 또각. 구두 굽을 울리며 걸어왔다. 보이지 않는 벽이 있는 것처럼 그녀의 앞에서는 인파가 흩어지고 길이 계속 열렸다. 아직도 내게 안겨 있던 헤스티아 님이 눈을 크게 뜨는 가운데, 수인 종자를 대동한 여신님은 곧 우리 앞에서 발을 멈추었다.

"왔구나, 헤스티아. 그리고 헤파이스토스도. 신회 이래 처음이지?"

"윽…… 여어, 프레이야. 뭐 하러 왔어?"

"건강한 것 같아 다행이네."

생글생글 웃으며 인사하는 프레이야 님과는 달리 헤스티아 님은 나에게서 홱 떨어져 긴장된 모습을 보였다. 헤파이스토스 님이 인사를 하거나 말거나 주신님은 위협하는 듯한 공기를 풍겼다.

"그냥, 인사하러 온 것뿐인데? 보기 힘든 얼굴들이 모여 있어서 나도 모르게 와봤어."

그렇게 말하며 프레이야 님은 그 자리의 남신님들을 차례대로 훑어보았다.

고혹적인 시선에 헤르메스 님은 눈 깜짝할 사이에 헤롱헤롱 넋을 잃고, 타케미카즈치 님은 가볍게 얼굴을 붉히며 어험 헛기침. 미아흐 님은 "오늘도 아름답군."이라며 평범하게 칭찬하셨다. 그 직후 권속 여성들에게 발을 밟히고 꼬집히고 타격을 받는 남신님들. 비명이 터졌다.

"끄억?!" "으윽?!" "흐억?!"

나는 재빨리 한 발짝 후퇴했다.

그리고 마지막으로 은색 시선이 내 얼굴에 머물렀다.

빨려 들어갈 것 같은 눈동자에 꼴깍 목을 울리고 있으려니, 프레이야 님은 더 환하게 웃음을 지었다.

자연스러운 동작으로 손을 스윽 내밀어 뺨을 쓰다듬는다.

"──오늘 밤 나에게 꿈을 꾸게 해주지 않으련?"

"──꿈은 무슨!!"

프레이야 님이 물은 것과 동시에 헤스티아 님이 울부짖었다.

내 뺨에 가져다댄 손을 철썩 쳐내며 새빨개진 얼굴로 격앙했다.

"너는 왜 얼굴을 붉히는 게냐, 벨?!"

"죄, 죄송합니다아아?!"

"잘 들어라! 이 여신은 남자를 보면 닥치는 대로 널름 집 어삼키는 몬스터 같은 녀석이야!! 토끼 같은 애가 넋을 놓 고 있다간 순식간에 잡아먹힌다!!"

"네헥……!!"

눈앞에서 마구 주워섬기대는 주신님의 모습에 몸이 뒤 로 휘청거렸다. 마치 파이어볼트를 연속으로 얻어맞는 것 같았다. 트윈테일까지 마구 흔들어대며 주신님은 프레이 야 님이 얼마나 위험한지를 역설했다.

"어머나, 유감스러워라."

반면 프레이야 님은 재미있다는 듯 미소를 지었다.

헤스티아 님의 반응을 한바탕 즐긴 후 금세 몸을 뒤로 뺐다.

"헤스티아를 언짢게 해버린 것 같으니 이만 가볼게. 그 럼, 오탈."

여전히 경계하는 헤스티아 님을 내버려두고 등을 돌리 더니 종자에게 말을 걸고 그녀는 걸어갔다. 종자——2M 도 넘는 보어스(멧돼지 수인)가 흘끔 쳐다보는 바람에 가슴이 철렁하면서도 나는 프레이야 님의 뒷모습을 눈으로 따라 갔다.

아름다운 긴 은발은 다시 사람들의 무리에 에워싸이며 천천히 멀어져갔다.

폭풍이 지나간 것 같은 시간 속에서 모두가 입을 열지 못하고 있을 때.

이번에는 다른 방향에서 목소리가 들렸다.

"──저 색골이 마 벌써부터 추파를 던져쌌네."

놀라며 돌아보고──오늘 최대의 동요에 사로잡혔다.

"로키?!"

"여어, 땅꼬마. 니도 드레스 입을 수 있게 됐나? 열심히 깨끔발 들었나보네? 진짜 웃긴데이."

헤스티아 님이 소리친 방향에는 남성용 정장을 입은 주황색 머리카락의 여신님이 있었다.

그리고 그 곁에는.

아름다운 드레스를 입은 금발금안의 소녀.

"……?!"

눈을 한껏 크게 뜨고 얼굴을 붉혔다.

엷은 녹색을 베이스로 한 의상을 부끄러운 듯이 입은 소녀, 아이즈 씨가 내 눈 앞에 서 있었다.

"어느새 온 거냐, 넌?! 소리도 없이 나타나고 있어!"

"시끄럽다, 문디야!! 의기양양하게 들어온 저 썩은 찌찌한테 눈길 전부 뺏겨버렸다 아이가?!"

보아하니 아이즈 씨와 주신인 로키 님은 지금 막 도착한 모양이었다. 프레이야 님이 다가오는 바람에 홀에 들어온 사실을 전혀 알아차리지 못했다.

예복을 맵시 나게 입어 남장을 한 로키 님, 그리고 드레스 차림의 아이즈 씨. 마치 영애와 그녀를 지키는 경호원처럼, 주종관계가 뒤집힌 그림이 매우 멋들어졌다.

몸속의 열기가 수그러들질 않는다.

그림책 속에서 튀어나온 공주님 같은 아이즈 씨의 모습에서 눈길을 뗄 수가 없었다.

엷은 녹색 드레스는 가슴께와 등이 탁 트여 늘씬한 어깨까지도 드러났다. 치밀한 자수와 장식이 가미 되어, 아마도 의상 제작을 주도했을 로키 님의 재력과 열의가 생생하게 전해졌다. 두 팔에는 매끄러운 원단으로 만든 긴 글러브를 끼었다. 금색 장발은 일부를 묶어놓았지만 등 절반까지 흘러내렸다. 뺨을 물들인 가련한 얼굴에 가녀린 목덜미, 계곡을 이루는 가슴, 그리고 잘록한 허리에서 펼쳐진 스커트까지.

모험자도, 검사가 아닌 아이즈 씨가 있었다.

프레이야 님 때처럼 시간을 잊고 들여다보게 되는 그런 감각과는 다른, 요란한 가슴의 고동.

온몸에 전해지는 고동이 말을 듣질 않았다.

"아……."

"……!"

고개를 든 아이즈 씨와 눈이 딱 마주쳐 서로 말문이 막혔다.

뺨의 발그레한 기운이 더 짙어져가고, 그녀는 다시 살짝 고개를 숙이더니 조그맣게, 움찔움찔 몸을 떨었다. 사사삭 로키 님의 몸 뒤로 숨는다.

귀, 귀여워……!

"……에잇."

"아얏?!"

아이즈 씨에게 넋을 잃어 얼빠진 얼굴이 아니꼬웠는지 주신님이 나에게 강렬한 꼬집기를 선사했다.

"흐응~ 그 소년이 땅꼬마네 얼라가……."

허벅지 언저리를 누르며 고통스러워하는 나를 로키 님이 바라보았다.

주황색 눈동자가 응시하는 바람에 나도 모르게 입을 다물고 말았다. 빤히, 가차 없이 쳐다보는 바람에 불안한 시간이 흘러갔다.

잠시 후.

"어째 영 맥아리가 없네. 우리 아이즈하곤 천지차이데이!"

푸욱, 가슴에 사무치는 말씀을 하셨다. 【검희】와 어울리지 않는다는 사실을 평소에도 자각하는 만큼 대미지는 컸다.

그리고 내가 휘청거리고 있으려니 주신님이 뺨을 꿈틀꿈틀 경련했다. 두 눈을 치켜세우며 로키 님을 척 가리킨다.

"예전처럼 직접 말싸움을 해봤자 못 이긴다는 걸 알고 이번엔 권속 자랑질이냐?! 아~ 싫다 싫어, 얄팍해서 못 봐주겠네!"

"——아앙?"

쩌적, 로키 님의 얼굴에 푸른 힘줄이 솟았다.

"애초에 너희 발렌 아무개보다도 우리 벨이 훨씬 귀엽단 말이다! 토끼 같아서 애교가 있지!!"

"웃기지 마라 문디야!! 우리 아이쭈가 백만 배는 실력도 있고 멋있다 안카나!!"

추한 권속 자랑이 발발했다.

드잡이질을 할 기세로 말다툼을 시작한 두 분의 주신님. 또 시작이냐며 헤파이스토스 님이 진저리를 치고, 미아흐 님도 공허한 웃음을 지으셨다. 나자 씨나 다른 분들은 입을 반쯤 벌리고 있다.

나는 어떤가 하면, 정말 사이가 나쁘다고 아연실색하면서 동시에 절망해버렸다.

실현이 초 불가능하다는, 서로 다른 【파밀리아】 남녀 간의 관계…… 눈앞의 광경이 마치 이를 고스란히 상징하는 것 같았다.

꽥꽥 소란을 피워대는 헤스티아 님과 로키 님을 보고 주위의 신들이 우글우글 몰려들었다.

"이번에도 또 찾아왔군."

"축제다!"

"구경거리다!"

나와 아이즈 씨는 너무 창피해져 서로 자기 주신님을 달래 떼어놓았다. 후욱후욱 거친 숨을 몰아쉬며 서로 위협해

대는 여신님들은 헤르메스 님이나 다른 분들의 중재를 거쳐 간신히 싸움을 그쳤다.

"……첫, 땅꼬마 때문에 기껏 좋았던 기분도 다 잡쳤데이."

"그건 내가 할 소리다!!"

"흥! 가자, 아이쭈!"

"우리도 가자, 벨!"

"앗?!"

로키 님과 헤스티아 님은 반대 방향으로 걸어가, 손을 붙들린 나와 아이즈 씨도 서로 떨어지고 말았다. 황급히 돌아보니 마찬가지로 뒤를 돌아본 그녀와 한순간 눈이 마주쳤다.

말을 걸 수 있다면, 저 사람의 목소리를 들을 수 있다면——마음에 품었던 그런 엷은 기대는 멀리 떨어진 거리와 함께 덧없이 무너졌다.

한심한 나에게는 주신님의 손을 뿌리칠 용기도, 로키 님의 앞까지 다가가겠다는 오기도 없었다. 멀어져가는 뒷모습을 아쉽게 바라보며, 그래도 이것이 진짜 거리일 거라고, 서로의 위치를 실감했다. 이제까지 있었던 일이나 18계층에서의 그 만남이 오히려 특별했던 것이라고.

걸어가는 로키 님과 아이즈 씨의 주위에는 차츰 인파가 모여들었다. 근질거리는 체념과 열등감에 사로잡힌 나는 아직도 이쪽을 쳐다보는 그 사람으로부터 눈을 돌렸다.

나는 아이즈 씨와 대화하는 것을 체념하고 주신님과 함

께 회장 안을 이동했다.

☙

나는 그로부터 한동안 헤스티아 님에게 이끌려 지인이
라는 여러 신들 앞에서 인사를 하고 다녔다. 사람 좋아 보
이는 여신님 남신님들에게 소개를 받아, 긴장하면서도 어
찌어찌 이야기를 나누었다.

이윽고 파티가 시작된 후 두 시간 정도가 지나서 나는
짧은 휴식시간을 얻었다.

혼자 사람들의 흐름에서 벗어나, 방해가 되지 않도록 벽
쪽에 이동했다.

"휴우⋯⋯."

벽을 등에 댄 순간 한숨이 새나왔다.

모르는 사이에 피로가 쌓였는지도 모른다.

환한 샹들리에 불빛을 받으며 멍하니, 딱히 생각 없이
회장을 둘러보았다.

아직도 연신 쏟아져 나오는 호화로운 요리, 급사들이 건
네주는 진한 색깔의 와인. 어디선가 유려한 음악이 흘러나
오고 홀 한복판에서는 춤이 시작되었다. 시야 한구석에서
는 아직도 말다툼을 벌이는 헤스티아 님과 로키 님의 모습
이 보였다.

'역시 신기해⋯⋯.'

우아하게 춤을 추는 미남미녀를 바라보며 중얼거렸다.

번쩍번쩍 빛나는 현란한 세계. 바로 어제까지 있던 곳과는 정말로 다른 세계.

혼자 남은 탓인지, 이 장소에 어울리지 않는 자신을 발견하게 될 것 같았다. 이제까지 몰랐던 환경에 내팽개쳐져 불안해진, 그런 흔들리는 마음의 발로였는지도 모른다.

처음 던전에 내려가게 되었을 때도 비슷한 느낌을 받았던 것 같다.

만약 앞으로도 기회가 더 온다면 눈앞의 세계에도 익숙해질까?

조금 상상이 가지 않는다.

"......."

눈앞의 광경에서 벗어나고자 벽에서 등을 떼었다.

조금 걸어, 활짝 열린 창가로 다가가 밖으로 나갔다.

발코니에 발을 들인 순간 맑은 밤공기에 휩싸였다.

머리 위에는 구름 한 점 없는 밤하늘. 푸른 어둠이 주위를 뒤덮고, 이곳에서는 보이지 않는 메인 스트리트 방향이 뿌옇게 빛난다. 피부를 따라 미끄러지는 바람이 시원했다.

살짝 숨을 쉬자 몸에 쌓였던 이런저런 것들이 빠져나가는 것 같았다.

머릿속이 시원해졌다.

조금 더 바깥바람을 쐬려고 호화로운 구조의 난간에 다가갔을 때였다.

"……?"

녹색 잔디밭, 그리고 분수가 있는 넓은 정원을 내려다보니 두 사람의 그림자가 보였다.

'저건…….'

연회시설인 이 건물은 넓은 부지를 끼고 있었으며, 지금 내가 내려다보고 있는 것 같은 정원과 높은 정원수의 무리에 에워싸여 있다.

조그만 숲을 연상케 하는 정원수 아래, 연회장의 빛도 닿지 않는 어두컴컴한 곳에.

'불꽃벌'에서 나를 압도했던 미청년…… 히아킨토스 씨와, 본 적 없는 휴먼 남성이 있었다.

뭔가, 얘기를 하고 있는 건가……?

형언할 수 없는 예감에 떠밀린 반사적인 행동이었다.

집중해【스테이터스】로 강화된 청각을 기울였다.

상대의 위치는 발코니에서 멀었으므로 눈에 힘을 주고 입술 움직임도 읽어 간신히 대화의 일부분을 예상해나갔다.

『이르면 내일 아침…… 계획대로……. 실행 타이밍은 우리…… 알았나, 자니스?』

『네가 말할 것도 없이…… 보수는…….』

자니스……?

그것이 히아킨토스 씨와 함께 있는 남성의 이름일까?

엿듣는 것이 잘못이라는 사실을 자각하면서도 나는 발

코니의 난간에 손을 대고 몸을 내밀었다.

하지만 그때 히아킨토스 씨가 이쪽을 알아차렸다. 기척을 감지했는지 그의 벽안과 시선이 부딪쳐 한순간 숨이 멎었다.

"벨?"

"!"

등 뒤에서 들려온 목소리에 몸을 돌렸다.

창가에 서 있던 것은 헤르메스 님이었다. 홀의 광경을 등진 남신의 모습을 바라보던 나는 시선을 다시 정원으로 되돌렸다.

히아킨토스 씨와 자니스라는 남자는 홀연히 자취를 감춘 후였다.

"이런 데서 뭐 하는 거야?"

"어, 아뇨……. 그냥."

다가오는 헤르메스 님에게 말을 어물거렸다.

남의 말을 엿듣고 있었던지라 찜찜했다. 그들의 대화가 궁금했지만 아무 것도 아니라고 얼버무렸다.

"……뭐, 아무럼 어때. 자, 마셔."

"고, 고맙습니다……."

손에 든 두 잔의 글라스 중에서 하나를 내밀었다.

입을 대보니 물이었다. 솔직히 술은 이제 그만 마시고 싶었으므로 고마웠다.

그건 그렇다 쳐도 왜 이런 곳에 오신 걸까 싶어 의아한

© Suzuhito Yasuda

눈빛을 보내자, 살짝 향이 나는 와인을 마시던 헤르메스 님이 웃었다.

"천천히 이야기를 나눌 기회가 없었잖아. 귀여운 여자애가 아니라 미안하지만, 잠깐 괜찮을까?"

너스레를 떠는 어조에 웃음이 나와 쾌히 승낙했다.

"물론이죠."

자세를 고치고 서서, 발코니에서 헤르메스 님과 마주 섰다.

"너와 헤스티아의 쾌진격은 그칠 줄을 모르는구나. 전부터 궁금했던 거지만, 그때 18계층에서 싸우는 모습을 보고 나도 완전히 네 팬이 돼버렸어."

"무, 무슨 말씀을……."

처음에야 당황했지만 활달하게 웃는 헤르메스 님을 보니 어깨에서 힘이 빠져나가는 것을 알 수 있었다. 칭찬하기도 하고 놀리기도 하고 때로는 농담을 섞기도 한다. 이제까지 만났던 어떤 사람보다도 화술이 뛰어났다.

홀에서 흘러나오는 기분 좋은 선율에 귀를 기울이면서 나와 헤르메스 님은 한동안 무탈한 화제를 나누었다.

"벨은 어쩌다 모험을 시작하게 됐어?"

난간에 등을 기대며 헤르메스 님이 그렇게 물었다.

나는 한순간 말문이 막혔다. '던전에서 운명의 만남을 추구해서~!'라느니 '영웅이 되겠다는 꿈을 버리지 못해서~!'라느니, 새삼스럽지만 거시기한 이유를 늘어놓는 데 수치심을 느꼈다.

뺨을 긁은 나는 조금 고민한 후 입을 열었다.

"할아버지가…… 절 길러주신 양부모님이, 돌아가시기 전에 그랬거든요……. 오라리오에는 뭐든지 있다고, 가고 싶으면 가라고."

"흐응?"

"오라리오에는 돈도, 그 뭐냐, 귀여운 여자애들과의 만남도, 뭐든 묻혀 있다고……. 뭣하면 미인 여신의【파밀리아】에 들어가 잽싸게 권속이 되는 것도 가능하다고."

"——하하하하하하하하하하!"

가녀린 턱을 하늘로 향하고 헤르메스 님은 껄껄 웃었다.

배를 붙잡고 웃는 모습에 얼굴을 붉히면서도 나는 마지막으로 말했다.

"'영웅도 될 수 있다, 각오가 돼 있으면 가거라.' 그렇게 말씀하셨어요."

누가 시켜서가 아니라 스스로 결심해라.

아직 어렸던 나에게 생전의 할아버지는 딱 한 번 그렇게 말씀하셨다.

그것이 내가 오라리오에 온 이유. 모험자가 된 사연.

할아버지를 잃은 나는 할아버지가 남긴 말을 생각하고 고민해 결정했던 것이다.

온기가 그리워 가족을 찾고.

어렸을 때부터 품었던 동경을——할아버지와의 추억

을——이루어줄 만남을 찾아서.

그리고 영웅에 대한 동경 또한 마음속 어딘가에 품은 채 오라리오를 찾아왔다.

헤르메스 님에게 말하면서 나 자신도 회상에 빠졌다. 살짝 고개를 숙이고 바닥에 시선을 굴리며 당시의 기억을 되새기고 있었다.

"……벨을 길러준 할아버지는 유쾌한 인물이셨던 모양이구나."

"그랬, 죠. 재미있는 분이었어요."

나도 모르게 웃음을 지었다. 유쾌하다는 말은 할아버지를 가리키는 딱 맞는 표현이라는 생각이 들었기 때문이었다.

흐뭇하게 나를 바라보던 헤르메스 님은 잔을 기울이더니 남은 와인을 들이켰다.

"그럼 벨은 오라리오에 오기 전까지는 계속 태어났던 고향에서 살았어?"

"네. 산속에 있는 시골 마을이라……. 그래서 모르는 게 너무 많아요."

세상 물정 모른다는 사실을 부끄러워하며 털어놓자 헤르메스 님은 눈을 슬쩍 떴다.

원래 가늘고 긴 두 눈이 활 모양의 형태를 풀고 나를 바라본다.

"그럼 제우스라는 신은 알아?"

그리고 한 명의 신에 대해 물었다.

"제우스 님……? 아뇨, 모르는데요. 유명한 분인가요?"

"그럼. 신들이 강림한 후로 줄곧 이 오라리오에 군림한, **최강이었던**【파밀리아】의 주신이지."

그 입에서 나온 내용에 나는 눈을 크게 뜨고 말았다.

"제, 제일 강한 건【로키 파밀리아】랑【프레이야 파밀리아】아니에요……?"

"옛날에는 달랐어. 지금의 세력상황은 15년 전에 거의 완성됐지."

15년 전…….

나도 모르게 중얼거렸다.

헤르메스 님이 그대로 설명을 이었다.

"로키와 프레이야 님이 대두할 때까지 오라리오의 정점은 남신 제우스, 여신 헤라가 이끄는 양대 파벌이었어. 그리고 15년 전에 형세가 뒤집혀져서 로키와 프레이야 님이 그들을 쓰러뜨리고 도시에서 몰아낸 거야."

"……제우스 님과 헤라 님은【파밀리아】의 세력다툼에 패배하셨던 건가요?"

"음, 틀린 말은 아닌데, 다만 파벌의 신구 교대가 이루어진 직접적인 원인은 어떤 퀘스트에 실패한 데 있었어."

그리고 여기서부터 본론이라는 양.

헤르메스 님은 내 눈앞에 손가락 세 개를 세웠다.

"오라리오에는 하계 전체에서 요구하는 '3대 퀘스트'라는 것이 존재해."

그 손가락에 시선이 빨려 들어갔다.

"아이들이 '고대'라 부르는 시대에, 던전에서 지상으로 진출한 강력한 세 마리의 몬스터——이들을 토벌하는 게 의뢰 내용이야."

"네……? 그건, 다시 말해……."

"그래, 아직 살아 있어. 던전의 커다란 구멍을 뚫고 나타났던 고대의 몬스터가."

나는 숨을 들이켰다.

'고대' 시대, 다시 말해 약 천 년 이상 전에 던전에서 진출했던 몬스터가 살아남았고, 지상에 군림한다는 사실에.

헤르메스 님의 말씀으로 보건대……. 전에 나자 씨에게 설명을 들었던 '오리지널 몬스터'에게서 파생된 자손은 아닌 것 같다.

"말할 필요는 없겠지만, 이 미궁도시는 던전이라는 은혜인지 시련인지 모를 환경 덕에 사실상 세계 최강의 모험자들이 모여 있어. 오라리오에는 우리의 발밑에서 튀어나온 그 몬스터를 토벌해야만 하는 책무와 자격이 있는 거야."

오라리오의 순수한 세력은 전 세계에서도 탁월하다. 그것은 던전이라는 몬스터의 소굴이 모험자들을 단련시켜주며 【랭크 업】의 기회를 끊임없이 가져다주기 때문이다. 지상에 눌러 살게 된 오리지널로부터 열화된 몬스터나 인간들끼리 싸워서는 아무래도 【엑세리아】——그리고 시련의 숫자도 질도 한정된다. 세계 각지에서 강자라 불리는 자들의 능력은 Lv.2나 Lv.3이 고작이라고 한다.

미궁도시가 '세계의 중심'이라고도 불리는 최대의 이유는 보유한 절대적인 힘에 의한 것이다.

"15년 전…… 제우스와 헤라의 세력은 최전성기였어. 역대 최강을 자랑하는 【파밀리아】는 기회를 보아 몬스터 토벌에 출발했고, 육지의 제왕 베헤모스, 바다의 패왕 리바이어선을 격파했지. ——그리고."

손가락 두 개를 꼽았던 헤르메스 님은 마지막 손가락을 남긴 채 말씀하셨다.

"마지막 한 마리, '흑룡'에 패배해 전멸했어."

나는 눈을 크게 떴다.

"흐, 흑룡이라면 설마…… '애꾸눈 용' 말씀인가요?"

"맞아. 알아?"

알죠, 알다마다요.

어렸을 때 탐독했던 이야기 속에서 나는 그 절망의 상징과 만난 적이 있다.

아득한 '고대', 이 오라리오에서 위업을 남긴 영웅들의 이야기, 어렸을 때의 애독서였던 '던전 오라토리아'——그 최종장을 장식하는 포학의 괴물.

최강의 영웅이 자신의 목숨과 맞바꾸어 눈 하나를 없애고 이 땅에서 몰아냈던 용의 왕.

헤르메스 님의 목소리에 간신히 고개를 끄덕이며 꼴깍

소리와 함께 침을 삼켰다.

　살아있는 재앙, 살아있는 전승, 살아있는 종말.

　수많은 영웅담과 온갖 동화 속에 등장하는 전설의 존재가 이야기 속이 아닌 이 세계에 있다는 사실에…… 나는 한없는 충격을 받았다.

　"'흑룡'에게 당한 제우스와 헤라의 두 【파밀리아】는 주요 전력을 잃어 힘이 크게 약해졌어. 그리고 여기서 이야기가 처음으로 돌아가는 거야. 당시 눈엣가시——아니, 사이가 아주 나빴던 그들을 로키와 프레이야가 결탁해 도시에서 몰아냈던 거지."

　웃음을 지은 헤르메스 님은 어깨를 으쓱했다.

　"시대의 흐름이었으려나. 오랫동안 관계를 맺었던 길드도 힘을 잃은 제우스를 비호해주지 않았어."

　혹은 비호해줄 수 없었다고 말해야 할지도 모르겠다고 덧붙이셨다.

　"이게 제우스 실각의 줄거리, 그리고 현재 오라리오의 상황이야."

　"……."

　"아무튼 3대 퀘스트 중 남은 하나, '흑룡' 토벌은 전 세계의 비원이기도 해. 오라리오에 몸을 담은 자로서 기억해두는 게 좋을 거야."

　몸을 굳히고 있던 나에게 웃음을 지으며 헤르메스 님은 그렇게 마무리를 지었다.

오라리오에서 가장 강하고 유명했던【제우스 파밀리아】의 존재와도 엮어, 헤르메스 님은 이 하계의 현재 상황을 설명해주신 모양이었다.

　아무리 변경의 시골에 틀어박혀 살아왔다지만 그동안 너무 무지했다는 점을 통감했다. 언뜻 평화로워 보이는 세계가 그런 재앙을 끌어안고 있었다니.

　'흑룡'은 어디에 있는 걸까. 지금은 뭘 하고 있을까. 알고 싶은 것은 한두 가지가 아니지만…… 일개 모험자인 나에게는 자세히 알 필요도, 알아야 할 이유도 없을지 모른다.

　적어도 그 용과 가장 가까운 곳에 있는 것은――오라리오의 양대 최강 파벌에 속한, 동경 속의 검사들일 것이다.

　"……저, 헤르메스 님."

　"왜?"

　"제우스 님과 헤라 님은……. 저기, 어떻게 되셨나요?"

　3대 퀘스트에 대해서는 더 이상 자세한 정보를 가르쳐주시지 않을 것 같다는 사실을 막연하게나마 느낀 나는 그 대신 오라리오에서 쫓겨난 신들에 대해 물어보았다.

　헤르메스 님은 가만히 나를 쳐다보시더니 훗 하고 웃음을 지으며 눈을 감았다.

　"글쎄. 천계로 송환되었다는 이야기가 유력하지만, 그 호호 할배가 어떻게 됐는지 지금은 아무도 모르지. 새로운 영웅의 그릇을 찾는다고도 하고, 이것저것 다 싫어져서 은 거했다고도 하고, 얀데레에게 걸려 땅 끝까지 쫓겨 다닌다고도 하고…… 설이 분분해."

"그, 그래요……?"

"궁금해?"

"아뇨, 그냥."

대답을 애매하게 하며 나는 시선을 돌렸다.

도시에서 추방당한 신들의 이야기를 듣고 조금 생각해 버렸던 것이다.

만약 모종의 계기 때문에 세력다툼에 휘말려 패배해버린다면……. 나도, 헤스티아 님도 이 도시에서 쫓겨나는 걸까 하고.

결코 남의 일이 아닌 사태에 조금 무서운 상상을 해버렸다.

대화가 끊어진 후 헤르메스 님은 부드러운 미소를 머금어 분위기를 확 바꾸었다.

"자, 이야기가 길어졌네. 괜히 끌어들여서 미안해, 벨."

"아, 아니에요. 저도 말씀 들어서 좋았는걸요."

감사 인사를 하자, 헤르메스 님이 느닷없이 물었다.

"그런데 벨은 춤 안 춰?"

"네?"

"지금도 저기서 하고 있는 댄스 말이야. 봐봐."

헤르메스의 시선을 따라가 보니 홀 중앙에서는 한창 열기가 달아오른 무도의 광경이.

"너를 길러준 할아버지도 말씀하셨잖아? 이곳에는 세계

가 부러워하는 미녀 미소녀들이 모여 있어. 가까워질 찬스야."

"어, 아뇨, 저기?!"

신 특유의 장난기를 발휘하기 시작한 헤르메스 님에게 뻣뻣한 웃음을 지었다.

싱글싱글 웃는 헤르메스 님의 강요로 발코니에서 창가까지 끌려나갔다.

"헤, 헤르메스 님, 저는 춤추는 법을 몰라서! 괜찮아요! 파티에 참가한 것만으로도 충분히……."

"무슨 소리야, 벨. 빼지 말라고. 자자, 네 취향은 어떤 애야?"

음흉한 웃음을 지으며 어깨에 팔을 감는 헤르메스 님.

몸의 자유를 빼앗긴 채 여성 탐닉을 시작하신다. 스커트를 부풀리며 춤을 추는 아름다운 여신님, 지금 막 댄스 신청을 받은 엘프 단원, 식사를 즐기는 캣 피플 소녀…… 홀에 있는 여성들을 한차례 둘러보았다.

얼굴을 붉히며 당황하는 나는 어떤 인물만은 보지 않겠다고 필사적으로 눈에 힘을 주었지만…… 역효과였다.

북적거리는 넓은 연회장 안에서 사금처럼 반짝이는 금발――아이즈 씨의 모습을 딱 발견하고 말았다.

그리고 헤르메스 님은 눈치 빠르게 내 시선을 알아차렸다.

"하하앙, 【검희】라. 눈이 높으시네."

"아뇨!! 저는, 그게……?!"

얼굴을 새빨갛게 물들이면서 입을 뻐끔거렸다.

헤르메스 님은 한동안 침묵하시는가 싶더니 얼굴에 미소를 머금었다.

"——그렇군. 그렇게 된 거였어."

"으, 으으……."

다 알겠다는 듯 고개를 끄덕이고는 다시 싱글싱글 웃는 헤르메스 님.

그 웃음이 모든 것을 말하고 있어 온몸이 수치심에 타올랐다.

너무나도 쉽게 간파당하고 말았다. 내 동경의 대상을 파악한 헤르메스 님을 직시할 수가 없어 나는 달아오른 얼굴을 숙이고 끙끙 신음했다.

하지만 헤르메스 님은 목소리의 톤을 몇 단계 높이며 신나게 말했다.

"좋아, 그렇다면!! 나는 사랑의 신은 아니다만 벨의 사랑을 응원해주지!"

"목소리가 크다구요!!"

고함을 지르는 나에게 대꾸조차 하지 않고 헤르메스 님은 손을 잡아끌었다.

큰 걸음으로 용감하게 일직선으로 향한 곳, 홀 한 구석에는 아이즈 씨가.

"뭐, 뭘 하시려는 거예요?!"

"당연히 춤을 춰야지! 너와 【검희】가!"

나는 졸도할 뻔했다.

"무리, 무리예요!! 절대 무리라고요!!"

큰 목소리로 몇 번이고 불가능하다고 연호했지만 전혀 받아들여주질 않았다.

나는 절대 신청하지 않을 테고, 분명 아이즈 씨도 받아들여주지 않을 테고, 무엇보다 양쪽 주신님들이 허락할 리가 없어!

내 동요와 우려가 전해졌는지 헤르메스 님은 돌아보더니 사나이다운 미소를 지었다.

"나에게만 맡겨. 내가 다 알아서 해줄 테니."

그렇게 말씀하고 헤르메스 님은 나를 잡아끌며 선드러지게 걸어갔다.

악단의 멋진 선율이 가득 찬 홀은 어스름했다. 천장에 매달린 마석등 불빛은 나직했으며, 오로지 댄스홀이 된 연회장 중심만이 달빛에 비춰진 것처럼 밝았다.

연회장 한구석, 꽥꽥 소리를 질러대는 헤스티아 님과 로키 님의 뒤에 아이즈 씨가 서 있었다. 주신이 귀여워하는 그녀에게 섣불리 추파를 던졌다간 【로키 파밀리아】의 반감을 살 테니 아무도 그 사람에게는 말을 걸지 못하는 모양이었다.

마침내 두 분이 드잡이질을 시작하는 가운데 아이즈 씨는 중재하러 끼어들어야 할지 말지 망설이는 눈치를 보였다.

그렇게 혼자 서 있는 그녀에게 헤르메스 님이 기습을 감행했다.

두 주신님의 격렬한 난투 틈을 뚫고 재빨리 접근해 그녀 앞에 나섰다.

"아아, 아름다운 【검희】여! 부디 이 헤르메스와 한 곡조 추어주실 수 없으신지?"

겨우 손에서 풀려나 헤르메스 님의 바로 뒤에 서 있던 나는 여러 가지 의미에서 얼굴이 창백해졌다.

그 신청에 감정이 희박한 표정으로 살짝 당황하며 아이즈 씨는 난감한 듯 약간 눈썹을 늘어뜨렸다. 그리고 헤스티아 님과 말다툼을 하는 로키 님을 바라보았다.

이윽고 거절하려는 표정으로 입을 벌리기 직전.

"아차, 이런! 급한 용무가 있는 걸 깜빡했네?! 지금 막 떠올랐지 뭐야!"

그렇게 외치며 누가 봐도 연극적인 몸짓으로 헤르메스 님은 하늘을 우러렀다.

눈을 깜빡거리는 나, 어리둥절해하는 아이즈 씨.

철썩, 한손으로 이마를 두드리더니 이윽고 고개를 내려 나를 홱 돌아보셨다. 그리고.

"댄스를 청해놓고 여성을 내팽개치다니 신으로서, 아니 남자로서 있을 수 없는 일──벨, 대역을 부탁해."

이어진 발언에는 나도 아이즈 씨도 깜짝 놀랐다.

마주 서 있던 우리는 눈을 크게 떴다.

"무, 무슨 말씀을⋯⋯?!"

"알겠니, 벨? 내 이름에 먹칠을 해선 안 된다."

뻣뻣하게 굳은 나에게 헤르메스 님은 윙크를 했다.

변덕스러운 신에게 대역 노릇을 강요당했다는 대의명분——아이즈 씨를 댄스에 청할 권리를 얻었다? 모든 책임은 발단인 헤르메스 님이 가져가시고?

신의 윙크를 보고 나는 간신히 상황을 이해했다. 헤르메스 님은 18계층에서 있었던 '리빌라 마을' 관광 등을 통해 나와 아이즈 씨가 나름 친분이 있음을 알아차렸는지, 아이즈 씨도 나라면 거절하지 않으리라 믿는 모양이다.

헤르메스 님은 한바탕 웃더니 슬쩍 자리를 떴다. 그 자리에는 정장을 한 나와 아이즈 씨만이 남았다.

"⋯⋯."

"⋯⋯."

거리를 두고, 뻣뻣이 선 채, 시선을 나눈다.

확확 몸이 달아오르는 것을 지각하면서도 나는 단단히 결심했다.

헤르메스 님의 마음을 헛되이 할 수는 없다. 무엇보다, 어떻게 해야 좋을지 몰라 갈팡질팡하는 눈앞의 이 사람을 내버려둘 수가 없다.

하지만⋯⋯ 댄스를 청하다니, 어떻게 하면 되지?

엄청난 땀과 번민의 폭풍에 시달리고 있으려니——스

윽, 내 옆에서 미아흐 님이 나타나셨다. 미아흐 님은 아연 실색하는 내 곁에서 걸어나와 나자 씨에게 다가가더니 마주 섰다.

"저와 한 곡조 추지 않으시겠습니까, 레이디?"

손을 내밀고 공손히 고개를 숙인다.

나자 씨는 웃음을 지으며 손을 잡았다.

"기꺼이."

손을 맞잡은 두 사람은 댄스 홀로 걸어나갔다.

마치 시범을 보이듯 바로 옆에서 보여준 일련의 행동에 나와 아이즈 씨의 눈이 못박혀버렸다. 두 분은 이쪽에 웃음을 슬쩍 지어주었다.

크으윽!

가슴이 벅차다.

홀로 향한 두 사람의 마음을 받아, 나도 이제는 망설이지 않고 고개를 들었다.

아이즈 씨의 눈을 똑바로 바라보며 걸어나갔다.

뚜벅, 뚜벅, 울려 퍼지는 발소리. 그녀의 모습이 천천히 다가오고, 마침내 거리는 사라졌다.

눈앞에서 발을 멈추고, 바라본다.

"나…… 저와, 춤추지 않으시겠어요?"

고개를 숙이고, 얼굴을 붉히며.

크게 뛰는 심장 소리와 함께 손을 내밀었다.

드레스를 입은 아이즈 씨는…… 뺨을 살짝 물들이고 미

소를 지었다.

"……기꺼이."

살짝 맞닿은 그녀의 가녀린 손을 용기를 내어 잡고, 꽉 쥐었다.

손가락을 얽은 우리는 댄스홀이 된 연회장 한복판으로 향했다.

격렬한 심장 고동이 전해지는 것 아닐까 마음 졸이면서도, 매끄러운 움직임으로 춤을 추는 남녀의 무리 사이에 끼어들었다. 왼손으로 그녀의 오른손을 맞잡은 채 조심스레 날씬한 허리 언저리에 오른팔을 감자 아이즈 씨도 내 어깨에 손을 얹었다.

주위 사람들과 마찬가지로 음악에 맞춰, 흉내를 내듯 춤을 추기 시작했다.

"윽——."

"우——."

움직임이 전혀 맞질 않았다.

서로 자세가 흐트러지고 움직이는 방향도 제각각. 뿌리부터 검사인 아이즈 씨는 댄스의 요령을 알지 못했고, 남자인 나도 한심하게 리드를 하지 못했다.

아이즈 씨가 내 가슴에 꽈당 박치기를 했다. 이래서는 안 되겠다고 기침을 하면서 땀을 뻘뻘 흘렸다.

"침착해. 팔만으로 상대를 잡아당기지 마라."

"!"

뻣뻣하게 스텝을 밟고 있으려니 한 쌍의 남녀가 엇갈려 지나가듯 다가왔다. 타케미카즈치 님과 미코토 씨였다.

얼굴을 새빨갛게 물들인 파트너를 교묘하게 리드하며 등을 맞대고 조언을 해주셨다.

"어깨에서 더 힘을 빼. 발밑을 보지 말고 시야를 들어."

"베, 벨 공! 발만 밟지 않으면 전황을 재편성할 수 있습니다!"

타케미카즈치 님의 말을 필사적으로 곱씹고, 미코토 씨의 작은 목소리에 땀을 삐질삐질 흘렸다.

아이즈 씨와 함께 귀를 기울이며 어긋났던 움직임을 줄여나갔다.

"모험자잖아. 서로 눈을 봐. 발이 향하는 곳을, 판단을, 상대의 목소리를 눈으로 판단해. 기술은 필요 없어. 밀고 당기는 공방이 있을 뿐이지."

타케미카즈치 님의 목소리가 귀 안으로 빨려 들어오는 가운데, 겨우 일주일 동안 시벽 위에서 함께 했던 그 수련을 떠올렸다.

몇 번이나 공방을 되풀이하며 상대의 움직임을 필사적으로 읽었다. 그녀가 어떻게 움직일지, 무엇을 노릴지. 그것을 답습하며 자신의 움직임에 반영했다.

눈앞에 있는 금색 두 눈을 마주 보았다.

흔들리는 눈동자와 시선을 얽고 있던 우리는 누가 먼저랄 것도 없이 웃었다.

――오른쪽?

――외, 왼쪽으로 부탁해요!

서서히, 차츰, 그리고 확실하게, 움직임이 맞아 떨어졌다.

시선과 동작으로 말을 나누며 나와 아이즈 씨는 나란히 스텝을 밟기 시작했다.

타케미카즈치 님은 이제는 괜찮겠다는 듯 웃으시더니 미코토 씨와 함께 멀어져갔다.

"――우오오오오오오오오오?! 아이쭈, 니 머하노―?! 아나, 얀마! 땅꼬마! 이거 놓으래이!!"

"아앙? 무슨 소릴 하는 거냐 너어워어어어어어어어어어어어어어어어어억?! 베에엘!!"

홀 안쪽에서 터져나온 절규에 깜짝 놀랐다. 노발 충천한 두 여신님이 우리를 떼어놓기 위해 달려나오는 모습을 보고 창졸간에 말이 나오지 않았다.

하지만 다음 순간 헤르메스 님이 손가락을 딱 울리자 아스피 씨가 드레스 자락을 펄럭였다.

"붙잡아, 아스피!"

"나중에 어떻게 돼도 전 모릅니다……."

""꾸우웁―?!""

그녀의 가녀린 팔에 붙들린 두 여신님은 시야 밖으로 사라졌다. 그 광경을 아이즈 씨와 함께 무어라 형언할 수 없는 표정으로 지켜보았다.

"……오탈, 여기로 미노타우로스 떼를 끌고 와줄 수 있을까?"

"불가능합니다, 프레이야 님……."

……오, 오한이?!

"처음이야……."

"네?"

"춤을 춰본 건, 이번이 처음……."

아이즈 씨의 입술이 움직였다.

나와 그다지 키 차이가 나지 않는 그녀는 거의 같은 눈높이에서 말했다.

"어렸을 때는, 조금, 동경하기도 했지만……."

"저, 정말요?"

"응."

의외의 이야기를 들었다.

어쩐지 신기한 기분이었지만, 그래도 흐뭇해져 나도 모르게 입가에 웃음이 피어났다.

"그래서, 기뻐……. 고마워."

그리고 아이즈 씨는 멋쩍게 웃었다.

그 웃음 속에서 한순간 앳된 여자아이의 표정을 보고 눈길을 빼앗겨버렸다.

늠름한 그녀의 얼굴에서 살짝 넘쳐나 떨어진, 어린 소녀의 미소.

아마도, 분명히──【검희】가 아닌, 진짜 아이즈 씨.

"……우우……!!"

나는 잘 웃고 있을까.

너무 기뻐서 얼굴이 이상해진 건 아닐까.

웃음을 짓는 아이즈 씨의 모습에 눈을 떨면서, 허리와 어깨에 손을 대고 왈츠를 추었다.

아름다운 현악기의 선율에 맞춰 금색 장발이 흔들린다.

조금 나아진 스텝을 밟으며 옆으로 흔들리던 우리는 빙그르 돌았다.

어스름한 홀, 주위에서 우아하게 춤을 추는 많은 이들.

밝은 빛 아래에서 나는 그녀와 춤을 추며 꿈같은 한순간을 보냈다.

🔥

춤을 마친 나와 아이즈 씨는 댄스홀에서 벗어나 주신님들이 계신 곳으로 돌아갔다.

마지막까지 리드하고, 손을 놓았다. 맞잡았던 곳의 감각이 여전히 살아 있는 것 같아 이상한 기분에 잠겨 있으려니 아이즈 씨는 긴장의 끈이 끊어진 것처럼 숨을 토해냈다.

미아흐 님과 나자 씨, 타케미카즈치 님과 미코토 씨가 웃음을 지어주는 바람에 나는 엄청나게 부끄러워하면서도 감사를 드렸다.

"저기, 도와주셔서 정말 고맙습니다. 헤르메스 님도……."

"기뻐했다니 다행이야."

활짝 웃는 헤르메스 님에게 더 인사를 하고 싶었지만 그는 스윽 손을 들었다.

"그럼 난 죽으러 가야 해서 이만."

""헤르메스으~~~~~~~~~~~~~~~~~~~~~~~~!""

헤르메스 님의 등 뒤에서 나타난, 노기를 띤 두 여신님.

덥썩 몸을 붙잡아 홀 구석으로 끌고 가나 싶더니, 이내 끄아아아아아아아아아아아악 하는 비명이 터졌다. 나는 안색이 창백해졌다.

잠시 후, 헤르메스 님을 처형한 헤스티아 님이 화살처럼 날아와 퍼억! 아이즈 씨를 밀쳐냈다.

"베에엘! 이번엔 나하고 추자!!"

"아이쭈 내하고 춤춰도!! 니는 거부권 없데이!"

내 두 손을 붙잡고 살기를 뿜어내는 헤스티아 님. 눈이 무섭다. 뒷걸음질 치는 내 옆에서 아이즈 씨도 로키 님께 붙들려 있었다.

주신님은 빛의 속도로 슈파팟 옷매무새를 고친 후 천천히 손을 내미신다. 거절할 수도 없어 쓴웃음을 지으며 내가 응하려 했을 때——.

"——제군, 연회는 즐거운가?"

주최자인 아폴론 님이 등장했다.

종자들과 함께 우리의 곁으로 다가와 정면으로 마주 섰다.

춤곡 연주가 어느새 중지되어, 그 목소리가 생각보다 잘 울려 퍼졌다.

"즐거워하는 것 같아 기쁘군. 우리도 개최한 보람이 있었다."

우리가 움직임을 멈춘 가운데, 다른 초대객들도 자연히 모여들어 아폴론 님을 중심으로 원이 생겨났다.

적당한 말을 늘어놓은 후 월계관을 쓴 남신님은 헤스티아 님에게 눈길을 돌렸다.

"늦어졌지만 헤스티아, 얼마 전에는 우리 권속이 신세를 졌지."

"……그래. 우리 쪽이야말로."

웃음을 짓는 아폴론 님께 헤스티아 님은 대답을 하면서도 의아하다는 표정을 지었다.

일단은 상황이 더 복잡해지지 않도록 주신님께서 먼저 이야기를 정리하려 했는데, 아폴론 님이 아무 말도 하지 못하게 앞질러 말해버린 것이다.

그리고 다음으로는 요구했다.

"우리 아이는 너희 아이에게 중상을 입었다. 대가를 치러줘야겠다."

귀를 기울이던 나도, 주신님도 얼어붙었다. 하지만 헤스티아 님은 즉시 격노했다.

"생트집 잡지 마라! 우리 벨이야말로 부상을 입었단 말이다. 일방적으로 대가를 요구할 처지가 아닐 텐데!"

"그러나 내가 사랑하는 루안은 그날, 차마 눈 뜨고 보지 못할 모습으로 돌아왔다…… 내 마음은 슬픔으로 부서질 것만 같았다!"

마치 연극을 보는 것처럼 아폴론 님은 가슴을 움켜쥐는가 싶더니 두 팔을 벌리고 요란하게 탄식했다. 좌우에 대동했던 종자들은 우는 시늉을 했다. 그리고 그때, 결정타를 가하듯 비틀비틀 우리 곁에 다가오는 그림자가 있었다.

"아아, 루안!"

아폴론 님이 그 그림자에 달려갔다.

루안이라 불린 조그만 사내, 파룸 단원은…… 온몸을 붕대로 칭칭 감은 미라 꼴로 신음했다.

"아파, 아파아~."

"서, 설마 벨…… 정말로 저렇게 걸레짝을 만든 게냐……?"

"안했어요안했어요!"

몸을 떨며 올려다보는 주신님께 나는 얼굴을 시뻘겋게 물들이며 외쳤다.

아무리 그래도 이건 각색이 지나치잖아?!

"게다가 먼저 공격했던 것은 그쪽이라 들었다. 증인도 얼마든지 있지. 변명은 못할 거다."

따악 손을 울리자 우리를 에워싼 원에서 여러 명의 신들과 단원들이 걸어나왔다.

증인…… 그때 있던 '불꽃벌'의 손님들? 나는 기억에 없었지만 그들은 모두 입을 모아 아폴론 님의 말을 긍정하고 저열한 웃음을 지었다.

가짜인지, 혹은 정말로 당시 있었던 것인지……. 어느 쪽이든 이 타이밍에 나오다니 너무 앞뒤가 착착 맞는다.

가슴 속에 불길한 예감이 싹트기 시작했다.

"기다려, 아폴론. 너희 단원에게 처음으로 손을 댄 건 우리 애였을 텐데? 헤스티아만 책망하는 건 도리가 아니잖아?"

"아아, 헤파이스토스. 아름다운 우정이야. 하지만 무리할 것 없어. 분명 헤스티아의 아이가 너희 아이를 부추겼을 테지. 불을 보듯 뻔해."

뭣하면 증인에게 물어봐도 좋다면서 아폴론 님은 헤파이스토스 님의 말조차 가볍게 일축해버렸다. 홍발 여신님은 안대를 하지 않은 왼쪽 눈을 가늘게 떴다.

누군가가 했다고 말하면 누군가는 하지 않았다고 주장한다. 마치 거울을 보고 싸우는 기분이었다. 그리고 이 자리에서는 사전에 아군을 만들어두었던 아폴론 님의 발언력이 강하다.

"단원이 다친 이상 나도 얌전히 물러날 수는 없다. 【파밀리아】의 체면도 있고……. 헤스티아, 아무리 말해도 죄를 인정하지 않을 텐가?"

"집요하다! 그딴 걸 누가 인정해!"

주장을 단칼에 베어버리는 주신님을 보며 아폴론 님은——얼굴을 추악하게 일그러뜨렸다.

단아한 용모에는 어울리지 않는 비열한 웃음을 지으며 입가를 틀어 올렸다.

"그럼 하는 수 없지. 헤스티아——너에게 '워 게임'을 신청한다!"

신들과 함께 나는 눈을 크게 떴다.

——'워 게임'.

파밀리아 사이에서 규칙을 정해 치러지는 파벌간의 결투. 마치 권속을 말로 삼아 보드게임을 하듯, 대립하는 신들끼리 자신의 진의를 관철하기 위해 총력을 기울이는 대전.

말하자면 신들의 '대리전쟁'.

승리를 쟁취한 신은 패배한 신에게서 모든 것을 빼앗고 명령을 내릴 수 있는 생사여탈권을 가진다. 보통은 단원을 포함한 파벌의 자산을 모두 빼앗는 것이 통례다.

에이나 누나에게 배웠던 지식을 선명하게 되새긴 나는 금세 할 말을 잃었다.

나와 주신님밖에 없는 파밀리아가, 중견 이상의 실력을 가진 【아폴론 파밀리아】하고 워 게임?

말이 될 리가 없다.

한편 아폴론 님의 선언과 함께 연회장은 갑자기 들끓기 시작했다.

"아폴론이 질렀다――!!"

"아주 밟으려고 작정했네."

"오히려 보고 싶구만."

오락을 좋아하는 신들은 벌써부터 싱글싱글 웃음을 짓기 시작했으며 재미있어졌다는 양 부추기기 시작했다.

술렁술렁 아폴론 님의 선언을 지지하는 신들의 모습. 나와 헤스티아 님이 사방을 둘러보니 잠자코 있던 로키 님, 눈을 크게 뜬 아이즈 씨와 눈이 마주쳤다.

아연실색한 헤스티아 님에게 아폴론 님이 다시 요구를 거듭했다.

"우리가 이기면…… 너의 권속 벨 크라넬을 가져가겠다."

엑?!

영문을 몰라 눈을 크게 뜬 내 옆에서 주신님은 요란하게 이를 갈았다.

"처음부터 그걸 노렸군……!"

무슨 이야기를 하는지 몰라 내가 혼란스러운 표정으로 두 분을 번갈아 쳐다보자 아폴론 님은.

욕망만을 담아놓은 듯한, 그런 징그러운 웃음을 짓고 있었다.

"——못쓰지, 헤스티아~? 이렇게 귀여운 애를 독점하면~."

오싹.

몸에선 소름이 돋고 얼굴에선 핏기가 사라졌다.

아폴론 님의 뜨거운 시선이 나를 옭아매 얼어붙게 만들었다.

태어나서 이제까지 맛보지 못했던 맹렬한 오한. 주신님이 프레이야 님을 두고 말했던 '잡아먹힌다'는 말의 의미를——나는 이때 올바르게 이해했는지도 모른다.

"이 변태 자식……!!"

헤스티아 님은 부모의 원수라도 보듯 아폴론 님을 노려보았다.

"변태라니 너무하는군, 헤스티아. 천계에서는 구혼하고 사랑을 속삭였던 사이 아닌가?"

"어디서 거짓말이야 거짓말이이이이이이이이!! 벨, 착각하지 마라! 머릿속이 꽃밭인 저놈이 끈덕지게 들이댔을 뿐이지 냅다 거절했단 말이다! 이 처녀신 헤스티아가 수비범위 넓기로 유명한 변태신의 구혼 따위 받아들이겠냐!!"

"네, 네엣……?!"

얼굴을 새빨갛게 물들이며 필사적으로 주워섬겨대는 헤스티아 님에게 압도되었다.

주신님이 아폴론 님을 싫어하는 이유는, 다시 말해 청혼을 받았기 때문인 모양이다. 순식간에 지쳤는지 허억허억 어깨로 숨을 쉰 주신님은 턱 아래의 땀을 손등으로 닦았다.

그래도 이제 어쩐지 알 것 같았다. 알고 말았다.

아폴론 님은 아마 주신님 같은 외견을 가진 어린 여자아이부터……. 그 뭐냐, 나 같은 남자까지, 딱히 남성이든 여성이든 관계없이 반한 상대에게는 구애를 하는 것이다.

【아폴론 파밀리아】의 단원들을 가만히 살펴보니 평균이 너무 높을 정도로 미남미녀, 혹은 귀여운 용모를 가진 사람들이 많았다. 초대장을 전해주러 왔던 다프네 씨나 카산드라 씨도 그랬고, 저기 있는 파룸 루안 씨조차 귀족에게 사랑을 받는 소동(小童) 같다는 생각마저 들었다.

도가 지나친 사랑의 정열. 마치 빛나는 태양과도 같은.

──【비애】.

희극도 되지 못하는 구애를 되풀이하는 신, 그것이 아폴론 님인 것이다.

"생트집을 잡혔던 주점 사건부터 이제까지 전부 아폴론의 계략이었던 거다……! 나에게서 벨을 빼앗아가기 위한!"

함정에 빠졌음을 깨달은 헤스티아 님은 오락을 좋아하는 신들을 한 편으로 삼고 있는 아폴론 님을 가증스럽다는 듯 올려보았다. 얼마 안 되는 우리 편인 나자 씨나 미코토 씨는 흥분한 주위의 분위기에 낭패했으며, 미아흐 님과 타케미카즈치 님은 입을 꾹 다문 채 침통한 표정이었다. 큰 한숨을 쉬는 헤파이스토스 님의 곁에는 아스피 씨를 곁에 두고 쓴웃음을 짓는 헤르메스 님.

고립무원으로 떨어져가는 상황에 아무 말도 못 한 채 시선만 이리저리 돌리고 있으려니, 마지막으로 말없이 잔을 입술에 가져가대는 프레이야 님과 시선이 마주쳤다.

"그래서 헤스티아, 대답은?"

"받아들일 의무는 없다!"

대답을 요구하는 아폴론 님에게 주신님은 딱 잘라 내쳤다.

워 게임이 시작되면 소속단원이 한 명뿐인【헤스티아 파밀리아】에는 일말의 승산도 없다.

헤스티아 님은 단호하게 거부했다.

"후회하지 않겠지?"

"후회는 누가 후회를 해! 벨, 그만 가자!"

빙글거리는 아폴론 님에게 노성을 터뜨리고 헤스티아 님은 내 손을 잡았다.

재미없다며 투덜거리는 신들의 벽을 억지로 가르고 나아가, 조그만 온몸을 씨근덕거리며 홀을 벗어났다.

"___."

연회장 출구를 지나갈 때, 문에 기대 서 있떤 미청년과 눈이 마주쳤다.

눈을 가늘게 뜬 히아킨토스 씨의 냉소가 내 두 눈에 새겨졌다.

"……."

주신님에게 손을 붙들린 채 뒤를 돌아보았다.

식지 않은 흥분과 함께 멀어져가는 향연의 장과, 이쪽을 지켜보는 신의 종자는.

암암리에 아직 끝나지 않았다고 말하는 것만 같았다.

3장 발발

'신의 연회'로부터 하룻밤이 지난 다음 날 아침.

홈으로 삼은 교회 지하실에서 【스테이터스】 갱신을 마친 벨과 헤스티아는 각자 예정을 위해 행동하고 있었다.

벨 크라넬

Lv.2

힘: C635 내구: D590→594 기교: C627 민첩: B741 마력: D529

행운: I

《마법》

【파이어볼트】

○ 속공마법.

《스킬》

【아르고노트】

○액티브 액션에 대한 차지 실행권.

'쬐끔 올라갔네……'

포션을 렉 홀스터에 채우며, 왼손으로는 지금 막 받은 종이를 들었다.

갱신된 【스테이터스】의 내용을 바라보며 벨은 살짝 올라간 '내구' 수치에 복잡한 마음을 품었다.

18계층에서 지상으로 귀환한 후 첫 번째 갱신작업은 컨디션이 회복된 닷새 전, 그리고 두 번째는 '불꽃벌'에서의 난투 소동을 거친 오늘. 히아킨토스에게서 받았던 공격은 전투라고도 할 수 없는 싸움의 일막에서도 확실한【엑세리아】로 벨의 어빌리티에 반영된 모양이었다.

Lv.3은 장식이 아니었다. 쉽게 무릎을 꿇었던 당시의 한심한 모습을 떠올리며 벨은 한 손으로 뒷머리를 긁었다.

"나 원, 아폴론 자식. 감히 뻔뻔하게 뭐 게임을……."

한편 아르바이트를 나갈 준비를 하던 헤스티아는 투덜투덜 불평을 늘어놓았다. 어젯밤부터 기분이 나빴던 그녀는 소파 위에 있는 벨에게 말을 걸었다.

"벨, 부디 조심하거라. 아무리 그래도 어제 그래 놓고 오늘 당장 무슨 짓을 저지르지는 않겠지만, 아폴론이 트집을 잡고 시비를 걸지도 모른다."

"네, 네에……."

헤스티아의 경고에 벨은 조용히 고개를 끄덕였다.

주신인 그녀는 소년을 빼앗기 위해 온갖 음모를 꾸몄던 【아폴론 파밀리아】를 경계했다. 미궁 탐색도 하지 않았는데【스테이터스】를 갱신한 것도 그들이 무슨 짓을 저지르지는 않을까 위험시했기 때문이다. 그래도 향상된 수치가 워낙 적어 '대비'라고 하기에는 애매했지만.

"벨, 무슨 일이 생기면 즉시 도망치거라. 이동할 때도 혼자 있지 않도록 사람이 많은 곳으로 다니고."

"알겠습니다."

"던전에도 한동안은 미코토 일행과 함께 내려가는 편이

좋을지 모르겠구나. 타케도 사정을 이해해줄 테니 파티 신청을 받아들여줄 거다."

벨은 주신의 조언을 가슴에 새겼다. 다른 파벌의 암습이나 던전 내에서의 범죄는 아이즈나 릴리와 함께 행동할 때도 당해봤다. 조심해서 나쁠 것은 없다.

제18계층 전투 때문에 장갑 일부가 파손된 갑옷을 장착했다. 완전히 부서진 그리브 대신 예전에도 신었던 부츠를 착용했다. 《헤스티아 나이프》와 《우시와카마루》도 허리에 차고, 던전 탐색 준비를 마친 벨은 일어났다.

"벨, 같이 나가게 됐으니 기왕이면 바벨까지 함께 갈까?"

"네, 좋아요."

벨이 쾌히 승낙하자 헤스티아도 웃었다. 그녀의 오늘 아르바이트는 【헤파이스토스 파밀리아】 지점의 잡무였다. 비밀방인 지하실을 나와 계단을 올라갔다.

계단이 이어진 작은 방은 어두컴컴했으며, 횡뎅그렁한 책장에는 먼지가 살짝 쌓여 있었다. 헤스티아가 계단을 올라오는 소리를 등 너머로 들으며 먼저 좁은 방을 나왔다.

제단이 갖추어진 예배당과도 비슷한 넓은 실내는 언제 봐도 추레했다. 바닥의 타일에서는 잡초가 무성히 돋아났으며 천장, 아니, 지붕에 뻥 뚫린 큰 구멍으로는 푸른 하늘이 보였다. 폐허나 다를 바 없는 교회 안을 둘러보며, 역시 그래도 좀 깨끗하게 하는 편이 좋을까 벨은 생각했다.

그리고 실내를 가로지르던 벨은 문득 고개를 들었다.

'……마력?'

마법을 영창하거나 구사할 때 느껴지는 출력의 여파를 어렴풋이 느낀 것이다. 어디까지나 어렴풋해, 본업 마도사가 아닌 벨은 그것이 무슨 의미인지를 알 수 없었다.

일단 발을 멈춘 벨은 주위를 가볍게 보고 몸을 돌렸다. 등 뒤에서는 지하실에서 막 나온 헤스티아가 무슨 일인가 고개를 갸웃했다.

의구심이 든 벨은 그녀를 남겨두고, 문이 없는 교회 현관으로 혼자 나갔다.

그리고 반쯤 폐허로 변한 교회에서 한 걸음 나가 아침 햇살을 받은 순간.

"――."

주위의 건물 지붕이며 옥상에 서 있는 무수한 그림자가 눈에 들어온 것이다.

자신을 내려다보는 헤아릴 수 없는 눈동자. 정면 현관을 포위하듯 배치된 그들, 모험자들은 저마다 활이며 지팡이를 장비하고 있었다.

――【아폴론 파밀리아】.

방어구에 새겨진 태양 엠블럼을 보고 얼어붙은 벨.

매복했던 모험자들은 그가 나오자마자 무기를 들었다. 아처(archer)들은 일제히 활시위를 잡아당기고, 영창을 마친 대기상태였던 여러 마도사들에게서는 커다란 마력의 바람이 몰아쳤다.

소대장으로 보이는, 목도리로 얼굴을 가린 엘프가 한 손을 든 순간——벨은 눈길도 주지 않고 몸을 돌렸다.

아직까지 교회 안에 있는 헤스티아에게 달려가 놀라는 그녀를 끌어안고 넘어뜨리듯 예배당 안으로 뛰어들었다.

지체 없이 엘프의 손이 내려가고——대폭발이 일어났다.

‧

서쪽 메인 스트리트에서 북쪽에 위치한 제7구역.

북서쪽과 서쪽 대로 사이에 끼인 시민들의 주거가 밀집된 거주구역에서 커다란 폭발음이 발생했다.

"뭐야, 뭐?!"

"불이냥?!"

"아침 댓바람부터 민폐다옹……."

주점 '풍요의 여주인' 종업원, 휴먼 루노아와 캣 피플 아냐, 클로에가 가게에서 서쪽 메인 스트리트로 뛰어나왔다. 대로를 걸어가던 일반인들도 놀라 폭발 방향을 돌아보는 가운데 그녀들의 시선 너머에서는 연기가 피어나고 있었다.

"……전투하는 소리가 난다옹."

꿈틀꿈틀 머리 위의 귀가 움직이는 클로에의 말대로, 연

© Suzuhito Yasuda

기가 나는 방향으로부터 마치 마법을 쏘는 듯 격렬한 폭음이 이어졌다. 그녀가 응시하니 건물 지붕 위에서 까만 사람의 실루엣이 한순간 고속으로 지나갔다.

"저건 혹시……."

"【파밀리아】끼리 항쟁을 시작한 거냥?"

"오랜만이다옹."

사태를 눈치챘는지 대로를 걷던 시민들은 모두 안색이 창백해져 눈 깜짝할 사이에 피난하기 시작했다.

수많은 【파밀리아】를 거느린 오라리오에서는 파벌 간의 싸움이 결코 드물지 않다. 길드의 눈도 아랑곳하지 않고 시내에서 펼쳐지는 항쟁을 몇 번이나 경험했던 도시 주민들은 무슨 일이 일어났는지도 금세 알아차려 신속하게 행동했다.

달려오던 마차가 황급히 되돌아가고 시민들이 소란을 떨어대는 가운데 '풍요의 여주인'에서는 시르를 비롯한 점원들이 밖으로 나왔다. 주인인 미아도 커튼을 젖히고 창문에서 고개를 내밀었다.

솟아나는 연기는 아득한 푸른 하늘까지 뻗어나갔다.

"이 근처 【파밀리아】면……. 혹시 백발네 아니냥?"

"아냐!"

아냐의 무심한 발언을 나무라는 루노아.

흠칫 입을 두 손으로 막은 캣 피플 소녀가 눈을 살짝 돌리자 멍하니 선 시르의 모습이 보였다. 연기가 나는 방향에 못 박힌 잿빛 눈동자. 손 안에 든 점심 바구니가 아직 까지 나타나지 않는 소년을 불안스레 기다렸다.

다시 일어난 폭발에 진동이 전해지고 바구니가 살짝 흔들렸다.

"……."

한발 늦게 대로로 나온 류 또한 포격이 작렬하는 방향을 올려다보았다.

마력의 잔재가 춤추는 대기를 보며 하늘색 눈을 가늘게 떴다.

잇따른 굉음과 충격파.

마법과 함께 폭약을 실은 화살이 꽂혀 교회가 파괴되었다.

정면 현관 바로 위에 서 있던 반파된 여신상이 우르르 소리를 내며 쓰러졌다.

"윽?!"

그러는 한편 건물 뒤쪽에서는 힘차게 나무 문이 열렸다.

교회 뒷문으로 탈출한 벨이 연기와 함께 튀어나왔다. 헤스티아를 품 안에 안은 그는 데굴데굴 지면을 구르다가 즉시 자세를 고쳐 일어났다.

고개를 든 곳에는 분진을 일으키며 앞쪽 절반이 잔해의

더미로 변한, 보기에도 무참한 홈의 모습이 있었다.

"──샤악!"

"?!"

전율할 틈도 주지 않고 벨에게 자객이 엄습했다.

미리 뒷문에서 대기했는지 여러 명의 수인이 단검을 들고 머리 위에서 기습해왔다. 벨은 창졸간에 왼팔에 헤스티아를 끌어안으며 오른손으로 발도한 《헤스티아 나이프》로 적의 공격을 쳐냈다.

튕겨내고 피하고 갑옷에 살짝 상처를 입으며──일부러 모래먼지 속으로 뛰어들었다.

적들이 주저하는 기척을 후방에 남겨둔 채 벨은 지리감각에 의존해 뒷골목 하나로 도망쳤다.

"푸하아!"

연기를 빠져나온 순간 크게 숨을 쉬는 헤스티아.

얼굴이 먼지투성이가 된 벨은 그녀를 옆으로 안아든 채 추적대로부터 도망치기 위해 달렸다.

'──쳐들어왔어!!'

백주 대낮에, 시내에서!

가차 없이 공격을 가한 상대, 【아폴론 파밀리아】에 벨은 거듭 동요했다.

암습이나 미궁 내의 습격 정도가 아니었다. 적은 당당하게, 망설이지도 않고, 지상에서 벨과 헤스티아를 공격했던 것이다.

워 게임에 응하지 않아 무력행사로 나선 건가?

【아폴론 파밀리아】는 【헤스티아 파밀리아】를 완전히 적으로 간주한 건가?

외부의 빈축을 무시하고, 길드의 단속조차 두려워하지 않고?

아직까지 혼란에서 벗어나지 못한 머리가 의문에 가득 찬 가운데 문득 에이나의 말이 떠올랐다.

'【파밀리아】 사이에 항쟁이 벌어져 시내가 전장으로 변해 버리기도 한다…….'

자신이 지금 막, 소문으로만 들었던 파벌 간 항쟁의 당사자가 되었음을 벨은 깨닫고 말았다.

"벨, 우릴 습격한 그 아이들은……?!"

"【아폴론 파밀리아】예요!"

폭 3M정도 되는 좁은 골목길을 달리며 품 안의 헤스티아에게 외쳤다.

그녀는 벨의 어깨 너머로 고개를 들고 이제는 아득한 후방, 뿌연 연기 속에 무너진 교회를 노려보았다.

"네, 네 이놈들……!! 감히 나와 벨의, 사랑의 보금자리를……!"

"네엑?!"

분노로 몸을 떠는 헤스티아의 말도 마음에 걸렸지만 그보다도.

등 뒤를 돌아본 교회의 폐허가——돌아갈 집을 잃었다

는 사실이 벨에게 충격을 주었다.

"윽?! 벨, 앞에서 온다!"

무너진 홈에 길 잃은 아이 같은 표정을 지은 벨을 경고가 후려쳤다.

흠칫 눈을 앞으로 돌리자 진로 방향 안쪽에 나타난 다섯 명 정도 되는 모험자. 무기를 들고 달려드는 상대를 보며 즉시 오른쪽으로 길을 꺾었다.

복잡한 뒷골목 안에서 울려 퍼지는 무수한 발소리. 그리고 벨을 추격하는 모험자들의 목소리들.

"도망쳤다!"

"그쪽이다!"

왼쪽에서, 오른쪽에서, 앞에서 습격의 기척이 끊이질 않았다.

초조해진 벨의 얼굴이 일그러졌다. 헤스티아를 끌어안은 채로는 싸울 수 없다.

한시라도 빨리 적이 없는 전투 구역 밖으로 이탈해야 한다. 발이 저절로 빨라지고, 견디지 못한 채 외길로 들어선 그 순간.

길 양쪽으로 이어진 가옥 위에 합계 열 명의 아처가 모습을 나타냈다.

"윽?!"

좌우에 다섯 명씩, 수인과 엘프 아처가 둔중하게 빛나는 화살촉을 눈 아래의 벨에게 조준했다.

헤스티아의 호흡이 멎는 소리를 귓가로 들으며 벨은 눈 꼬리를 치켜 올렸다.

몸을 앞으로 숙이고, 길 끝만을 바라보며 지면을 박차 한순간 속도를 높여.

좌우 머리 위에서 쏟아진 일제사격을 전방으로 질주해 추월해버렸다.

"놓쳤잖아?!"

"뭘 하는 거야!"

'토끼'라는 말이 떠오를 만큼 폭발적인 가속으로 외길을 주파해 화살을 회피하는 데 성공했다. 후방에서 노성이 오가는 가운데 두 발로 포석을 깎아내 급제동을 걸며 모퉁이를 간신히 돌아 다시 질주했다.

——완벽하게 포위당했어!

위기를 모면한 벨의 시야 위쪽, 건물 옥상에서 그를 쫓아 나란히 달려오는 헌터들.

지금 있는 구역에 투입된 적의 수가 너무 많았다——아폴론 파밀리아의 규모가 이렇게 컸나 의심이 들 만큼 압도적인 동원력이었다.

홈 부근의, 지리 감각이 있는 곳임에도 상대의 눈을 뿌리칠 수가 없었다. 자신의 발을 최대한으로 살려도 잇달아 새로운 추적자가 나타나는 상황에 벨은 입술을 깨물며 어지러이 교차하는 뒷골목을 달려나갔다.

"벨, 막다른 길이다!!"

떨어지지 않겠노라 필사적으로 매달리는 헤스티아의 비명.

길 안쪽에서 거대한 인가의 벽이 앞길을 가로막고 있었다.

하지만 막다른 길에 몰렸음에도 벨은 더욱 속도를 높였다.

"꽉 잡으세요!!"

"뭐?"

헤스티아가 눈을 동그랗게 뜨는 가운데 기세를 실어 큰 걸음으로 달렸다.

쑥쑥 다가오는 벽을 보며 벨은 긴 도움닫기를 이용해—

—**뛰어들었다.**

"으——아아아아아아아아아아아아아아아아아아아아아아아아아아아아?!"

대도약.

높이 8M에 이르는 인가의 벽을, 【랭크 업】을 거쳐 대폭 상승한 신체능력으로 뛰어넘었다.

헤스티아의 절규가 울려 퍼지는 기운데, 포물선을 그린 도약은 간신히 높은 벽을 넘어 지붕 위에 착지했다. 호쾌한 발소리를 내는 벨의 품 안에서 어린 여신이 요란하게 숨을 헐떡거렸다.

답답하고 좁은 뒷골목에서 해방되어 바람과 푸른 하늘

에 에워싸였다. 전망이 좋은 인가 꼭대기에서 주위를 둘러본 벨은 북쪽 방향의 대신전으로 시선을 돌렸다.

'이렇게 되면 길드로 도망칠 수밖에……!'

아무리 적들이라 해도 절대중립인 도시의 관리기관에는 쳐들어오지 못할 것이다.

장엄한 판테온, 길드 본부로 피난하고자 벨은 도망칠 생각을 했다.

"포기하는 게 좋을걸."

"!"

등 뒤에서 들려온 목소리에 몸을 돌렸다.

같은 인가의 지붕에 서 있던 것은 여러 명의 단원을 대동한 다프네였다. 소대 중에는 롱 스커트 형태의 배틀 클로스를 걸친 카산드라도 있었다.

옆에서 부는 바람에 짧은 단발을 나부끼는 다프네는 특유의 날카로운 눈으로 연민하듯 쳐다보았다.

"아폴론 님은 한 번 점찍은 아이는 땅 끝까지라도 쫓아가지. 손에 넣을 때까지."

"……!"

"나나 카산드라도 찍힌 후로 계속 쫓겼거든. 이 도시에서 저 도시로, 이 나라에서 저 나라로…… 포기할 때까지, 계속. 도망쳐봤자 마찬가지. 늦느냐 이르냐의 차이가 있을 뿐."

충고와 동시에 자신들도 벨과 비슷한 처지였음을 고백한다.

다프네가 동정 어린 눈빛을 보내는 가운데 헤스티아가 표정을 일그러뜨렸다.

"아폴론의 집착을 만만하게 봤어……!"

다프네의 말을 듣고, 수단을 가리지 않은 채 벨을 탈취하려는 아폴론의 뜻을 알아차린 그녀는 후회와 동시에 그에 대한 혐오와 전율을 드러냈다.

——집념이 강하다.

헤르메스가 연회 때 했던 말이 벨의 뇌리에도 되살아났다.

"투항하지 않겠어? 동료가 될 아이에게 가급적이면 거친 짓을 하고 싶진 않아."

허리춤의 칼집에 담은 칼자루를 툭툭 두드리는 다프네에게 벨은 고개를 가로저었다.

"……못해요."

권고를 받아들이지 않고 슬금슬금 후퇴하는 벨과 헤스티아에게 그녀는 한숨을 쉬었다.

"그렇겠지. 그럼——공격!"

다프네가 발검하며 칼끝을 이쪽에 들이댔다. 그녀의 호령에 따라 소대원들이 일제히 도약했다.

벨도 등을 돌리고 길드 본부 방향으로 뛰었다.

"상대는 발이 빠르다. 리소스 부대를 불러 앞지르게 해!"

지시를 날리면서 다프네는 단검을 투척했다. 이를 느낀 벨은 돌아보고 놀라면서, 한 치의 오차도 없이 날아드는 칼날을 어깨 갑옷으로 방어했다. 귀를 찢는 소리와 함께 무시무시한 충격이 내달려 몸이 균형을 잃었다.

"……큭! 주신님, 싸울게요!"

"아, 알았다!"

어쩔 수 없이 응전하는 벨. 옆으로 안은 헤스티아의 허리에 왼팔을 감고 옆구리에 끌어안으며 상대와 마주 섰다. 그런 자세에 헤스티아의 뺨이 부끄러움으로 물들었다.

자유로워진 오른팔로《헤스티아 나이프》를 뽑으며 적에게 바짝 붙었다.

"웃?!"

정면에서 내리쳐진 검을 나이프로 쳐냈다. 그 뒤를 이어 날아든 창도 튕겨내고 잇따른 공격을 아슬아슬하게 회피했다.

쉴 새 없이 공세를 펼치는 상대 모험자들도 고수였다. 연계 플레이도 확실했다.

공격을 피하면 즉시 이동하는데도 벨은 길드 본부 쪽에서 확실하게 멀어지고 있었다.

'틀렸어……!'

헤스티아를 끌어안은 채로는 도망칠 수가 없다.

벨은 망설임을 버릴 수밖에 없었다.

한순간 헤스티아와 눈짓을 교환하고 나이프를 패스했다. 그녀가《헤스티아 나이프》의 자루를 받아드는 사이에 벨은 빈 오른손을 내밀었다.

머리 위에서 달려드는 세 명의 모험자들을 향해 포성을

외쳤다.

"【파이어볼트】!"

폭염이 피어났다.

영창 없이 솟아난 '속공마법'이 3연사로 적 모험자들을 날려버렸다.

비명이 터지고 시커멓게 그을려 지붕 한구석에 쓰러지는 소대원들.

눈을 크게 뜨는 다프네. 그러나 동요하지는 않았다.

"카산드라!"

"알았어!"

즉시 내려진 그녀의 지시에 호위 한 명과 후열에 있던 카산드라가 지팡이를 들었다.

재빨리 영창하고, 다음 순간에는 치료마법이 발동했다.

"?!"

시커멓게 그을려 무릎을 꿇었던 모험자들이 푸른빛에 휩싸이더니, 상처가 아물어갔다. 부활한 그들은 살기를 띠며 일어났다.

카산드라――힐러의 존재에 벨은 식은땀을 흘리며, 동시에 보고야 말았다.

조직으로서, 파티로서의 저력. 본래 있어야 할 【파밀리아】의 모습.

적의 연계가 훨씬 능숙함을 통감했다.

"큭――!!"

다프네 소대와 함께 사방에서 몰려드는 적의 모습에 벨은 견디지 못하고 아래로.

날아드는 몇 발이나 되는 화살을 나이프로 쳐내고 다시 골목길로 뛰어들었다.

"줄행랑은 일품이군……. 소용없으니 일찌감치 포기할 것이지."

높은 지붕의 옥상 위에서 발을 멈춘 다프네는 눈 아래에서 이리저리 도망치는 벨을 보며 중얼거렸다. 그녀의 표정과 눈에는 동정과 함께 달관의 빛이 묻어났다.

다프네는 억지로 입단할 수밖에 없었던 경위 때문에, 주신에게 심취한 단장 히아킨토스 같은 자들과는 달리 아폴론을 그렇게까지 공경하지 않았다. 하지만 권속이 되어 은혜를 입은 이상 명령에는 따라야 하고, 다해야 할 의무도 있다고 생각했다. 한편 아폴론은 아폴론대로 구애를 받아들인 자에게는 신사적이다. 정확하게 말하면 그는 남자를 더 좋아하는 것이다.

그런 아폴론이 이번에는 벨을 탐내고 있다……. 소년에게 연민을 품기는 해도 신의 뜻을 저버릴 마음은 조금도 없었다.

그런 그녀의 등 뒤에서, 혼자 남아 있던 카산드라가 조심스레 말을 건넸다.

"저기, 다프네. 역시 그만 두는 게…… 좋을 것 같아."

자신과 비슷한 처지이며 또한 알고 지낸 지 오래 된 소녀는 허리까지 늘어지는 흑발을 두 손으로 만지작거리며 끄트머리가 늘어진 눈을 내리깔고 말했다.

"뭘?"

"저 아이를 자극하는 거 말이야……. '토끼'를 궁지에 몰아넣어선 안 돼."

소극적인 자세로 경고하는 그녀에게 다프네는 탄식했다.

"또 꿈 얘기야?"

어이가 없어하며 캐묻자 카산드라는 끄덕끄덕 열심히 고개를 움직였다.

이 소녀는 '예지몽'을 꾼다고 거리낌 없이 말한다. 그리고 아무도 상대해주지 않는다. 물론 다프네조차.

아폴론에게 찍히기 전에는 좋은 집안에서 자라난 모양인데, 그녀의 망언은 그 환경의 폐해일 거라고 다프네는 생각했다.

카산드라의 예지몽은 좋은 집안의 규수에게서는 흔히 보이는, 웃어넘길 만한 '마력'이 있는 것이다.

"멍청한 소리 말고 쫓아가기나 하자."

"어, 어째서 안 믿어주는 거야아~~~."

상대해줄 마음이 없었던 다프네는 울먹거리는 카산드라를 귀찮다는 듯 노려보았다.

"그래, 무슨 꿈이었는데?"

"응, 있지……. 상처 입은 토끼가, 달을 뛰어넘어서, 태양을 삼켜버리는 꿈……."

다프네는 코웃음을 칠 수도 없었다.

"그렇지. 꿈은 그 정도로 황당무계해야지."

"다프네에~~~."

"집요하기는. 얼른 가자."

아직도 무언가를 말하려는 카산드라를 잡아끌며 다프네는 벨을 추격했다.

여덟 개의 메인 스트리트가 모이는 도시 중앙, 센트럴파크.

백색 거탑 '바벨' 앞에서 대도를 등에 걸머진 벨프와 수인으로 변신한 릴리가 서 있었다.

"……너무 늦는 거 아냐?"

"그러게요……. 아무리 그래도 벨 님이 이렇게까지 지각하면서 소식조차 없다니."

대도를 진 벨프, 백팩을 진 릴리는 오늘부터 재개될 미궁 탐색을 위해 벨을 기다리는 중이었다.

광대한 센트럴파크에는 많은 모험자가 오가고 있다.

"아까부터 요란한 소리도 나고……. 불길한 예감이 드는 건 나뿐이야?"

"……."

흰 꾸러미에 싼 벨의 새 무기를 한 손에 들고 벨프는 의구심을 감추지 못하는 어조로 말했다. 릴리는 입을 꾹 다물었다.

그들이 기다리고 있는 탑의 서문 앞에서 정면으로 뻗어나간 서쪽 메인 스트리트 방향에서는 조금 전부터 마법으로 여겨지는 폭발음이 들렸다. 광장까지 피난해온 시민들도 어딘가 갈팡질팡하며 소란스럽다. 서쪽을 바라보던 릴리의 눈에 숨길 수 없는 불안이 드러나기 시작했다.

그때 서쪽 지구에서 달려온 모험자들 때문에 광장이 갑자기 소란스러워졌다.

"이봐! 아폴론 놈들이 항쟁을 시작했어!!"

"상대는 【헤스티아 파밀리아】──【리틀 루키】를 떼거지로 공격하고 있다는데!"

벨프와 릴리는 얼굴을 마주보았다.

"가자!"

"네!"

백주 대낮부터 발발한 항쟁 정보에 주위가 흥분하는 가운데, 두 사람은 곁눈질도 하지 않고 달려나갔다.

그들의 발이 향한 곳은 붉은 염뢰(炎雷)가 터진 서쪽, 제7구역이었다.

"프레이야 님은 움직였어?"

도망과 추적이 반복되는 전장에서 거리를 둔 북서쪽 메

인 스트리트 주변.

높은 건물 위에서 상황의 추이를 지켜보던 헤르메스는 막 돌아온 아스피에게 물었다.

"아닙니다. 프레이야 파는 아직까지 방관하고 있습니다."

장비한 순백색 망토를 나부끼는 아스피의 대답에 헤르메스는 턱에 손을 가져다댔다.

"이번 소동에 관해선 프레이야 님은 손을 대지 않을 생각인가?"

확인할 수 있었던 정보만을 봐도 전황은 벨에게 가혹했다. 소년은 주신을 보호하며 지금도 도주하고 있고, 적과의 단순한 전력 차이──인원의 차이는 가볍게 백배를 넘었다.

무언가 이유가 있는지, 아니면 이것을 벨에 대한 새로운 **시련**이라 간주할 생각인지.

헤르메스는 억측했다. 어쩌면 미의 여신은 가속도가 붙은 것처럼 변화하는 소년의 주위 환경을 기뻐하는 측면이 있는 것 같다고. 얼마 전에 자신을 봐주었던 것처럼.

그녀가 말하는 '광채'가 지금도 더 커지고 있으리라고 상상하기는 어렵지 않았다.

"어떻게 하시겠습니까?"

"어떻게도 안 해."

등 뒤에서 묻는 아스피에게 앞을 향한 채 헤르메스는 대답했다.

"나는 헤르메스라고. 이제까지도 앞으로도 방관자로 있을 거야."

자신 또한 벨의 행방을 지켜보겠다는 듯, 남신은 돌아보며 웃었다.

권속인 아스피는 아무 말도 하지 않고, 그저 귀찮은 일이 일어났다는 듯 탄식했다.

"장소를 옮기자, 아스피. 도와줘."

"알겠습니다……."

벨 일행의 동향을 추적하기 위해 헤르메스와 아스피는 이동을 개시했다.

"아르고노트 군이 습격을 당했대~!"

도시 북쪽 끄트머리, 【로키 파밀리아】의 홈.

시내로 나가 정보를 모아온 티오나가 단원들이 모인 응접실로 뛰어들었다.

"티오나, 정말이야……?"

"응, 【아폴론 파밀리아】가 총동원돼서 걔를 쫓아다닌대!"

다가와 물은 아이즈에게 아마조네스 소녀는 자신이 보고 들은 것을 말해주었다.

그녀의 설명을 들은 아이즈는 감정이 희박한 표정 속에 어렴풋한 걱정의 기색을 내비쳤다.

"이렇게까지 요란한 항쟁이 벌어진 것도 오랜만이구면."

"아폴론 파는 길드의 페널티도 각오한 모양이야."

소파 위에 앉으며 드워프 가레스, 엘프 리베리아가 객관적으로 분석했다.

【로키 파밀리아】 단원들도 조금 전부터 홈 안에서 술렁거렸다. 그들도 밖에서 무슨 일이 일어났는지는 대충 눈치를 채고 있었다.

"그러고 보니 로키는 어디 갔지? 아까까지 있지 않았어?"

티오나의 언니인 티오네의 질문에 베이트가 시시하다는 듯 대답했다.

"벌써 구경하러 갔어. 그 멍청이 여신……."

"……이러니까 신이란 것들은."

그녀 또한 베이트의 말에 어이가 없어졌다.

네 사람이 각각 이야기를 나누는 한편, 소파에서 일어나 미묘하게 불안해하는 아이즈에게 핀이 다가갔다.

"아이즈, 이상한 생각은 하지 말아줘."

"핀……."

"지난번 18계층하고는 상황이 달라. 헤스티아 파에 도움을 주는 짓은 하지 마."

【파밀리아】의 단장인 그는 아이즈에게 단단히 못을 박아두었다.

파벌 간부이기도 한 아이즈가 멋대로 움직여서는 안 된다. 【로키 파밀리아】에는 벨과 헤스티아를 도울 이유도 없었다.

무엇보다, 파벌 사이의 문제에는 개입하기 어렵다. 최대 파벌 정도 규모가 되면 온갖 문제가 얽혀 있기 때문이다.

"무슨 일이 있어도 개입하지 말라고 로키도 엄명했어. 한동안은 관찰하자."

"응…… 알았어."

파룸 모험자 핀의 푸른 눈을 내려다보며 아이즈는 살짝 고개를 끄덕였다.

이윽고 핀이 단원 중 한 사람을 불러내 명령을 전달하고, 아이즈는 그에게서 떨어져 응접실 창가로 다가갔다.

단아한 용모를 유리에 살짝 반사시키며 바깥의 풍경을 바라보았다.

벨은 오로지 달리고 있었다.

아직까지 빠져나가지 못한 적의 포위망 속에서, 주신을 끌어안은 채 골목길을 누볐다.

미처 도망치지 못한 시민에게 "죄송합니다!" 하는 사과와 함께 도약해 머리 위를 높이 뛰어넘었다.

"또, 또 온다……!!"

헤스티아가 신음하는 가운데 벨은 재빨리 시선을 주위로 돌렸다. 달리면서 주신을 잠깐 땅에 내려놓고 앞서 달려나가 두 손에 나이프를 든 채 적과 접촉했다.

"?!"

"으악!!"

덤벼들 줄은 생각도 못했는지 전광석화 전력질주에 상대는 허를 찔렸다. 벨의 칼등치기가 방어구의 이음매를 적확하게 가르고 꽂혀 상대를 쓰러뜨렸다.

단단한 껍질을 가진 킬러 앤트와의 전투경험을 되살리는 것 같다고 생각하면서, 벨은 즉시 따라온 헤스티아의 손을 잡고 달렸다.

"미, 미안하다, 벨! 언제나 네게 짐만 되는구나……!"

"주신님 탓이 아니에요!"

숨을 헐떡이며 사죄하는 헤스티아에게 소리를 질러 대답하며 벨은 가녀린 손을 꽉 쥐었다.

하계 사람들은 '살신(殺神)' 행위를 금기하며 절대적인 규칙으로 삼는다. 신에게 손을 댈 수 있는 것은 신뿐이다.

신은 치명상을 입으면 '아르카넘'이 발동해 육체가 생명을 유지한다. 다시 말해 그 순간 '아르카넘'을 썼다고 간주해 천계로 강제송환되는 것이다.

극단적으로 말해 헤스티아가 생포되어 아폴론의 손에 처형되면 주신을 잃은 벨은 필연적으로 무소속이 되어 다른 파벌은 그를 입단시킬 기회를 얻는다. 그렇게 생각한다면 적은 헤스티아를 인질, 아니 신질(神質) 삼아 그녀의 하계 체류와 맞바꾸어 벨에게 입단을 강요할 가능성이 가장 높지 않을까.

아무튼 적에게 헤스티아를 넘겨줄 수는 없다. 주신을 감싸며 도주해야만 한다.

'적들 중에도 Lv.2가 많……지만!'

전방에서 화살을 겨눈 아처를 【파이어볼트】로 쏘았다. 동료가 폭발해 동요하는 상대에게 즉시 육박해 도합 세 사람의 적을 눈 깜짝할 사이에 쓰러뜨렸다.

상대측의 Lv.2 모험자라면 맞서 싸울 수 있다. 일대일이라면 밀리지 않는다는 감촉을 느꼈으며 '민첩'에서는 확실히 자신이 위였다.

여러 명에게 포위당하지 않는 한은 그나마 대처할 수 있을 것이다. 여기까지 생각한 벨은 어찌어찌 포위망이 엷어진 곳을 발견해 강행돌파하면 가망이 있지 않을까, 매달리는 심정으로 희망을 품었다.

"베, 벨. 너의 '마법'을 마구 쏘면 혹시 어떻게든 되지 않을까? 상대를 퍽퍽 쓰러뜨릴 수 있지 않느냐!"

"아뇨, 그게, '마법'은 별로 쓰고 싶지가 않아서……."

화력을 될 수 있는 한 억제하기는 하지만, 민가에 불이 붙어 그것이 서쪽 구역 전체를 불바다로 만든다면 벨은 더 이상 오라리오에서 살아갈 수 없다. 여차하면 난사도 불사하겠다는 각오였지만 가능하다면 피하고 싶은 사태였다.

활용도가 높은 속공마법 파이어볼트는 기사회생의 한 수도 될 수 있지만, 현재 상황에서는 별로 기대할 수 없다.

"……어?!"

지붕 위에서 추적하는 헌터, 곳곳에 배치된 감시자를 포함한 지연부대, 그리고 직접 습격을 맡은 상급모험자.

눈앞이 아찔해지는 적의 인해전술에 현기증을 느끼는 가운데 벨의 루벨라이트색 눈동자가 어떤 모험자의 엠블럼을 포착했다.

'초승달에, 술잔……?'

【아폴론 파밀리아】를 나타내는 태양 엠블럼이 아닌 다른 파벌의 엠블럼.

추적자에게서 간신히 거리를 벌린 벨의 마음속에 의구심이 생겨났다. 적은 하나가 아닌 건가?

그 순간 떠오르는 어젯밤의 광경.

연회에서 빠져나간 발코니 너머에서 자신이 목격했던 밀회는——.

여기까지 벨의 기억이 되살아난 다음 순간.

터엉. 누군가가 후방에서 착지하는 소리가 들렸다.

"——."

이제까지 없었던 중압과 살기.

두쿵, 두쿵, 두쿵. 드높아지는 고동 소리를 느꼈다.

이 상대에게 등을 보여서는 안 된다고 본능이 온 힘을 다해 외쳤다.

벨의 떨리는 눈동자가 등 뒤를 돌아보자, 그곳에 서 있던 것은 냉소를 머금은 미청년.

흰색을 기조로 한 배틀 클로스, 허리춤에 찬 장검과 단검, 펄럭이는 대형 망토.

【아폴론 파밀리아】의 두령 히아킨토스는 무릎을 구부린 채 앞으로 기울어진 자세를 취했다.

"웃?!"

헤스티아를 길옆으로 밀쳐낸 순간 적의 그림자가 눈앞까지 밀려들었다.

눈에도 비치지 않을 만한 속도의 발검과 동시에 홍염과도 같이 빛나는 장검——플람베르주의 물결 모양 칼날이 눈앞에서 솟아올랐다.

창졸간에 《헤스티아 나이프》의 칼날로 막아낸 벨은 충격을 이기지 못하고 뒤로 날아갔다.

"벨!!"

뒤로 날아가 포석에 추락한 벨을 히아킨토스가 따라왔다.

내리친 칼끝을 옆으로 굴러 피하고, 벨은 이를 악물며 《우시와카마루》를 허리에서 뽑아 몸을 돌리며 적과 부딪쳤다.

뒷골목 벽에 달라붙은 헤스티아의 고함이 터지기까지 한순간동안 펼쳐진 공방이었다.

"용케도 여기까지 도망쳤구나, 벨 크라넬! 내가 직접 상대해주마——기뻐해라."

"크으윽?!"

두 자루의 나이프와 한 자루의 장검이 무시무시한 양의 섬광을 나누었다.

눈을 크게 뜬 헤스티아의 청각을 짓이겨버릴 정도의 금속성이 뒷골목을 지배했다. 도주를 허용하지 않는 강대한 적의 존재에 벨은 전력을 다한 철저 항전에 임했다.

깊은 뒷골목으로 도망쳐온 덕에 다른 습격이 끊어진 가운데, 처절한 전투가 전개되었다.

"————!"

오른손의 참격은 튕겨나가고 왼손 올려베기는 궤도가 틀어졌다.

교대로 휘둘러대는 쌍검이 스치지도 않는다. 눈 깜짝할 사이에 공수가 뒤바뀌어 날아드는 강렬한 찌르기를 황급히 옆에서 후려쳐 받아냈다. 그럼에도 칼날은 위팔을 스쳐 핏줄기가 튀었다.

"과연, 속도는 제법이군."

입술을 틀어 올리는 히아킨토스의 모습을 보며——벨의 눈동자가 흔들렸다.

더블 나이프를 든 벨과는 달리 상대는 장검 한 자루. 공격횟수가 더 많을 이도류가 모두 튕겨나고 정면에서 압도당했다. 마치 수를 전부 읽히는 것처럼 모든 공격이 통하질 않았다.

속도에서, 완전히 밀리고 있었다.

"으윽!!"

순백색 망토가 나부낀 다음 순간 벨의 반응이 따라가지 못할 정도로 빠른 세로 일격이 날아들었다.

일직선으로 날아드는 홍염색 칼날을 아슬아슬하게 교차시킨 《헤스티아 나이프》와 《우시와카마루》로 받아냈다.

두 자루의 나이프로 적의 플람베르주를 끼고 코둥이싸움에 들어갔다.

뿌득뿌득 울부짖는 두 자루의 검신이 한 손으로 든 장검에 밀렸다.

"아폴론 님의 총애를 받게 된 네놈이 미워서 견딜 수 없다만…… 그것 또한 주신의 뜻. 영광스러운 우리 파벌의 일원으로 삼아주마."

어마어마한 '힘' 어빌리티.

한데 겹쳐진 칼날 너머 눈앞에서 웃는 홍적 히아킨토스의 눈동자 속에 전율하는 자신의 얼굴이 비쳤다.

——Lv.3.

뇌리를 가로지르는 주점에서의 전투. 속수무책이었던 한순간의 공방.

목덜미를 불태우는 조바심을 벨은 힘으로 떨쳐내며 눈꼬리를 질끈 치켜세웠다.

"으——아아이아아아아아아아아아아아아아아아아아아아아아아아아아!!"

포효와 함께 온몸의 힘을 쥐어짜내 적의 장검을 억지로 뿌리쳤다.

획 물러나 거리를 두고 적과 대치해, 한순간 극한까지 몸을 낮추었다.

온몸을 팽팽해진 활시위, 그리고 튀어나가는 화살에 빗대——다음 순간에는, 돌격했다.

"흐읍!!"

최대 가속.

발로 박차 포석을 폭발시킬 만한 기세로 자신이 가진 모든 것, 혼신필살의 공격을 감행했다.

그야말로 래빗 러시. 초 연속참격.

가차 없는 검광의 폭풍이 시작되었다.

"——느리군."

그러나.

조소를 띤 적은 털끝만큼도 흔들리지 않았다.

"————."

자청색, 다홍색, 잇달아 퍼붓는 엄청난 수의 원호.

그 무수한 참격을 상대는 조금 전과 전혀 다를 바 없는 모습으로 모두 받아냈다.

허공을 가르는 《헤스티아 나이프》, 튕겨나가는 《우시와카마루》. 연속베기는 장식이 과도한 플람베르주에 모조리 밀려났다. 물결치는 검신은 태양빛을 반사하며 불꽃처럼 일렁이고 말도 안 되는 위력으로 《헤스티아 나이프》와 《우시와카마루》 사이에 불기둥을 만들어내 찢어지는 금속의 비명을 일으켰다.

【아폴론 파밀리아】의 두령만이 가질 수 있는 《태양의 플람베르주》.

잔상을 새기는 물결 모양 검신이 크게 뜨인 벨의 눈에 새겨졌다.

"토끼 주제에 울어대지 마라."

입술을 틀어 올린 히아킨토스의 몸이 이제까지보다 더 빠른 속도로 잔상을 보이며 뿌옇게 일그러졌다.

빠르고도 교묘한 후려베기.

다홍색 원호를 그리는 《우시와카마루》를 격추하고 자청색 검광을 뿌리는 《헤스티아 나이프》를 튕겨낸다. 물 흐르는 듯한 한 줄기 후려베기에, 아름답기까지 한 그 기술에——튕겨난 반동으로 두 팔이 흔들린 벨의 호흡이 멎었다.

다음 순간, 아래쪽에서 날아드는 플람베르주가.

엄청난 반응속도로 뒤를 향해 물러난 벨의 몸을 브레스트 플레이트와 함께 베어 갈랐다. 라이트아머를 가르고 피부에 파고든 물결 형태의 칼날이 가슴의 살점을 헤집고 도려내며 무시무시한 고통을 안겨주었다.

——베였다.

그대로 지나가는 홍엽색 심광.

선혈을 뿌리며 움직임을 멈춰버린 소년에게 히아킨토스는 가차 없이 추가타를 가했다.

"컥!!"

검을 되돌려 칼자루로 광대뼈를 치고, 발을 디뎌 거리를 벌리려 하는 발을 밟아 붙들어놓은 후 팔꿈치지르기.

팔꿈치가 목에 박혀 벨의 온몸이 경련했다. 구토가 치밀었지만 상대는 그조차도 허용하지 않고 이미 베였던 배를 후려쳤으며——마지막으로 얼굴에 강렬한 돌려차기를 꽂았다. 시야 절반에 상대의 부츠가 파고들며 벨은 포석 위로 나뒹굴었다.

한 바퀴 돈 히아킨토스의 망토가 너풀거리고 움직임에 맞춰 금색 귀걸이가 흔들렸다.

"베, 벨⋯⋯?!"

창백해진 헤스티아의 목소리는 마지막까지 말을 이루지 못했다.

바닥에 나뒹군 소년의 몸이 시체처럼 지면에 쓰러져 있었다. 출혈을 일으킨 가슴의 열상은 끔찍했고, 피가 섞인 타액이 주위의 포석에 뿌려졌으며 얼굴 또한 피투성이였다. 떨리는 손이 간신히 지면을 짚으며 어떻게든 몸을 일으키려 했다.

완전히 패배한, 처음 보는 권속의 모습에 여신은 할 말을 잃었다.

"억, 커억, 으⋯⋯!!"

"아직도 의식이 있나?"

상반신을 지면에서 떼는 벨의 시야가 뿌옇게 흐렸다. 눈물 맺힌 루벨라이트색 눈동자로, 웃음을 짓는 히아킨토스를 올려다본다.

이것이——제2급 모험자.

Lv.3 상위에 오른 히아킨토스는 진짜였다. 스테이터스에 안주하지 않았으며 기술도, 공방도 일류였다. 몬스터와의 전투와는 전혀 다른 히아킨토스와의 대인전에서는 조준할 틈조차 없는 '마법'도, 자살행위나 다름없는 충전 스킬도 아무 도움이 되지 않았다.

순수한 백병전의 역량도, 스테이터스도.

지금의 벨과는 모험자로서의 격부터 달랐다.

온몸을 짓누르는 진흙과도 같은 패배감. 그치지 않는 눈물.

몸을 태우는 아픔과 말로 형언할 수 없는 감정의 소용돌이가 벨의 얼굴을 일그러뜨렸다.

"추한 얼굴이야. 기품도 없고……. 왜 아폴론 님은 이런 놈에게 집착을 하시는지."

피투성이가 된 얼굴로 자신을 노려보는 벨을 히아킨토스는 가차 없이 걷어찼다.

"으윽!!"

방어할 수 없는 소년의 몸은 어이없이 날아가 골목 너머에 있던 탁 트인 공간으로 굴러갔다.

"기다려! 그만해!"

제지하는 헤스티아는 돌아보지도 않고, 목소리도 듣지 않고 히아킨토스는 벨에게 다가갔다.

"나는 몸도 마음도 그분에게 바쳤다. 나만이 그분의 모든 것을 받아들일 수 있다. ……토끼 따위 얌전히 사냥만 당하면 돼."

말 한마디 한마디에 질투를 내비치며, 웅크리고 있는 소년 앞에서 발을 멈추었다.

"……계속 설쳐도 곤란하고, 어차피 나중에 치료할 테니 팔이나 다리 하나 정도는 베어도 상관없겠지."

왼손에 든 플람베르주를 올리며 가학적인 미소를 띤 히아킨토스. 벨의 눈이 공포에 물들었다.

헤스티아가 필사적으로 달려왔지만 도저히 말릴 수 있을 만한 거리가 아니었다.

장검이 벨의 어깨를 베어내리던, 그 순간.

몇 대나 되는 화살이 히아킨토스가 서 있던 포석을 꿰뚫었다.

"아니?!"

간신히 회피한 히아킨토스는 벨, 헤스티아와 함께 경악했다.

휙 돌아보니 서쪽 메인 스트리트 바깥에 있던 낡은 종루, 아득히 멀리 있는 높은 탑의 꼭대기에 롱 보우를 든 아처의 모습이 보였다.

저렇게 멀리 떨어진 지점에서 날아온 원거리 사격——스나이퍼인가? 히아킨토스는 감탄했다.

"시앙스로프로군……."

눈을 가늘게 뜨고 응시하는 히아킨토스에게 다시 화살이 날아들었다.

⊡

"이래서 상급모험자, 싫어……."

시선 너머에서 화살을 모조리 회피하는 히아킨토스에게 나자가 얼굴을 찡그렸다.

허리에 고정해둔 화살통에서 살을 꺼내 시위에 재고, 그녀는 벨을 엄호하기 위해 연속사격을 퍼부었다.

【아폴론 파밀리아】가 일으킨 항쟁을 감지하고 신속히 이곳에 자리를 잡았던 나자는 누구보다도 먼저 벨과 헤스티아의 위치를 포착했다. 【미아흐 파밀리아】의 제3급 모험자였던 아처의 실력은 확실해서, 보통 사람은 눈으로 볼 수 없을 만큼 멀리 떨어진 지점에서도 히아킨토스만을 적확하게 저격했다.

"벨, 도망쳐……."

나자가 중얼거리자 그녀의 부탁이 들린 것처럼 비틀거리며 일어난 벨이 헤스티아의 손을 잡고 뛰어갔다. 히아킨토스가 추적하려 했지만 즉시 지원사격을 날려 화살을 꽂아 앞길을 방해했다.

이쪽을 원망스럽다는 듯 노려보는 조그만 그림자에 화살을 한 발 더 날려주었지만 장검에 어이없이 베여나갔다.

하지만 상대도 어쩔 수 없이 건물 뒤로 숨어 사선으로부터 몸을 숨겼다.

벨을 추적할 생각은 잠시 미뤄두었는지 망토를 끌어당기며 반대 방향으로 뛰어간다.

"적, 너무 많아……."

히아킨토스의 발을 묶어둔 후에도 나자는 다른 모험자들을 저격했지만 그 지원도 임시방편일 뿐이었다.

그녀가 내려다보는 광경 속에는 어쩌면 200명은 될 법한 적의 모습이 있었다.

텅 빈 화살통을 내팽개치고 새로운 화살통을 재장비했다.

지붕 위를 달리던 헌터의 발을 쏘아 건물 위에서 떨어뜨렸다. 메아리치는 조그만 비명을 짐승 귀로 들으며 잇달아 화살을 쏘았다.

"미아흐 님, 서두르세요……."

조바심을 내는 표정으로 나자가 중얼거렸다.

"벨, 괜찮으냐?!"

"네, 네에……."

울상을 짓는 헤스티아에게 벨은 숨을 헐떡이며 대답했다.

히아킨토스에게 당한 온몸이 아팠다. 홈에서 챙겨두었던 하이포션만으로는 가슴의 상처를 막는 것이 고작이었다. 그에게서 거리를 벌리고자 여기까지 필사적으로 뛰어왔지만 마침내 자세가 흐트러졌다. 헤스티아가 황급히 두 팔로 부축했다.

상처 입어 마음대로 움직이지 않는 몸에 조바심을 드러내고 있으려니 멀리서 영창이 울려 퍼졌다.

"앗?!"

"마법?!"

헤스티아의 비명대로 머리 위에는 지팡이를 든 여자 엘프 마도사의 모습이 있었다.

건물의 고저차를 이용해 나자가 있는 종루에서는 조준할 수 없는 위치에서 영창을 진행한다. 게다가 완벽하게 【파이어볼트】의 사정거리 밖. 지붕 위에 있던 그녀에게서 간격을 벌리려고 벨과 헤스티아는 열심히 달렸지만 완성된 마법 앞에서는 쓸데없는 몸부림이었다.

사정거리가 긴 번개 속성 마법이 바로 뒤에 작렬했다.

""~~~~~~~~~~~~~~!!""

뒷머리 끄트머리가 타들어가는 느낌을 받으며 헤스티아와 사이좋게 땅을 굴렀다.

헤스티아가 포격당하지 않도록 착탄 위치를 조정했겠지만, 상대는 뒷골목만이 아니라 주위의 건물까지도 헤집듯 날려버리며 엄청난 연기를 발생시켰다.

"리소스 소대장님, 잡았습니다!"

"잘 했어! 다프네를 불러!"

귀의 기능이 몇 초 사라지고 시야도 반짝거리는 가운데, 쓰러졌던 벨과 헤스티아에게 수많은 발소리가 모여들었다. 고개를 들자 목도리로 입가를 가린 엘프 단원이——교회 공격을 지휘했던 그 소대장이다——모험자 다섯 명을 데리고 골목길 모퉁이에서 나타났다.

리소스라 불린 미목수려한 엘프는 싸늘한 목소리로 투항하라고 말했다.

지면에 쓰러진 헤스티아를 부축하며 벨이 지저분해진 얼굴을 일그러뜨리고 있으려니——척, 그들을 가로막고 서는 자들이 있었다.

"어……?"

"재미있게 놀고들 있군. 우리도 끼워주지?"

벨 일행의 뒤에서 나타난 것은 여섯 명의 모험자 파티였다.

아연실색한 벨의 목소리와 시선을 등으로 받은 것은 몸집이 커다란 남자, 【타케미카즈치 파밀리아】의 단장 오우카였다.

그 외에도 창을 든 치구사, 세 명의 다른 단원들, 그리고 미코토도 있었다.

"뭐냐, 네놈들은……. 우리 【아폴론 파밀리아】에 대들겠다는 거냐?!"

"그렇다만?"

"벗의 위기를 간과할 수는 없다!"

분개하는 리소스의 위협에 오우카가 대검을 쳐들며 대답하고 미코토가 큰 목소리로 외쳤다.

적의를 서로 부딪쳐대던 【아폴론 파밀리아】와 【타케미카즈치 파밀리아】는 포효와 함께 격돌했다.

"늦지 않았구나……!"

"미, 미아흐!!"

벨과 헤스티아가 격렬한 전투를 바라보고 있으려니, 뒤에서 숨을 헐떡이며 미아흐가 등장했다. 헤스티아가 고개를 들자 남신은 고개를 끄덕였다.

"소란을 알아차리고 타케미카즈치네에 지원을 부탁했지. 무사했어?"

"네, 네에."

"미아흐, 너는 정말……!"

벨의 놀란 얼굴과 헤스티아의 감격한 눈을 보며 미아흐는 웃었다.

그는 단원 나자와 따로 행동해 오우카 일행을 이곳까지 데려와주었던 것이다.

"느긋하게 이야기할 틈이 없어. 이곳은 저들에게 맡기고 너희는 가도록 해."

"네……? 하, 하지만."

"내 말을 들어. 그대들의 안전이 확보되기 전에 이 싸움은 끝나지 않아. 알지?"

벨은 망설였지만 그때 골목 안에서 고함이 터졌다.

적의 원군이었다.

숨을 흠칫 멈추는 벨과 헤스티아에게 미아흐가 초조한 표정으로 말했다.

"자, 어서!"

"⋯⋯미안하다, 미아흐!"

헤스티아가 일어나고, 아픔을 참으며 벨도 고개를 끄덕였다.

도주를 재개하며 고개를 돌려, 미코토 일행이 분투하는 모습을 잠깐 바라보았다. 가슴에 치밀어 오른 것은 그들을 끌어들이고 말았다는 죄책감이었다.

그와 동시에 이것이 【파밀리아】 사이의 항쟁임을 깨달았다.

한 파벌이 전투를 시작하면 이에 관여한 다른 파벌들도 고구마 줄기처럼 줄줄이 항전에 나서—— 진흙탕에 빠진다. 시간이 흐르면 하염없이 격화되는 파벌 사이의 항쟁을 보며 【파밀리아】가 눈에 뜨이는 무력충돌을 하지 않는 이유가 있음을 반쯤 강제로 이해해버렸다.

"시벽이 가깝구나. 지금 있는 곳은 도시 서쪽 끝인가⋯⋯?!"

부상을 입은 벨과 좁은 뒷골목을 열심히 달리며 헤스티아가 머리 위를 올려다보았다.

시선 너머에는 도시를 에워싼 시벽이 벨 일행을 내려다보고 있다. 헤스티아는 우뚝 솟은 거벽의 거리감으로 보건대, 현재 위치는 도시의 서쪽 끝에 가까운 것이라 추리한 것이다.

히아킨토스에게서 무턱대고 도망쳤던 탓인지 길드 본부의 방향에서 크게 벗어나고 말았다.

"저기 있다!"

"······!!"

금세 수많은 자객들에게 발견되었다.

나자의 저격을 뚫고 건물을 따라 달려온 모험자들은 부상 입은 벨과 헤스티아에게 달려들었다. 그들은 지붕을 박차고 두 사람의 머리 위로 급습을 가했다.

세 명의 그림자가 벨과 헤스티아를 덮은 순간.

"──어딜!!"

"?!"

갑자기 옆에서 화포 같은 속도로 시커먼 그림자가 끼어들었다. 오른손에 든 외날 대도를 휘둘러 허공의 상대를 한꺼번에 둘이나 날려버렸다.

게다가 그 뒤를 이어 날아온 금속 화살이 나머지 한 사람의 뺨에 박혔다. 사세가 무너지며 추락한 적의 모험자들을 공중에서 떨어진 조금 전의 시커먼 그림자가 크게 원을 그리며 걷어차 날려버렸다.

"······무사하냐, 벨?"

상대를 걷어찬 붉은 단발의 청년이 키나가시를 펄럭이며 돌아보았다.

"벨프?!"

대도를 어깨에 걸머진 동료의 모습에 벨은 눈을 크게 떴다.

"벨 님!"

벨프의 뒤를 따라 나타난 릴리가 그들에게 달려왔다. 사격을 했던 오른팔의 핸드 보우건 감촉을 확인하며 벨의 이름을 부른다.

"서포터 군까지……."

"여길 어떻게……."

"그야 당연히 두 분이 걱정돼서 왔죠!"

"'토끼'가 쫓겨다닌다고 온 시내에 소문났다."

놀라는 헤스티아와 벨에게 소리를 지르며 눈앞에서 발을 멈춘 릴리는 수인으로 변신한 모습이었다. 그녀는 금방 알아본 모양이었다. 얼굴이 퉁퉁 부은 채 피까지 흘리는 벨의 모습을. 경장 브레스트 플레이트는 관통한 참격에 큰 흉터가 남았으며 찌그러지기까지 했다. 릴리는 황급히 백팩에서 도구——전에 나자에게 구입했던 하이포션과 듀얼 포션 두 개, 합계 세 개의 시험관을 벨에게 떠밀었다.

"고마워, 릴리……."

엉망이 된 얼굴로 웃는 벨을 보며 릴리는 조그만 가슴이 옥죄어드는 기분이었다.

'이건 너무해.'

마치 자신의 몸이 베인 것 같은 환각을 느꼈다.

마시는 것도 힘든 듯 벨이 뚜껑을 뽑고 군청색 액체를 머리부터 끼얹는 동안 헤스티아가 말했다.

"서 있으면 위험하니 일단 이동하자."

넷이 나란히 달리며 릴리가 헤스티아에게 물었다.

"상황은 대충 파악하고 왔는데요……. 역시 주점에서 있었던 일이 원인인가요?"

"아니, 그것도 포함해서 전부 아폴론 놈들의 계획이었다."

헤스티아는 간결하게 상황을 설명해주었다. 농담인지 진담인지 소년의 정조가 위험하다고 작은 목소리로 속삭였을 때는 릴리도 졸도할 뻔했다.

"이봐…… 벌써 왔어!"

"!"

벨프가 전방을 보며 말했다. 우선 세 사람, 그리고 그 너머에서도 여럿이 더 보였다.

얼굴이 굳은 벨과 헤스티아에게 릴리가 채근했다.

"두 분은 얼른 길드로 가세요!"

"정리되면 금방 따라가줄 테니까 안심하고!"

괴로운 표정을 짓는 벨의 반론은 벨프가 가로막았다. 릴리가 헤스티아를 바라보자,

"미안하다, 부탁한다!"

그녀도 소년의 손을 잡고 뛰었다.

벨과 헤스티아를 갈림길 쪽으로 보낸 릴리와 벨프는 전방의 적에게 뛰어들었다.

"릴리돌이, 엄호해!"

"나도 알아요! 그런데 혼자서 괜찮으시겠어요?!"

그녀의 걱정에도 아랑곳하지 않고 벨프는 혼자 돌진했다.

"뭐, 지금의 나라면——."

그리고 처음 육박한 세 모험자를 향해.

두 손에 든 대도를 있는 힘껏 뒤로 끌어당겼다가 풀 스윙으로 휘둘렀다.

풍압을 일으키는 무시무시한 일격에 눈을 크게 뜬 적들은 회피하지 못하고 비명을 지르며 날아갔다.

"——제법 싸울 수 있지 않을까?"

머리 위로 날아갔던 모험자들이 빙글빙글 돌며 릴리의 등 뒤에 철퍽철퍽 떨어졌다.

Lv.2의 잠재능력을 보여준 벨프에게 릴리는 든든하다는 표정을 감추지 않으면서도 주의를 주었다.

"……강하신 거야 좋지만, 그러다 방심해 당하지는 마시라고요!"

두 사람은 금세 후발대와 접촉해 교전에 들어갔다.

"움직임이 다른 놈들이 있구만!"

두 사람은 Lv.1과 Lv.2의 혼성 파티를 상대했다. 움직임이 느린 하급 모험자들을 벨프가 제일 먼저 해치우고, 혼자 남은 상급 모험자는 릴리의 절묘한 엄호에 한순간 주의를 빼앗겼다. 다음으로는 팽이처럼 움직인 벨프의 회전베기가 상급모험자를 등 뒤의 벽에 꽂아버렸다.

"벨프 님, 비키세요!"

"으헥, 너, 그건 설마……!!"

전방에서 또다시 나타난 적의 집단을 향해 릴리는 주먹만한 자루를 꺼냈다.

투척하기 전부터 그녀가 코를 틀어쥐고 있어야만 했던 그것은——'냄새 자루'였다.

벨프가 낯빛을 바꾸고, 릴리는 집단을 향해 그것을 투척했다. 그 순간 불쾌한 녹색 입자, 아니, 취기가 도망칠 곳 없는 좁은 골목길에 터졌다.

끼이야아아아아아아아아아아아아아아아아아악!

무시무시한 여러 사람의 절규가 터졌다.

"쓰기 전에 말해!"

"비키라고 했잖아요!"

나란히 한쪽 손으로 코를 틀어쥐며, 등 뒤에서 밀려드는 녹색 악취로부터 전력질주로 도망쳤다.

주위 일대의 전장을 못쓰게 만들어버린 후에도 릴리와 벨프는 달려드는 적과 몇 번이나 전투했다.

"쳇…… 진짜 많구만!"

밀려드는 적의 수에 벨프가 소리를 질렀다.

사방팔방에서 잇달아 모습을 나타내는 적의 모습. 요란하게 울려대는 경적은 벨과 헤스티아를 발견한 자들이 보내는 신호인 것 같았다. 어느샌가 발을 묶어두기도 힘들어져 릴리는 주위를 둘러보았다.

"상대는…… 정말로 통솔이 잘 되고 있는 걸까요?"

간헐적으로 달려드는 적의 모습을 돌이켜보면 이따금 연계가 허술했다. 급조 부대를 연상케 하는 그런 움직임이었다.

양으로 밀어붙이는 포위망. 이상할 정도로 많은 적의 숫자에 부자연스러움을 느끼고 있을 때…… 릴리는 벨프가 눈앞에서 쓰러뜨린 모험자를 보고 얼어붙었다.

"엑, 아니……. 세상에, 어떻게."

"어? 야, 왜 그래?!"

벨프의 엄호도 잊고 우뚝 멈춘 릴리의 시선 너머, 쓰러진 휴먼의 방어구에는 초승달과 술잔의 엠블럼이 새겨져 있었다. 릴리는 반사적으로 왼쪽 어깨를 붙들었다.

구역질마저 나는 냉기가 뱃속부터 차올랐다. 피부에서는 열기를 띤 땀이 그칠 줄 몰랐다. 설마, 설마, 설마. 릴리의 머리가 그 문자열로 가득 찼다.

릴리의 의구심을 녹여주듯 나타난 엠블럼이 가리키는 것은──【소마 파밀리아】.

'신주'를 상징하는 잔 엠블럼을 내려다보며 그녀의 밤색 눈동자가 동요로 흔들렸다.

"아?!"

고개를 들고 주위를 보았다. 지금도 벨프와 창을 나누고 있는 수인 거한, 지붕 위에서 엄호하라고 난폭하게 외쳐대는 아마조네스 여성, 화살에 맞은 인상 나쁜 드워프. 그들은 소속 파벌과 소원해진 자신이 언젠가 어디선가 보았던 얼굴들이 아닌가.

적의 숫자가 지나치게 많았던 까닭, 【아폴론 파밀리아】와 결탁한 파벌의 존재를 릴리가 깨달아버렸을 때.

그녀의 충격에 결정타를 가하듯, 모험자들을 지휘하는 안경을 낀 선이 가는 남성을 발견하고 말았다.

"릴리돌이?!"

벨프의 목소리도 듣지 않고 릴리는 그 자리를 떠나버렸다. 가느다란 발을 열심히 놀려, 켜켜이 쌓인 궤짝을 박차며 변신마법 【신다 엘라】를 해제하고 건물 지붕으로 뛰어올랐다.

"자니스 님?!"

"……오오, 역시 있었군, 아데."

모습을 드러낸 릴리에게 【소마 파밀리아】의 두령 사니스는 별로 놀라지도 않고 웃음을 지었다.

넓고 평평한 옥상 위에서 휴먼 남성과 수인에서 파룸으로 돌아온 소녀가 대치했다.

"무슨, 무슨 짓을 하시는 거예요?! 왜【아폴론 파밀리아】

를 도와주세요?!"

"아폴론 파에게 의뢰를 받았거든. 보수를 줄 테니【헤스티아 파밀리아】와의 항쟁에 협조해 달라고 말이지. 소마 님도 허가하셨다……. 아니, 나에게 일임하셨다."

분명【소마 파밀리아】는 어떤 의미에서 이 도시의 파벌들 중 가장 움직이기 쉬운 파벌이다.

술을 만드는 데밖에 관심이 없는 주신은 세간 물정에 어두우며, 파벌 다툼이나 세력도에도 무관심했다. 술을 만들 자금만 들어온다면 아마 간단히 낚일 것이다.

벨 탈취 계획을 사전에 추진했던【아폴론 파밀리아】는 이날을 위해 만만한 파트너를 사전에 물색해두었을 것이다.

"제정신이세요?! 돈 때문에 가담하다니…….【아폴론 파밀리아】는 이번 소동을 벌이면서 길드의 페널티를 각오했을 거예요! 힘을 빌려준【소마 파밀리아】도 당연히 페널티의 대상이 될 거 아녜요!!"

길드는【소마 파밀리아】주신의 운영을 문제시해 안 그래도 현재 활동 자숙 권고를 내렸다. 온 시내를 들쑤신 사건에 협조했음이 밝혀진다면, 이번에야말로 도시에서 추방당할지도 모른다. 자니스 일당은 자신의 검을 자기 목에 들이댄 것이다.

아폴론 파에 협력할 정당한 도리도, 벨 일행을 공격할 이유도 없다고 릴리는 외쳤다.

"아니, 우리에게는 대의명분이 있다."

그러나 자니스는 태연하게, 허리 뒤에서 손을 맞잡은 채 그렇게 말했다.

"대의, 명분……?"

"그래. 【소마 파밀리아】에는 아폴론 파의 청이 없었더라도 【헤스티아 파밀리아】와 싸울 만한 이유가 있거든."

당황하는 기색조차 없이 단언하는 모습에 릴리는 의아함을 감추지 못했다. 엷은 웃음을 지은 자니스는 눈을 가늘게 뜨고 턱을 들며 그녀를 내려다본다. 모르겠느냐고 묻듯.

자각이 없느냐고 묻듯.

"──설, 마."

뇌리를 한순간 가로지른 가능성에 릴리의 얼굴이 창백해졌다.

그리고 자니스는 그녀의 예상을 선선히 긍정했다.

"그래. **너다, 아데**."

느긋하게 그는 고개를 끄덕였다.

"우리의 둘도 없는 동포를 꼬드긴 놈들에게서 너를 **빼앗**아오려는 거다. 그리고 합당한 보복을 가해 우리의 정의를 증명할 거다."

릴리는 쓰러질 것 같았다.

지금도 【소마 파밀리아】 소속인 릴리를 구실로 삼아, 그는 벨과 헤스티아를 습격하는 데 가담한 것이다. 길드의 페널티를 빠져나갈 방패와 뒷구멍을 확보해둔 것이다.

그만큼 【파밀리아】의 계약과 구속력은 강하다. 주신과 파벌이 탈퇴하지 않은 자를 거론하면서 자신들은 이용당해 불이익을 입었다고 호소하면 그들의 주장은 적어도 인정을 받는다. 일개 단원인 릴리가 아무리 울부짖어봤자 마지막에는 조직의 목소리에 귀를 기울이게 된다.

릴리가 바로, 지금도 벨을 궁지에 몰아넣고 있는 한 원인이었다.

"나도 바로 얼마 전까지는 네가 죽은 줄로만 알았지. ……어떤 주점에서 주정뱅이들의 이야기를 듣기 전까진."

"그, 건……."

"18계층에서 활약했다는 【리틀 루키】, 그리고 놈을 따라다니는 파룸 서포터의 정보를."

자신의 어리석음을 릴리는 마음속 깊이 저주했다.

지상에서는 【신다 엘라】를 구사해 항상 수인 꼬마 모습을 했지만, 던전 안에서는 마인드를 아끼기 위해 '마법'은 해제한다. 그리고 제18계층에서 일어났던 사건 때문에 활약했던 벨의 소문과 함께, 같은 파티였던 릴리의 정보도 일부 사람들에게 나돌았던 것이다.

자니스는 거기서 벨과 릴리의 관계를 알아차리고, 보수를 지불하겠다는 【아폴론 파밀리아】의 의뢰에 절호의 기회라는 양 달려들었던 것이었다.

"안심해라, 아데. 내가 소마 님께 잘 말해 너는 결백하다고 증명해주마. 【헤스티아 파밀리아】야말로 제악의 근원이라고."

언젠가 벨과 헤스티아가 말했던 【소마 파밀리아】의 보복이 현실로 다가오고 말았다.

두 사람에게 쓸데없는 불똥이 미칠 거라고…… 릴리는 그때 그렇게 말했다. 터무니없는 착각이었다. 릴리가 불똥을 끌어들이고, 악의의 불꽃까지 불러와 그들을 괴롭히고 있었다.

모두, 릴리 탓이다.

"너를 속이고 위협해 오늘까지 이용했던 놈들에게는 상응하는 벌이 주어지겠지. 【아폴론 파밀리아】가 놈들을 파멸로 몰아넣을 거다."

현기증이 느껴졌다. 눈앞이 아찔했다. 세상이 흔들리는 것 같은 그런 끔찍한 감각.

자신은 역귀인 것일까. 릴리는 머리를 쥐어뜯고 싶은 충동에 사로잡혔다. 뇌리에 떠오른 것은 자신에게 잘 대해주었던 꽃집 노부부. 그들의 가게 또한 【소마 파밀리아】의 손에 무참히 짓밟혔다. 조그만 가슴에는 다 담을 수 없는 커다란 자기혐오의 소용돌이가 고함이 되어 목에서 터져 나올 것 같았다.

떠올랐다. 조금 전 엉망으로 상처를 입었던 벨의 얼굴이.

둘러보았다. 주위에서 일어나는 전투를.

종루에서 쫓겨난 나자가, 도당에게 포위당한 미코토 일행이, 코등이싸움을 벌이고 있는 벨프가 【소마 파밀리아】

의 단원들을 상대로 위기에 몰렸다.

안 되는 것이었다.

릴리는 벨과 친구들의 곁에 있어서는 안 되는 것이었다.

──그 다정하고 따뜻한 사람들 곁에, 지저분한 자신이 있어서는 안 되는 것이었다!

눈물을 눈가에 머금으며, 망연자실한 릴리는 풀썩 고개를 떨구었다.

"…………주세요."

"음?"

"벨 님과 친구들에게, 이젠 손을 대지 말아주세요……."

떨리는 목소리로 릴리는 자니스에게 애원했다.

죽은 사람 같은 얼굴을 들고 그를 올려다보았다.

"소마 님에게 돌아갈게요. 그러니 이 이상은…… 그분들에게 아무 짓도 하지 마세요."

단순한 뺄셈이었다.

릴리가 소마 파밀리아 가세의 원인이 되었다면 투항해서 자니스가 말하는 대의명분을 없애야 한다. 릴리 한 사람이 사라져 벨과 친구들을 습격하는 파벌 중 하나가 줄어든다면 충분한 교섭이 된다.

'신주'에 매료된 조직원들이 막대한 수에 이른【소마 파밀리아】만 철수한다면 현재의 포위망은 유지할 수 없다. 벨 일행이 살아남을 수 있을지도 모른다.

받아들여질 가망이 희박하다는 사실을 알면서도, 릴리

는 기도하는 심정으로 애원했다.

지푸라기에라도 매달리려는 그런 그녀의 모습을 자니스는 한동안 똑바로 바라보더니, 한껏 뜸을 들이다, 이내 고개를 끄덕였다.

"좋다."

너무 선선히 내려진 승낙에 릴리는 놀라움과 함께 의구심을 느꼈다.

자니스는 안경을 손가락으로 밀어 올렸다.

"사실 위험한 짓을 한다는 자각은 있었거든. 【아폴론 파밀리아】에서 선금도 충분히 받았으니, 이쯤 해서 물러나는 게 좋겠지."

여기까지 말하고 그는 입가를 크게 틀어 올렸다.

"게다가 **나는** 원래 네가 필요했어."

의외의 사실을 터놓는 자니스에게 눈을 크게 떴다.

다시 말해 릴리를 탈취하겠다는 구실은 자니스에게는 반쯤 진심이었단 말인가.

이런 작고 힘없는 자신에게 무슨 가치가 있다는 건지 생각했지만, 그가 약속을 지켜주는 이상 릴리는 요구에 따를 수밖에 없었다.

"이리 와라. 그러면 철수 명령을 내리마."

그는 그렇게 말하며 품에서 통 모양의 단총을 꺼냈다. 릴리는 잠자코 그의 지시에 따랐다.

고분고분한 소녀에게 만족스럽게 고개를 끄덕이고, 자

니스는 허공을 향해 단총의 방아쇠를 당겼다. 섬광탄이 발사되었다.

창공에 터진 강한 빛과 소리에 제7구역에 있던 많은 모험자들이 움직임을 멈추었다. 이윽고 자니스의 말대로 【소마 파밀리아】 단원들이 철수하기 시작했다.

대부분의 적이 사라져 여유가 생겼는지 벨프가 아래쪽 골목길에서 외쳤다.

"야, 릴리돌이!"

지붕 위의 릴리는 힘없는 시선으로 그의 얼굴을 내려다보았다.

"가자, 아데."

"네……."

입가를 일그러뜨린 자니스의 목소리에 릴리는 고개를 숙였다.

그가 발을 돌리는 가운데 사정을 파악하지 못하고 쳐다보기만 하는 벨프를 내려다보며 말했다.

"릴리는 【소마 파밀리아】로 돌아가겠어요……. 이젠 폐를 끼치지 않겠어요. 벨 님과 다른 분들에게 그렇게 전해주세요."

"무슨 소리야! 나더러 무슨 낯으로 벨을 만나라고! 냉큼 내려와!"

"미안해요……. 안녕."

작별인사를 남기고 릴리는 자니스의 뒤를 따랐다.

골목길에서 올려다보는 벨프의 시야에서 파룸 소녀가 사라졌다.

"왜 저러는 거야, 저 자식……!"

벨프는 릴리의 뒤를 따라가려 했지만, 운 나쁘게 【아폴론 파밀리아】의 모험자들에게 들켜 교전을 벌일 수밖에 없었다.

"빌어먹을!"

그는 욕설을 내뱉으며 릴리의 추적을 단념할 수밖에 없었다.

✦

벨과 헤스티아는 이미 몇 번이나 습격을 당했는지 알 수 없었다.

헌터의 화살이, 마도사의 단문영창 마법이, 무기를 든 상급 모험자들이 소년에게 달려들어 숨을 쉴 틈조차 없었다. 조금 전부터 욕설이 끊이지 않는 적의 세력——【아폴론 파밀리아】는 어딘가 여유를 잃은 것처럼 벨과 헤스티아에게 가혹한 공세를 펼쳤다.

길을 잃고 한 바퀴 빙 돌아온 홈 근처, 인기척이 완전히 사라진 주택가에 다시 격렬한 전투의 음향이 터졌다.

"큭…… 【파이어볼트】!"

더 이상은 쓸 수 없게 된 옛 보금자리에 벨은 마법을 쏘았다.

연사된 염뢰가 석재를 허공으로 날리고 요란한 흙먼지가 피어났다. 경악하는 적 모험자들의 시야가 한꺼번에 차단된 틈에 재빨리 이탈했다.

"헉, 헉……!"

"아…… 벨, 이쪽이다!"

숨을 헐떡이는 벨을 보다 못해 헤스티아가 손을 잡아끌었다.

그녀가 발견한 것은 눈 아래에 흐르는 수로였다. 골목길에서는 계단을 거쳐 내려가야 한다. 뛰어내린 벨과 헤스티아는 터널 형태의 용수로로 들어갔다.

"괜찮으냐, 벨?"

"죄송합니다, 주신님……."

벽에 기댄 채 그대로 주저앉은 벨은 사과를 했다. 헤스티아는 고개를 가로젓더니 일단 주위를 둘러보았다. 벽돌로 만든 수로는 의외로 넓어 마치 다리 밑의 공간을 연상케 했다. 한가운데를 달리는 물의 흐름을 따라가면 도시의 지하수로로 이어질 것이다. 반대쪽 출구에서도 바깥쪽의 빛이 보였다.

수로 밖에서는 모습을 감춘 벨과 헤스티아를 찾아 헤매는 발소리와 목소리만이 요란하게 들렸다. 들키지 않기를 바라며 두 사람은 숨을 죽이고 작은 목소리로 이야기를 나누었다.

"아직, 움직일 수 있겠느냐?"

"……괜찮아요. 갈 수 있어요."

거듭되는 습격에 소모된 체력을 회복하기 위해 벨은 릴리에게 받은 남은 포션을 모두 소비했다. 필사적으로 호흡을 고르는 그의 모습에 헤스티아가 씁쓸한 표정을 짓고 있으려니 밖에서 커다란 목소리가 들렸다.

"들리나, 벨 크라넬!"

히아킨토스였다.

어깨를 흠칫 떤 헤스티아의 곁에서 벨도 두 눈을 찡그렸다.

"어디에 숨었든, 어디로 도망치든 우리는 네놈을 추격할 것이다. 잠시 시간을 벌었다 해도 헛수고다!"

높은 곳에라도 올라가 있는지 주위 일대에 울려 퍼지는 고함으로 그는 경고했다.

"지상에서도 던전에서도 마찬가지다! 앞으로 네게 안식의 날은 오지 않을 줄 알아라!!"

그 말의 의미에 벨은 숨을 멈추었다.

설령 이번 소동을 모면하고 길드나 다른 파벌의 홈에 몸을 의탁한다 해도 아폴론 파는 평생 벨을 따라다니겠다고, 그렇게 말하는 것이다. 지상에서 생활할 때에도, 던전을 탐색할 때에도, 언제까지고.

힘 있는 파벌의 표적이 된다는 의미를 벨은 몸으로 실감하고 말았다.

히아킨토스의 말대로 모종의 결판을 내지 않고선 벨 일행에게 평온은 찾아오지 않는다.

"……."

동요하는 벨의 옆에서 헤스티아는 입을 다물고 있더니.

결연한 표정을 지었다.

"——들어다오, 벨."

쪼그려 앉은 그의 정면으로 돌아와, 자신도 무릎을 꿇고 코앞에서 그의 눈을 바라보았다.

그 루벨라이트색 눈동자를 보며 말을 했다.

"아폴론이 진심이 된 이상, 이대로는 우리에게 미래가 없다. 타개할 수단은 두 가지. 승산이 없는 싸움에 임하느냐——이 오라리오에서 도망치느냐."

"……!!"

현실에 직면해 몸을 떠는 벨에게 헤스티아가 말을 이었다.

"나는 너만 있어준다면 어디로 가든 아무렇지도 않다. 설령 쫓긴다 해도, 상대가 포기할 때까지 너와 평생 도망칠 것이다."

각오를 드러내는 헤스티아.

살기 편한 이 땅도, 동료들의 존재도 아쉽지만 벨이 있어준다면 어디로 가 어디에서 살더라도 상관없다고 내심을 털어놓았다.

'주신님과 함께, 오라리오를 떠나, 먼 곳에서 살아

간다······?'

가슴을 손으로 붙든 헤스티아의 얼굴을 빤히 바라보았다.

실제로 그것이 벨과 헤스티아에게 남은 마지막 선택일지도 모른다.

이제까지 세력다툼에 패배한 【파밀리아】와 마찬가지로······ 헤르메스가 말해주었던 대신 제우스처럼, 살아나려면 이 도시에서 도망치는 수밖에 없을지도 모른다.

상상해보았다.

단둘이서, 헤스티아와 함께 넓은 세계를 여행하는 광경을.

풍차가 돌아가는 목가적인 마을에서, 멋진 푸른 하늘에 에워싸인 푸른 언덕 위에서, 바다가 보이는 항구도시에서.

하얀 원피스 차림에 밀짚모자를 쓴 소녀와, 짐을 짊어진 소년이 마주 웃는 모습을.

이 얼마나 다정하고 푸근한 정경인가.

이 얼마나 가슴이 두근거리고 마음이 따뜻해지는 꿈만 같은 여행인가.

있을 수 있었을지도 모르는, 있을 수 있을지도 모르는 두 사람의 미래.

'하지만······!'

한순간 가슴이 떨렸던 벨의 뇌리에, 이 도시에서 만났던 사람들의 얼굴이 차례차례 떠올랐다가는 사라졌다.

그들과 어깨를 나란히 하고 나누었던 웃음을, 그녀들 덕에 지을 수 있었던 미소를.

그 모험의 나날과, 오늘까지 겪은 수많은 만남을 모두 떠올렸다.

'나는——.'

그리고 가슴속에 떠오르는 동경의 모습.

분명 벨에게는 시작이 되었을 금발금안 검사와의 만남.

소녀의 옆얼굴이 가슴속에서 떨어지질 않았다.

"……."

그런 벨의 마음을 읽은 것처럼 무표정해지는 헤스티아.

그녀는 질끈 입을 다물더니, 결심한 것처럼 벨의 손을 두 손으로 잡았다.

놀라는 소년에게 여신이 물었다.

"벨, 나를 좋아하느냐?"

"네?!"

갑작스러운 물음에 벨은 멍청한 목소리를 냈다.

"이건 중요한 일이다."

얼굴을 붉게 물들이며 헤스티아가 말을 이었다.

"네가 좋아한다고 말해준다면 나는 각오하겠다. 네 말을 믿는다면 쓸데없는 질투심도 코웃음으로 날려버리고, 나는 무슨 일이든 할 수 있다! 무엇과도 싸울 수 있다!"

자신의 손을 쥔 손에 힘이 들어갔다.

"나는 너를 좋아한다. 귀엽고 귀여워서 참을 수가 없다. 너와 계속 함께 살고 싶다. 줄곧 네 곁에 있고 싶다…….

너를, 누구에게도 넘겨주고 싶지 않다.”

손을 감싼 손가락이 떨렸다.

“너는 나를 어떻게 생각하느냐?”

그리고 마지막으로 다시 물었다.

지금도 얼굴을 붉히며, 진지한 표정으로 헤스티아는 소년의 얼굴을 바라보았다.

혼란에 빠진 벨은 자신도 얼굴을 붉히며 대답했다.

“조, 존경해요……..”

“그런 소리가 아니야!”

눈앞에서 소리를 지르는 바람에 벨의 어깨가 흠칫 떨렸다.

여신이 무슨 말을 하려는지, 무엇을 들으려 하는지, 의식을 떠나 폭주하는 심장 고동 소리를 들으면서도 열심히 생각했다. 주신이 묻는 ‘좋아한다’의 의미, 말에 담긴 뜻.

헤스티아의 흔들리는 눈빛을 보고, 무언가 중요한 것이 망가질 거라고, 신과 권속의 관계로는 있을 수 없게 될 거라고 무의식중에 마음이 경고하는 가운데 벨이 떨리는 입술을 열려 했을 때——폭격.

“““?!”””

수로 입구에서 발생한 폭풍이 벨과 헤스티아를 엄습했다.

황급히 헤스티아를 밀어 쓰러뜨리고 감싼 벨의 눈에 마도사와 모험자의 소대가 비쳤다.

"찾았다, 수로 쪽이다!"

"공격해!"

"윽?!"

마침내 발견당해 벨은 헤스티아를 안고 도망쳤다.

다시 그녀를 옆으로 안아들고 쏜살같이 출구를 나와 수로를 탈출했다.

"한 번도 아니고 두 번이나, 사사건건 우리를 방해하다니…… 이놈드을~~~!!"

품 안에서 분노의 낯빛을 띤 여신에게 겁을 먹는 벨. 대폭발한 헤스티아는 마침내 이성을 잃었다.

"이젠 화났다! 벨, 나는 결심했다!"

"네, 네에?"

"남서쪽이다! 남서쪽으로 향하거라!"

격렬한 어조로 날린 지시에 따랐다.

이제까지 가던 진로를 크게 변경해 길드 본부와는 반대 방향, 남서쪽을 향해 골목길을 누볐다. 생각지도 못한 전진에 동요하는 모험자들을 순수한 가속으로 뿌리쳤다.

"……."

"……."

말없이 달리면서, 문답이 유야무야된 데에 벨은 몰래 안도했다.

헤스티아도 같은 기분이었는지 그 이상 뭐라 할 생각은 하지 않고, 대신 벨의 가슴에 붉어진 얼굴을 기댔다.

품으로 안겨드는 여신의 몸과 자신의 심장 고동이 뒤섞인다. 벨은 그렇게 느끼고 말았다.

　헤스티아가 말한 남서쪽으로 가기는 쉬웠다.

　바로 조금 전까지에 비해 명백히 엷어진 포위망을 벗어나 서쪽 메인 스트리트를 넘어 제6구역, 서쪽과 남서쪽 대로 사이에 끼인 구역으로 진입했다.

　주위의 주목을 모으며 대로를 달려나가, 헤스티아가 지시하는 대로 널찍한 부지 앞에 도착했다.

　"여기, 는……."

　키가 큰 철책에 널찍하고 식수림이 풍성한 앞뜰, 거대한 석조 저택. 문에 장식된 활과 화살과 태양의 엠블럼을 보고 벨은 목을 꼴깍 울렸다.

　헤스티아가 가도록 명령했던 곳은 다름 아닌 【아폴론 파밀리아】의 홈이었던 것이다.

　"쳐들어온 게 아니야! 비켜비켜, 쉭쉭!"

　정문을 지나려는 벨과 헤스티아를 문지기들이 창으로 저지하려 했지만 손을 내저은 헤스티아의 박력에 눌려 자신도 모르게 길을 열어주고 말았다.

　저택 앞에는 기습을 당할지도 모른다고 예상했는지 온존해둔 수많은 단원들이 배치되어 있었다. 벨은 새삼 피아 간의 전력 차이를 느껴 할 말을 잃어버렸다.

　주위의 단원들이 경계하는 가운데 헤스티아가 성큼성큼

앞뜰 한복판을 가로질러 나아가자, 마치 이를 내다봤다는 양 저택에서 아폴론이 유유히 나타났다.

"여어, 헤스티아. 이런 데까지 와주다니, 무슨 일인가?"

현관을 내려와 싱글싱글 웃으며 맞아주는 남신에게 헤스티아는 눈을 부릅떴다.

곁에는 파룸 루안을 대동하고 아폴론은 헤스티아의 눈앞에서 발을 멈추었다.

여신이 일방적으로 발산하는 온건하지 못한 분위기에 벨이 루안과 함께 식은땀을 삐질삐질 흘리는 가운데 주신끼리 대치했다.

"······파룸 군? 그 장갑 좀 빌려주게."

"어······ 아, 네."

가차 없는 말에 루안은 당황하며 그대로 따랐다.

건네받은 장갑을 꽉 쥐더니, 헤스티아는 아폴론의 얼굴을 향해 혼신의 힘을 향해 집어던졌다.

""?!""

짜악! 아폴론의 안면에 작렬하는 장갑. 던진 반동으로 칠흑색 트윈테일이 허공에 춤추었다.

벨과 루안은 눈을 크게 떴다.

웃음을 지우지 않고 장갑을 떼어내는 아폴론에게 헤스티아는 소리 높여 선언했다.

"좋다 그래! 받아주마, 워 게임!!"

벨이 눈을 크게 뜨는 가운데 아폴론의 입가가 씨익 찢어졌다.

"이 자리에서 쌍방의 주신이 합의했다──제군, 워 게임이다!!"

그가 두 손을 펼친 순간, 부지 곳곳에서 수많은 신들이 일제히 튀어나왔다.

"예에에에에에에에에에에에에에에에에에에에에에에에에에에에에에에에에이이!!"

어느새 숨어 있었는지 정원의 덤불이며 나무 위에서 남신 여신들이 환호성을 질렀다. 벨과 루안, 그리고 아폴론의 단원들이 모조리 경악하는 가운데 주위는 갑자기 소란스러워졌다.

"길드에 워 게임 신청해!"

"임시 신회도 열자! 다른 놈들도 소집해!!"

"후끈 달아오르는구만──!!"

"간만에 축제데이──!!"

오가는 흥분 어린 목소리. 오락에 굶주린 신들이 진면목을 발휘해 눈 깜짝할 사이에 축제 같은 소동이 벌어졌다. 그 속에는 로키의 목소리도 있나. 그들 그녀들은 벌써부터 워 게임을 어떻게 진행할지 주도해나가기 시작했다.

"들었다시피 게임 내용은 신회에서 결정하겠다. 날짜는 나중에 알려주지……. 한번 즐겨보자꾸나, 헤스티아."

주위가 소란스러워진 한편, 아폴론은 대담한 미소를 짓고 있었다.

노려보는 헤스티아에게 등을 돌리는 그를 루안이 황급히 따라갔다.

"주, 주신님⋯⋯."

저택으로 돌아가는 아폴론의 뒷모습을 보며 벨은 아연실색 중얼거렸다.

파벌 단원의 숫자와 역량 차이는 엄연했다. 승부가 되지 않는 승부에 비관적인 생각과 말밖에는 떠오르질 않았다.

멍청히 선 벨을 헤스티아가 힘차게 돌아보았다.

"벨, 일주일이다."

권속 소년을 올려다보며 그녀는 말을 이었다.

"워 게임이 개최될 때까지 일주일, 내가 어떻게든 시간을 끌고 있으마."

"네⋯⋯?"

"그 일주일 동안 벨, 될 수 있는 한 강해져다오. 오늘 우리를 습격했던 아이들 중 누구보다도, 무엇보다도 강해져다오! 너라면 할 수 있다!!"

벨의 가능성, 【리아리스 프레제】에 희망을 건 헤스티아의 눈동자.

자신을 믿는 주신의 흔들림 없는 시선에 눈을 크게 뜬 벨은 가슴이 떨리는 것을 느꼈다.

"벨, 헤스티아 님!"

"벨프?!"

그때 벨프가 혼자 나타났다.

벨 일행을 쫓다가 적의 움직임과 주위의 소란으로 위치를 파악했는지, 이곳 아폴론의 홈까지 달려와준 것이다.

"릴리돌이가 【소마 파밀리아】에 자기 발로……. 아니, 놈들에게 끌려갔어."

"?!"

"다른 놈들이 방해하는 바람에 데리고 오지 못했다……. 미안해."

왜, 어째서, 지금 릴리는 어떻게——온갖 의문과 불안이 뒤섞인 가운데 벨은 도우러 가야겠다고, 사정을 아는 벨프에게 매달리려 했다.

그러나 그 팔을 헤스티아에게 붙들렸다.

"벨, 너는 내 말에 따라라."

"하, 하지만요?!"

"서포터 군은 내가 반드시 구해내마. 부탁이다——부디 나를 믿어다오."

헤스티아는 반론을 차단하고 설득했다.

신은 아이를 믿을 테니 부디 아이도 신을 믿어달라는, 헤스티아의 결연한 표정에 흔들리던 벨은…… 마지막에는 그녀를 믿기로 했다.

끓어오르는 온갖 감정을 모두 헤스티아에게 바치고, 크게 고개를 끄덕였다.

"벨, 가기 전에 내 나이프를 놓고 가거라."

"알았어요."

"벨프, 미안하다만 서포터 군을 구출하는 데 힘을 보태주겠나?"

"아뇨, 괜찮습니다. 맘대로 써주십시오."

서로 해야 할 일을 하기 전에 지시를 내리고 헤스티아는 벨을 올려다보았다.

"뒷일은 전부 내게 맡기거라. 자, 어서 가봐라."

"네!"

헤스티아의 말에 떠밀려, 벨은 소란스러워진 아폴론의 홈에서 온 힘을 다해 뛰어나갔다.

기한은 일주일.

그때까지 적을――히아킨토스를 능가하는 자신이 되겠다.

스테이터스가 새겨진 등을 뜨겁게 달구며, 이제는 오기도 체면도 깡그리 버리고 벨은 최강의 【검희】가 기다리는 도시 북쪽 끝의 탑으로 향했다.

4장

모여드는 자들

워 게임이 개최된다는 소식은 신들에 의해 무시무시한 속도로 온 도시를 휩쓸었다.

들떠서 소란을 피우고 난리를 치는 그들의 모습을 본 모험자들과 시민들의 입소문도 그 기세에 불을 붙여, 수많은 이들에게 퍼져나갔다.

아폴론과 헤스티아의 선언이 이루어지고 일각도 지나지 않은 시간 사이에 일어난 일이었다.

"분명 저 탑……!"

시내 곳곳이 여느 때와 다른 소란에 휩싸인 가운데 【아폴론 파밀리아】홈을 출발한 벨은 도시 북쪽에 도달했다. 시벽에 가까운 곳에 우뚝 솟은 고층 탑을 바라보며 다시 뛰는 속도를 높였다. 벌써 한 달이 지난 비밀 수련 때 시벽 위에서 가르쳐주어 바라보았던 기억을 살려, 그 소녀가 속한 홈으로 향했다.

북쪽 메인 스트리트를 따라, 열심히 팔을 휘둘러, 그물눈처럼 나뉜 도로를 나아갔다.

길쭉이 저택으로 유명한 홈의 꼭대기를 몇 번이나 올려다보고 확인하며 모퉁이를 구부러지기를 몇 차례, 벨은 마침내 【로키 파밀리아】의 본거지, 황혼관에 도착했다.

"멈춰라!"

"무슨 용무냐?!"

"아이즈 씨…… 아이즈 발렌슈타인 씨를 만나게 해주세요!!"

홈으로 다가오는 수상한 자를 남녀 두 명의 문지기가 경계하는 가운데 아이즈와의 면회를 청했다.

필사적인 표정을 지은 소년에게 남성 단원이 무언가를 알아차린 것처럼 미간을 찡그렸다.

"넌【리틀 루키】……? 다른【파밀리아】사람이 그녀와 만나겠다니, 대체 무슨 소리냐?!"

백발에 붉은 눈을 보고 알아차렸는지 문지기는 다른 파벌에 속한 벨에게 격앙했다. 그러나 벨도 물러날 수 없었다.

사정을 잘 설명할 수가 없어, 그저 아이즈를 만나게 해달라고 몇 번이나 애원하고 있으려니…… 소란을 알아차리고 홈에 있던 단원들이 정문 앞에 모여들었다.

"……!"

병사들의 창날처럼 수없이 솟아난 탑으로 이루어진 저택에서 스무 명 남짓한 단원이 나와 벨의 눈앞에 반원을 이루었다. 문지기가 자초지종을 설명하자 이내 험악한 분위기가 형성되었다.

단원들은 즉시 벨을 매도하기 시작했다. 후안무치, 부끄러운 줄 모르는 놈, 어디서 감히……【헤스티아 파밀리아】가 워 게임에 참가한다는 사실을 이미 알고 있었던 그들은 벨이 아이즈에게 전쟁에 참가해달라고——호랑이의 권세를 빌리려는 여우같은 짓을——교섭을 하러 왔다 생각하고 요란하게 비난해댔다. 그들의 험악한 분위기와 동료를 이용하려는 데 대한 분노에 벨은 정말로 겁을 먹고 몸이 뒤로 물러날 뻔했다.

자신의 마음속에서도 부끄러운 줄 모르는 짓이라는 자각은 있었다.

그러나 앞뒤 가릴 때가 아니었다.

허용된 시간 속에서 한계까지 자신을 갈고 닦으려면, 그 강적 히아킨토스가 있는 높은 경지에 육박하려면 다시 한 번 아이즈에게 배울 수밖에 없다. 과거 벨이 미노타우로스를 격파하기에 이르렀던 기초를 끌어올려주었듯.

끌려간 릴리의 모습이 뇌리를 스쳐 더더욱 초조함이 치밀었다. 그녀를 구하러 가지 못하고 여기 있는 자신이, 시간을 시시각각 낭비한다는 데에 참을 수가 없었다.

"제발 부탁입니다!!"

벨은 얼굴을 한껏 일그러뜨리며 몇 번이나 그들에게 애원했다.

그때 그 목소리가 울려 퍼졌다.

"무슨 소란이야?"

단원들은 입을 다물고, 벨 또한 움직임을 멈추었다.

저택에서 나온 것은 아마조네스 제1급 모험자 티오네 히류테였다. 종족 특유의 노출도 높은 의상을 입고 긴 흑발을 찰랑거리며 다가왔다.

단원들이 길을 터주어 티오네가 벨의 눈앞까지 접근했다.

곁에 있는 자들이 사정을 귀띔해주자 그녀는 눈을 스윽

가늘게 떴다.

"여기서 꺼져. 그런 웃기는 짓을 허락해줄 수는 없어."

"……큭?!"

대치한 티오네는 무자비하게 선언했다. 이곳에 없는 핀을 대신해, 그녀의 입을 통해 【로키 파밀리아】의 전체 의견이 선고되었다.

조금이라고는 해도 교류가 있었던 그녀의 냉혹한 말과 시선에 얼어붙어버린 벨. 티오네는 벨의 팔을 붙들고는 가차 없이 그를 정문 앞에서 끌어냈다.

"자, 잠시만요, 티오네 씨?! 부탁이니 이야기를……!"

제1급 모험자의 힘에 저항하지 못한 채 억지로 문 앞에서 떨어졌을 때.

몸을 흔드는 벨의 귓가에 자연스러운 움직임으로 티오네의 얼굴이 다가왔다.

"──오른쪽 두 번째 뒷골목."

"!"

주위에는 들리지 않을 만큼 작은 목소리가 귀에 들어왔다.

눈을 크게 뜬 벨을 무시한 채, 그녀는 내치듯 그를 큰길로 밀어냈다.

표면상으로는 싸늘한 얼굴을 지우지 않고 휙 등을 돌리는 티오네. 장발을 흔들며 홈으로 돌아가는 뒷모습을 벨은 멍하니 바라보았다.

이윽고 벨은 천천히 그 자리를 떠나기 시작했다. 주위 단원들의 냉엄한 시선을 등으로 느끼며 원래 왔던 길을 떠나…… 저택이 완전히 보이지 않게 되자마자 냅다 뛰기 시작했다.

티오네가 지정한 가늘고 어두운 골목길로 숨을 헐떡이며 뛰어들자——.

"어! 아이즈, 아르고노트 군이 왔어~!"

"아이즈 씨?! 게다가——티오나 씨도?!"

그곳에 있던 것은 세이버를 허리에 찬 아이즈와 대형 무기를 짊어진 티오나였다.

벨이 놀라고 있으려니 아이즈와 함께 티오나가 친근한 웃음을 지으며 다가왔다.

"아르고노트 군이 오는 게 창문으로 보였거든. 그래서 아이즈가 감을 잡고 티오네에게 연기를 부탁했어."

사태의 전말을 간결하게 설명하는 티오나.

다시 말해 아이즈는 체면을 차리지 않고 달려온 벨의 모습을 보고, 다시 한 번 수련을 시켜주길 바라는 그의 마음을 정확하게 이해해준 것이다. 또한 다른 단원들의 앞에서 청을 들어줄 수는 없으므로 티오네를 설득해 벨에게 메시지를 전달하도록 부탁했다.

티오나는 이 상황을 즐기는지, 혹은 친구인 아이즈의 뜻을 지지해주는지 그녀의 행동에 편승하고 있었다.

"……아이즈 씨, 그래도 괜찮으신 거예요?"

자기 발로 와 놓고 벨은 망설이며 물었다.

그녀에게 가르침을 청하고 싶다는 바람은 어디까지나 벨의 개인적인 사정이다. 교류가 있는 파벌도 아닌【파밀리아】의 조직원에게 힘을 빌려주는 짓은 분명 그녀의 단독 행동일 것이다.

벨이 쭈뼛쭈뼛 묻자 아이즈가 입을 열었다.

"난 직접 힘을 빌려주는 건 아니니까……. 네가 노력하고, 그리고……."

"응응, 어디까지나 싸우는 건 아르고노트 군이란 거지!"

말이 서툰 그녀의 옆에서 티오나가 통역을 해주며 척! 벨에게 손가락을 내밀었다.

벨이 땀을 삐질삐질 흘리고 있자 아이즈가 다시 말을 이었다.

"게다가, 널 그냥 내버려두는 건…… 아닌 것 같아."

"아이즈 씨……."

투명한 금색 눈동자로 바라보는 아이즈에게 벨이 다시금 가슴이 투명해져가는 감정을 느끼고 있으려니 티오나가 태평하게 말했다.

"이 정도는 괜찮아~. 아이즈가 아르고노트 군을 수련시켜주면 뭐 게임이 재미있어져서 분명 로키도 좋아할걸!"

【아폴론 파밀리아】와의 역량 차이를 좁히고 대등하게 맞붙는 편이 재미있어질 거라고 낙관적으로 말하는 티오나에게 벨은 자신도 모르게 쓴웃음을 지었다. 아이즈도 그녀

에게 살짝 웃었다.

"게다가 【아폴론 파밀리아】의 방식, 난 좀 마음에 안 든다구. 억지랄까, 치사하달까……."

입을 비죽거리던 그녀는 벨을 보며 활짝 웃었다.

"나도 아르고노트 군 응원할게~."

"어, 그건……."

"응, 나도 너랑 아이즈를 따라갈 거야!"

벨이 아이즈의 눈치를 살피자 그녀는 고개를 끄덕였다.

설마 이런 전개가 기다리고 있을 줄은 몰라 놀랐던 벨은 두 소녀에게 고개를 숙이며 인사했다.

"정말, 고맙습니다……!"

"괜찮아 괜찮아! 자자, 얼른 가자!"

"응."

은혜를 입기만 하는구나 생각하면서도, 언젠가 받은 것을 갚겠다고 벨은 맹세했다.

더는 못 기다리겠다는 양 대형 무기를 어깨에 척 짊어지는 티오나에게 채근을 받아, 벨은 아이즈와 함께 이동을 시작했다.

그들이 향한 곳은 한 달 전과 마찬가지로 도시 북서쪽의 시벽 상부.

제1급 모험자들과 함께 하는 목숨을 건 수행이 시작되려 했다.

헤스티아와 아폴론의 워 게임은 금세 길드의 승인을 받았다.

신회도 동시에 개최되어야 하므로 도시의 움직임은 활발하고 또한 다급해졌다.

화를 뒤집어쓴 것은 도시를 관리하는 기관인 길드였다. 파벌 간의 총력전이라는 뒤숭숭한 이벤트로 인해 오라리오에 피해가 미치지 않도록 워 게임의 무대가 될 전장을 물색하고 물자와 인원을 수배하고 선전하는 등, 이웃 지역에 대한 요청도 포함해 온갖 작업에 내몰려야 했다. 제멋대로인 신들의 요망도 여기에 박차를 가했다.

이러한 화제가 모험자와 일반인을 막론하고 널리 퍼져 도시 안팎의 주목을 모으는 가운데, 워 게임의 준비는 착착 진행되었다.

"──헤스티아는 오늘도 없나?!"

오라리오 중앙, 바벨 30층.

신회 석상에서 아폴론은 거칠게 목소리를 높였다.

늘어선 기둥이 천장을 받치고 원탁이 하나 놓인 대형 홀에는 현재 수많은 신들이 모여 있었다. 워 게임의 규칙과 형식은 대전 파벌 주신들의 합의 아래 다른 신들의 의견을 종합해── 최고의 오락으로 삼기 위해──이 신회에서 결정된다.

그리고 도시를 들쑤셔놓은 【헤스티아 파밀리아】 습격으로부터 이미 사흘.

좀처럼 모습을 나타내지 않는 여신에게 아폴론은 화를 내고 있었다. 그녀는 '몸져누웠다'는 한마디로 신회 결석을 되풀이해 주위의 신들을 지루하게 만들었다. 명백한 꾀병이었으며 명백한 시간끌기임이 뻔히 보였다.

도망칠 준비를 하는 것은 아니냐고 아폴론이 씨근덕거리고 있으려니 소리를 내며 홀 문이 활짝 열렸다.

"늦었다. 기다리게 해 미안하다."

입에 담은 말과는 달리 헤스티아가 느긋하게 등장했다. 곁에는 미아흐도 함께 있었다.

전혀 주눅 드는 기색을 보이지 않는 그녀를 아폴론이 노려보았다.

"왜 이리 늦었나, 헤스티아. 신회를 질질 연기시킨 책임을 어떻게 질 생각이지?"

"너희 단원에게 쫓겨다니느라 열이 나서 말야~. 와~ 사경을 헤맸다니깐~."

"음음. 아주 위험했지."

아폴론의 말에 헤스티아와 자칭 간병을 했다는 미아흐가 태연하게 대꾸했다. 얄밉다는 양 얼굴을 찡그리는 아폴론.

"땅꼬마는 짜증나지만 시간도 아까우니 냉큼 시작하는 게 어떻겠노?"

머리 뒤에 깍지를 낀 로키가 지루하다는 투로 말했다.

그녀의 말에 모두가 호응해 워 게임 회의가 시작되었다.

우선 헤스티아와 아폴론 두 사람이 주위의 감수 아래 필요 서류에 사인을 하고 수속을 마쳤다.

"우리가 이기면 벨 크라넬을 받겠다."

"……."

"그것만은 확실히 해두지. 나중에 듣기 싫은 변명을 늘어놓는 것도 질색이니까. 헤스티아가 승자가 됐을 때는 무슨 요구든 받아들이마."

자신의 승리를 털끝만큼도 의심하지 않는 아폴론은 벨의 소유권──원활한 파벌 이적만을 강조했다. 헤스티아가 입을 다문 가운데 회의록을 작성하는 신에게 명문화를 요구했다.

이윽고 워 게임의 승부 형식에 관한 이야기가 이루어졌다.

"일대일로 【파밀리아】의 대표자끼리 결판을 내는 게 어떻겠나."

원탁 한쪽에 앉은 헤스티아가 맞은편에 있던 아폴론을 노려보며 발언했다.

"투기장을 이용해, 관중들이 지켜보는 가운데 결판을 내자. 이게 가장 화끈한 방법 아닐까?"

날카로운 시선으로 아폴론을 쏘아보는 헤스티아에 이어 그녀의 편을 드는 미아흐와 타케미카즈치도 긍정하는 의견을 보였다.

"나도 찬성이야. 아폴론의 아이들이 벨에게 무더기로 달려 들어봤자 흥만 식을 뿐이지."

"나도 지지하겠다."

그건 사실이라며 주위 신들도 드문드문 동조했다.

"어쩔 거야, 아폴론~?"

"상대는 옥스 슬레이어인데?"

"격이 강한 상대, 그것도 일대일 대결에는 엄청 강할지도?"

"……."

원탁에 앉은 신들은 싱글싱글 웃었다. 적도 아군도 아닌 그들은 입을 다문 아폴론의 반응을 보며 즐기고 있었다.

월계관을 쓴 금발 남신은 냉정의 가면을 벗고 훗 하고 비웃음을 지었다.

"【파밀리아】의 단원이 적은 것은 헤스티아, 이제까지 적극적으로 권유를 하지 않았던 너의 태만이다."

"윽……."

"아이의 수가 적다는 너의 우는 소리에 어울려줄 이유는 없지."

파벌을 이끄는 주신으로서의 책임감을 설파하는 아폴론에게 헤스티아는 끙끙 신음했다.

분명 벨과 단둘이 있고 싶나는 욕망 탓에 권유를 적극적으로 하지 못했던 것은 사실이었다.

"여기서는 공평하게 제비뽑기로 가는 게 어떨까."

헤스티아가 반론하지 못하자 아폴론의 그 제안이 인정

되었다. 준비성 좋은 신이 어디선가 상자를 꺼내 원탁에 놓았다.

그 자리에 있던 신들은 한 사람에 한 장씩 위 게임의 방법을 양피지에 적어 모아나갔다. 헤스티아는 물론 '일대일 대결'이라고 적어 상자 안에 넣었다.

투표가 끝나자, 그럼 이번에는 누가 뽑느냐 하는 문제가 생겼다.

"아폴론의 입김이 닿은 놈들은 믿을 수 없어."

살짝 혀를 찬 아폴론은 헤스티아에게 똑같은 조건을 제시했다.

"……그렇게 따지면 나도 마찬가지다. 미아흐나 타케미카즈치는 자중하도록."

그렇다면…… 하고 원탁을 둘러보던 그와 그녀의 시선은 어떤 신의 얼굴에 머물렀다.

"'헤르메스.'"

"어…… 진짜로?"

헤스티아와 아폴론은 동시에 그 남신의 이름을 불렀다.

발탁된 헤르메스는 생각도 못했다는 듯 쓴웃음을 지었다.

"나의 벗이여, 너에게 모든 것을 맡기지."

"부탁해, 헤르메스."

그를 천계에서부터 오래 알고 지냈던 아폴론은 엄숙하게 고개를 끄덕이고, 헤스티아 또한 강한 눈빛으로 바라보앉다.

신들 사이에서도 중립을 자청하는 자세가 화근이 된 꼴이었다. 두 주신에게 막중한 임무를 맡은 헤르메스는 난감하게 됐다면서도 체념하고 일어났다. 원탁 구석에 놓인 상자에 다가가는 그를 이 자리에 있는 모든 신들의 눈이 따라갔다.

"너무 뭐라고 하지 말라고……."

중얼거리며 상자를 뒤적뒤적 뒤지는 헤르메스.

마른침을 삼키는 헤스티아와 친구들 앞에서 그는 양피지 한 장을 꺼내 확인하더니……

"아."

한 번 굳어버리고, 허무하게 웃으며 팔랑 펼친 양피지를 신들에게 공개했다.

『공성전』

——콰앙!! 이를 악문 헤스티아의 주먹이 원탁을 내리쳤다.

"흐하하하하하하하하하하하하!! 신성하고도 공평한 제비뽑기의 결과다. 이의는 없으렷다!"

대조적으로 아폴론은 홍소했다.

하필이면 공격하려 해도 수비하려 해노 막대한 병력이 필요한 대 인원 전투. 분명 아폴론이 써놓은 제비를 헤르메스가 뽑아버린 것이다.

"역시 헤르메스!"

"기다렸습니다!"

다른 신들이 입을 모아 말했다.

헤르메스는 낭패한 표정으로 하늘을 우러르고, 헤스티아는 시뻘겋게 물든 얼굴로 떠는 가운데 아폴론 혼자 기분 좋게 떠들어댔다.

"겨우 혼자서 성을 방위하기란 불가능할 테니 공격은 헤스티아에게 양보하기로 하지."

싱글거리며 공격권을 양보한다.

최악의 전개에 헤스티아가 어금니를 악물고 있으려니⋯⋯.

"미안한데, 잠깐 한마디 해도 될까."

헤르메스가 끼어들었다.

"아폴론. 이래선 헤스티아가 너무 안 됐⋯⋯ 불공평해. 우리도 이미 다 끝난 게임을 봐봤자 흥이 식을 뿐이고."

"⋯⋯."

"그래서 말인데, 도우미를 두는 건 어떨까."

인원에는 제한을 두어 다른 【파밀리아】에서 협력자를 청한다는 헤르메스의 제안에 아폴론은 눈을 가늘게 떴다.

"⋯⋯헤르메스, 난 알고 있다. 너는 언제나 별것 아닌 것처럼 말해 나를 구워삶으려 하지. 그 수법에 걸려들 줄 알고?"

천계에서부터 시작된 질긴 인연을 말하며 웃음과 함께 불평을 늘어놓은 아폴론은 받아들이기 어렵다고 주장했다.

"워 게임에 참가하는 전사는 【파밀리아】 입단자 뿐. 이것은 절대적이다. 다른 파벌 아이들의 존재는 신의 대리전쟁이라는 이름에 먹칠을 할 뿐이다."

"응, 그럴지도 모르겠네."

"극단적으로 말해 제1급 모험자에 가까운 자가 헤스티아 측에 가담할 경우 우리가 위험해질 텐데. 헤파이스토스는 헤스티아와 사이가 좋은 것 같고."

헤르메스와 이야기하며 아폴론은 원탁에 앉은 자들을 둘러보았다.

스미스의 실력만이 아니라 전투능력에서도 상급 파벌로 인정을 받는 헤파이스토스는 그의 지적에 그 정도는 아니라며 어깨를 으쓱했다. 아폴론은 과연 그럴까 하고 코웃음을 쳤지만——.

"어머나, 아폴론. 혹시 겁나?"

"프레이야……."

원탁에 조용히 앉아 있던 금발 여신이 웃음을 지었다.

"혹시 상대가 한 명이 아니면 싸울 수도 없는 걸까?"

"멍청한 소릴……."

"그럼 자기 아이들을 못 믿는 걸까? 너의 아이들에 대한 '사랑'은 그 정도야?"

사랑을 관장하는 미의 여신이 그렇게 말하니, 늘 사랑에 이리저리 움직이는 아폴론은 긍지를 자극받았는지 씁쓸한 표정을 지었다. 또한 프레이야의 발언에 일부 남신들이 그녀의 편을 들어 협력자 제도에 긍정인 자세를 보였다. 신회는 눈 깜짝할 사이에 술렁거렸다.

——역시 프레이야는 벨을.

여신의 언동에 일말의 의구심과 위기감을 품었지만, 헤스티아는 지금 이 자리에서는 끼어들지 않았다. 조금이라도 상황을 유리하게 만들 수 있다면 환영해야만 했다.

잠시 후 발끈한 아폴론은 프레이야의 의도대로 헤르메스가 제안한 제도를 **일부** 받아들였다.

"……좋다. 그러면 도우미는 한 사람만. 그리고 도우미를 제공할 파벌은 도시 외의 【파밀리아】로 한정한다."

쪼잔한 놈.

그 조건을 듣고 눈살을 찡그리는 헤스티아.

인원은 둘째치더라도 도시 밖의 【파밀리아】는 오라리오의 【파밀리아】와 비교해 힘의 수준이 낮다. 정확히는 오라리오의 상급모험자 수준이 너무 높다고 해야겠지만.

Lv.2 이상의 단원을 보유한 【파밀리아】가 오라리오 인근에 과연 몇이나 있을까. 무엇보다 그만한 유력 파벌을 찾아내 워 게임 개시 전까지 접촉할 수 있을 리가 없다.

양보하지 않는 태세를 관철한 아폴론은 그대로 밀어붙여, 결국 그가 제시한 조건으로 협력자 제도가 인정되었다. 프레이야도 그 이상은 아무 말을 하지 않았다.

만족스럽게 고개를 끄덕이는 그와는 달리 헤스티아는

입을 다물었다.

"적당한 성도 알선해야 하고, 워 게임 개최일은 길드하고도 상담해야 하지 않겠노. 그럼 해산하제이."

로키의 말을 끝으로 신회는 끝났다. 신들이 우르르 홀을 나가는 가운데 아폴론은 떠나가며 헤스티아를 향해 입가를 틀어 올렸다.

노려봐줄 수밖에 없었던 헤스티아는 그가 사라진 후 한숨을 토해냈다. 그녀 외에 이 자리에 남은 것은 미아흐나 타케미카즈치를 비롯한 우군뿐이었다.

"미안해, 헤스티아. 불리한 조건을 제시해버려서."

"아니, 헤르메스 탓이 아니야."

다가와 사과하는 헤르메스에게 헤스티아는 고개를 가로저었다. 분하지만 아폴론의 말대로 공평한 제비뽑기 결과였다. 도우미가 인정된 것만으로도 기적이라 해야 한다. 오락을 기대하던 신들, 그리고 프레이야 덕에 이번 회합에서는 적잖이 도움을 받았다고 해야 한다.

이렇게 정해진 게임판 위에서, 그리고 손에 쥔 온갖 말들을 구사해 이길 수밖에 없다. 헤스티아는 그렇게 결심했다. 승리의 길을 찾아내고 말겠다고 눈을 불태웠다.

"그보다 헤르메스, 시포너 군이 있는 곳은 알아냈나?"

의식을 전환한 헤스티아는 지금 가장 궁금했던 내용을 물었다.

꾀병을 앓았던 지난 사흘 동안 그녀는 아무 일도 하지

않은 것이 아니었다. 【소마 파밀리아】에 연행된 릴리의 행방을 어떻게든 추적하려 했다. 동시에 정보수집에 정평이 난 헤르메스에게도 부탁을 해두었다.

"응, 수확은 있었어. 아스피가 알아냈지. 보아하니 릴리는 소마네 술 창고로 끌려간 모양이야."

"술 창고? 홈이 아니고?"

헤스티아의 의문에 헤르메스가 대답했다.

"응. 홈하고는 별도로 소마에게는 술을 보관해두는 창고가 있거든."

입수한 정보를 그녀에게 전달했다.

"장소는 도시 남동쪽 '다이달로스 거리' 부근. 홈은 방치해놓은 만큼 여기는 경비 수준이 장난 아니야. 상급 모험자들도 잔뜩 있는 모양이던걸."

"……."

"미안하지만 우리 【파밀리아】는 분쟁에는 힘을 보태줄수 없어. ……어떻게 할 거야?"

헤르메스의 물음에 헤스티아는 망설이지 않고 고개를 들었다.

"당연히 가야지."

벨과 약속했으니까.

그녀는 그렇게 말했다.

지저분한 마석등이 뿌연 빛을 드리우고 있었다.

뺨에 돌바닥의 싸늘한 감촉을 느끼며 릴리는 천천히 눈을 떴다.

두 팔을 뒤로 묶인 채 엎드린 상태. 삐걱거리는 온몸의 소리를 들으며 주위를 둘러보니 한눈에도 전혀 변한 것이 없음을 알 수 있는 어두운 감옥이 보였다. 창살 안에 처박힌 자신은 참으로 비참한 몰골일 거라고, 그녀는 자조하며 생각했다.

자니스를 따라 【파밀리아】의 술 창고로 끌려온 릴리는 금세 이 감옥에 처박혔다.

파벌 내에서의 징벌, 또는 '신주'에 이성을 잃어 **선을 넘어버린** 자들을 유폐하는 지하 감옥이다. 손목은 '은혜'를 입은 하급 모험자라도 쉽게 끊을 수 없는 굵은 강선으로 묶여 있었다. 이곳 술 창고에는 이런 감옥이며 도구가 얼마든지 있다. 이제까지 【파밀리아】를 떠났던 벌을 주겠다고 릴리를 음습한 감옥에 가둔 것이다.

이미 시간 감각은 애매해져 그 항쟁으로부터 며칠이 지났는지도 알 수 없었다.

릴리는 묶인 몸을 꿈틀거려, 정이라도 베풀어주듯 바닥 한구석의 오목한 홈에 모인 물에 입을 댔다. 비참한 몰골에 아무 생각도 하지 않으려 했지만 이 정도 추태에는 익숙했다.

벨이나 벨프와 지냈던 나날이 특별했을 뿐, 이제까지 자신은 흙탕물을 들이켜며 살아왔던 것이다.

'벨 님은⋯⋯.'

무사할까.

그것만이 마음에 걸렸다.

보초도 뭣도 없는 지하 감옥은 릴리에게 바깥세상의 정보를 가르쳐주지 않는다. 애초에 탈출할 생각도 하지 않았다. 은인들까지 궁지에 몰아넣었다는 사실이 조그만 가슴에 구멍을 뻥 뚫어버렸다.

우툴두툴한 석조 감옥은 매우 차가웠다. 몸이 추웠다.

자신을 가둬놓은 강철 창살 밖에서 마석등 불빛이 촛불처럼 일렁였다.

"⋯⋯으."

뚜벅, 뚜벅. 통로 안에서 울려 퍼지는 소리가 있었다. 이지하 감옥으로 이어지는 계단을 내려오는 소리다.

릴리는 몸을 뒤틀어 바닥에서 고개를 들었다. 이윽고 통로와 감옥을 가로막는 창살 너머에 기다란 그림자를 끌며 자니스가 나타났다.

"기분은 어떠냐, 아데?"

"⋯⋯최악이에요."

감옥 정면에서 자신을 내려다보는 휴먼에게 릴리는 내뱉듯 대답했다.

허리 뒤에서 두 손을 맞잡은 자니스는 비아냥거리는 웃음을 지었다.

"그거 미안하구나. 지난 사흘 동안 도시의 움직임이 너무 바빠서 말이다, 상황을 파악하기 위해 손을 뗄 수 없었거든. 용서하거라."

"……벨 님이나 다른 분들에게는 정말로 위해를 가하지 않았나요?"

"물론이다마다. 소마 님의 이름에 걸고 맹세하지."

과장된 대답을 일단 신용하면서 릴리는 궁금했던 점을 물었다.

"왜…… 이제 와서 릴리를 붙잡아놓는 건가요."

메마른 목소리로 진의를 물었다.

릴리에게 투항을 청할 때 그는 분명 말했다. 자신에게는 릴리가 필요했다고.

전에 자신을 죽도록 내버려두었던 동료 카누와 마찬가지로 자니스는 릴리에게서 착취하는 쪽이었던 지독한 자였고, 손을 잡은 일은 한 번도 없었다. 그에게 릴리 따위는 마음 내키면 금품을 빼앗기 위한 존재였을 뿐. 멸시해 마땅한 버러지 중 한 사람이었을 뿐.

"내가 너의 가치를 인정했기 때문이다."

자니스는 더욱 짙은 웃음을 지었다.

"네가 살아있다는 걸 알고 얼마나 기뻤는지 모른다. 얼마 전에 혼자 홈에 나타났을 때 붙잡아둘 수도 있었지만…… 【아폴론 파밀리아】하고는 아직 교섭 중이었거든. 그렇다면 보수도 받고 대의명분인 너도 마지막까지 유용하게 써먹는 편이 나았지."

그 결과 너는 고분고분해졌고 상황은 잘 마무리되었다. 바라 마지않던 바다. 그렇게 말을 잇는 자니스에게 릴리는 눈이 날카로워지는 것을 느꼈다.

"……릴리에게, 그런 가치는 없어요."

"아니, 너는 쓸모가 있어. 몰래 돈을 모아두었던 것도 다 알았지. 도적과 다를 바 없는 뛰어난 실력도 알고, 높이 사기도 한다. 무엇보다."

자니스는 잠시 말을 끊더니 안경을 손끝으로 밀어 올렸다.

"너는 희귀한 '마법'을 쓸 수 있지?"

변신 마법, 【신다 엘라】에 대한 언급에 릴리는 눈을 크게 떴다.

벨과 벨프를 제외하고는 아무에게도 가르쳐주지 않았던 마법 정보를 아는 그에게 놀라고 있으려니,

"소마 님에게 들었거든."

그렇게 선선히 대답했다. '마법'을 발현시켰던 것은 다름 아닌 주신 소마니 알고 있어도 당연하다. 시기로 보았을 때, 아마 릴리가 죽음을 위장한 전후로 그는 변신마법에 대해 알았을 것이다.

"확인하겠는데…… 아데 너는 몬스터로도 변할 수 있나?"

"……그렇다면 어떻다는 건가요."

그 대답에 자니스는 흉악한 웃음을 지었다.

어두운 기쁨을 눈동자에 담고, 경계하는 릴리를 핥듯이 내려다보았다.

"네가 꼭 좀 협조해주었으면 하는 일이 있거든. 뭐, 간단한 사업이야."

"무슨······?"

"몬스터를 유인해 포획해서 팔아치우는 거다······. 간단하지?"

어리석긴──.

릴리는 마음속으로 조롱했다.

흉포한 몬스터는 테임을 해도 테이머의 말밖에 듣지 않는다. 예를 들어 오두막에 붙들어놓고 대기를 명령해도, 테이머 이외의 사람이 다가가면 가차 없이 습격할 것이다. 마차 같은 것을 대신할 교통수단으로 보급되지 않는 이유는 그 때문이다.

어떤 과정을 거치든, 몬스터는 인류를 위협하는 '적'이 될 뿐이다.

고분고분한 노예와는 다르다.

"몬스터에게, 상품 가치는 없어요."

"후후······ 과연 그럴까?"

단언하는 소녀에게 자니스는 욕망에 번들거리는 눈으로 싱글싱글 웃었다.

릴리는 순수한 분노를 품고 그를 노려보았다.

"겨우 그런 것 때문에 릴리를······.【소마 파밀리아】조직원들을……. 벨 님을 이번 소동에 끌어들였나요?"

"겨우 그런 거라니, 실망이군."

자니스의 어조에 살짝 힘이 들어갔다.

이지적인 모습의 가면이 무너지고 경박한 태도를, 본성을 드러냈다.

"나는 소마 님이 만든 술이 필요해. 돈도 여자도 가지고 싶고, 더 맛있는 것도 먹고 싶다——몸을 채울 이 세상 온갖 쾌락을 탐닉하고 싶다!"

콰앙!! 자니스의 구둣굽이 창살을 걷어찼다.

'팔나'를 얻은 모험자가 설쳐도 부서지지 않는 특제 쇠창살이 보기 좋게 찌그러졌다. 눈앞에서 구두 모양으로 일그러진 창살에 릴리는 눈을 떨며 말을 삼켰다.

자신의 욕망을 늘어놓는 자니스의 얼굴은 릴리가 이제까지 보았던 누구보다도——'신주'에 빠진 자들보다도——훨씬 무섭고 추악했다.

"**나는** 이 【파밀리아】를 좋아해. 아무리 나쁜 짓을 해도 주신은 아무 소리 안 하거든. 취미에 몰두한 그 멍청한 신의 방해만 없으면 내가 원하는 대로 할 수 있어. 최고의 환경이지."

"……원래 얼굴 나오네요."

"어이쿠."

릴리의 지적에 자니스는 흉흉하던 입가를 짐짓 손으로 가렸다. 창살에서 발을 떼고 아무 일도 없었다는 듯 자세를 가다듬는다.

공경하지 않는 정도가 아니라 주신을 깔보기까지 하는 자니스에게 릴리는 강한 혐오를 품었다. 【소마 파밀리아】가 이렇게 기형적인 파벌이 되었던 것은 주신의 【파밀리아】 운영에 대한 무관심도 무관심이지만, 눈앞에 있는 이 단장이 큰 부분을 차지했으리라고 확신할 수 있었다.

그리고 릴리가 엷은 웃음을 짓는 자니스를 올려다보던…… 그때였다.

"……?"

"경종 소리……? 적의 습격?"

두꺼운 석조 지하 감옥에 울려 퍼지는 커다란 경계의 종소리.

찢어지는 종소리 뒤에는 요란한 발소리가 천장에서 전해졌다. 돌바닥에 엎드려 있던 릴리는 무슨 일이 일어났는지 몇 번이고 주위를 둘러보았다.

"찬드라! 찬드라, 없나?! 무슨 일이 일어났는지 보고해!"

통로 안쪽, 지상으로 가는 계단을 향해 외치는 자니스.

그가 외치고 한동안 지난 후, 귀찮다는 듯 커다란 드워프가 어기적어기적 나타났다.

"자기 눈으로 보러 오면 되지……. 네 발은 장식이나?"

"쓸데없는 소리 말고. 무슨 일이야."

"어디서 생쥐가 쳐들어온 모양이다. 소속은 제각각이고…… 어린 여신도 하나 있다던데."

짧은 머리카락과 수염이 난 무뚝뚝한 드워프, 찬드라는 감옥 안의 릴리를 흘끔 보았다.

어린 여신이라는 말에 릴리는 심장이 크게 뛰었다. 마찬가지로 침입자의 정체를 깨달은 자니스가 재미있다는 듯 안경 안에서 눈을 가늘게 떴다.

"침입자들은 지금 어디 있지?"

"창고 일대 광장에서 지금도 싸우고 있지."

"그래? 그러면——제거해야지. 내가 지휘하겠다."

자니스의 말에 릴리는 눈빛을 바꾸었다.

휘청거리는 다리를 움직여, 팔이 묶인 꼴로 창살에 다가갔다.

"약속이 다르잖아요?! 그분들에게는 해를 입히지 않기로 했으면서!!"

"그쪽이 먼저 쳐들어왔잖아. 몸에 튄 불똥은 털어내고 봐야지."

"그러면 릴리가 설득하겠어요!! 물러나 달라고 설득할게요, 그러니……!"

"안 돼. **소중한 동료**를 위험한 장소에 보낼 수는 없다. 상대가 노리는 것도 너일 테고."

동료를 지키기 위한 자기방어라는 말을 서슴지 않는 자니스에게 릴리는 분개했다.

"약속을 어기겠다면 릴리는 당신을 돕지 않겠어요!"

"그래? 그거 유감이군……."

두 눈을 감은 자니스는 감옥 앞으로 천천히 다가왔다.

그리고 입술을 치켜 올리더니 창살에 달라붙은 릴리에게 불쑥 얼굴을 들이밀었다.

"그럼 어쩔 수 없지. 내가 빼돌렸던 '신주'를 너에게 한 방울 먹여주마."

"——."

릴리의 시간이 얼어붙었다.

"'신주'가 필요해 너는 고분고분한 노예가 되겠지……. 기꺼이 내 부탁을 들어주겠지."

소마가 만들어낸 극치.

터무니없는 도취감을 가져다주어 하계 사람들의 마음을 노예로 만드는 극상의 술.

과거 릴리도 단 한 모금을 마시고 그 신의 술을 하염없이 추구하는 아귀가 된 적이 있다.

"크윽!!"

이마가 찢어지는 것도 아랑곳하지 않고 창살 너머에 있는 자니스를 향해 머리를 부딪쳐댔다.

쇠창살에 가로막힌 머리가 큰 소리를 내며 감옥을 뒤흔들었다. 이마에서 피를 흘리며 분노의 표정을 지온 릴리를 코앞에 있던 자니스는 눈을 일그러뜨리며 조소했다.

증오마저 머금은 그녀의 시선을 받으며 이윽고 그녀는 등을 돌렸다.

"찬드라, 아데가 빠져나가지 못하게 감시해."

"흥……."

단장의 명령에 찬드라는 제대로 대꾸도 하지 않고 감옥에 등을 돌린 채 주저앉았다. 그 모습을 본 자니스는 역시 웃음을 흘리며 릴리의 시선 너머에서 통로 안쪽으로 사라졌다.

거기 서라고 외치고 싶었지만 분노 때문에 몸이 떨려 말도 나오지 않았다. 처음부터 저 자는 언제든 약속을 어길 생각이었고, 그때는 릴리를 자기 편할 대로 이용할 꼭두각시로 만들 심산이었던 것이다.

"빌어먹을……!"

찢어져라 입술을 깨문 릴리는 감옥에서 탈출하기로 결심했다.

이젠 이곳에 붙잡혀 있을 의미가 없다. 헤스티아와 다른 사람들을 도망치게 하고자 행동해야 한다.

"큭……!"

감옥 옆의 벽에 기댄 찬드라가 보지 못하게 필사적으로 밧줄 풀기를 시도했다.

허리를 더듬어 자신의 표주박에 담긴 술을 기울이는 드워프는 이쪽을 돌아보려고 하지 않았다. 릴리는 피부를 아프게 조여대는 강선과 씨름하기를 몇 분, 그동안 함양한 도적 기술로——재빨리 작은 목소리로 영창해 날카로운 발톱이 돋아난 수인의 손으로 '부분 변신'까지 해서——간신히 두 팔을 풀어냈다.

밧줄이 풀린 것을 알아차리지 못하도록 여전히 손을 뒤로 돌린 채 생각했다. 이 감시를 어떻게 따돌리고 밖으로 탈출할까.

찬드라의 허점을 살피며 릴리가 온 힘을 다해 머리를 굴리고 있으려니 느닷없이.

드워프 사내가 입을 열었다.

"나가고 싶으면 나가."

릴리는 경악했다.

그녀의 반응에도 아랑곳하지 않고 찬드라는 주저앉은 채 감옥 자물쇠를 손으로 붙들더니 힘을 주어 뜯어냈다.

"어, 어째서…… 자니스 님에게 거역하나요?"

"난 그 자식이 싫어."

머리 위에서 싸움의 진동이 전해지는 가운데 무뚝뚝한 드워프는 담담히 대답했다.

"난 최고로 맛있는 술이 있다고 해서 오라리오에 왔던 거야. 그리고 이 파벌에 들어왔고. 그런데 이제 파벌은 그 인간이 거의 자기 걸로 만들었지. 주신의 술도 만족스럽게 먹을 수 없고."

표주박에 담긴 술을 마시는 찬드라의 옆얼굴을 릴리는 빤히 바라보았다.

찬드라 이히트. 자니스와 같은 Lv.2 상급모험자.

고독했던 릴리가 【파밀리아】 사람들에게 괴롭힘을 당하고 있을 때, 도와주지도 않았지만 또한 동시에 해를 입히지도 않았던 사람이다.

"너도 놈이 마음에 안 들 거 아냐. 그럼 눈감아줄게."

흘끔 쳐다보는 그의 갈색 눈과 릴리의 밤색 눈이 마주쳤다.

그저 맛있는 술을 찾아 이곳까지 왔다는 꾸밈없는 그의 말을 릴리는 믿기로 했다.

"죄송합니다. 고맙습니다."

인사를 하고 릴리는 감옥을 뛰어나왔다.

갇혀 있었던 탓에 마음대로 움직이지 않는 몸을 열심히 움직여 지하 감옥의 계단을 올라갔다.

"웃……!!"

석조 건물 1층으로 나간 순간 전투의 기척은 단숨에 코앞까지 도달해 있었다.

요란한 목소리와 칼 부딪치는 소리가 한층 격렬해져 조바심이 조그만 가슴을 태웠다. 릴리는 견디지 못하고 얼굴을 주위로 돌려 시야 안쪽, 복도 모퉁이 저편에 붙은 조그만 채광창으로 달려갔다.

뛰어올라 쇠창살이 박힌 창문에 얼굴을 들이밀었다.

"벨프 님, 그리고 미코토 님 일행까지……?!"

좁은 시야에 들어온 것은 【소마 파밀리아】와 교전하는 눈에 익은 모습들이었다.

수많은 창고가 세워진 부지 내에서, 그들은 헤아리는 것도 어리석게 여겨질 만한 숫자의 적에게 포위되어 있었다.

창고 한 모퉁이에 자리를 잡은 전열 벨프와 오우카, 미코토가 분투했으며 후열의 나자나 치구사 같은 사람들이 최대한 엄호했지만 【소마 파밀리아】는 전혀 수가 줄어들지 않았다.

적측에는 하급모험자가 많다고는 해도 중과부적이었다.

"돌아가요, 돌아가세요!! 지금 당장 여기서 도망쳐요!!"

창백해진 릴리는 창살을 쥐고 힘껏 외쳤다.

마음 착한 그들이 이렇게 남의 파벌 영역까지 침입한 이유는 단 한 가지, 자신밖에 없다. 자신 때문에 그들이 상처 입는 모습을 릴리는 견딜 수 없었다.

싸움을 말리고자 창 너머로 소리를 지르자, 창고 구석에서 머리를 두 손으로 끌어안고 있던 헤스티아가 이쪽을 알아보았다.

"서포터 군?!"

"헤스티아 님!"

나자나 치구사가 있는 후열보다도 더 후방에서 고개를 내민 릴리의 곁까지 헤스티아가 달려왔다.

"릴리는 괜찮으니까 얼른 도망치세요!!"

"그럴 수는 없다!! 너를 데리고 돌아갈 때까지 우린 여기 있겠다!"

"왜요?! 이젠 폐를 끼치기 싫어서, 여러분을 끌어들이기 싫어서, 그래서 릴리는……!"

돌아가라, 못 돌아간다, 어린 외견의 소녀들이 격렬하게 말다툼을 벌인다.

헤스티아가 외쳤다.

"우리는 아폴론과 워 게임을 할 거다!"

"네?!"

"형식은 공성전. 【파밀리아】와 【파밀리아】의 총력을 쏟아부은 대결이다!!"

헤스티아가 주워섬기는 설명에 릴리는 이번에야말로 할 말을 잃었다.

단원이 한 명뿐인 【헤스티아 파밀리아】가 【아폴론 파밀리아】와 워 게임이라니, 무모를 넘어서 황당무계하다. 게다가 공성전이라니.

아연실색한 릴리에게 헤스티아는 다시 말을 이었다.

"벨 군은 이기기 위해 지금 혼자 노력하고 있다!"

"네……?"

"워 게임에 이기기 위해, 그 아이는 지금도 지옥 같은 꼴을 겪고 있어! 하지만 그것만으로는 부족해! 우리가 이기려면 네 힘이 필요하단 말이다!!"

──무슨 말씀을 하시는 거예요.

워 게임에 승리하기 위해, 릴리의 힘이 필요해?

그럴 리가 없다. 언제나 발목만 잡아당기는 릴리가, 승리에 공헌을 할 수 있을까.

이제까지 다른 사람에게 괴롭힘을 당하고 짓밟히고 온갖 것들을 빼앗겼던 파룸이, 어두운 감정에 사로잡혀 지저분한 악행에도 손을 댔던 자신이.

어떻게 그들을 도울 수 있을까.

헤스티아는 헛소리를 하는 것이다.

"이기기 위해선 반드시 네가 있어야 해! 네가 아니면 안 된단 말이다!"

하지만 그녀는 호소했다.

이제까지 그 누구도 필요하다고 해준 적이 없었던 릴리를, 여신은 필요하다고 말했다.

소년 말고는 아무도 도와주지 않았던 자신에게, 소년 말고는 아무도 필요하다고 말해주지 않았던 자신에게——이번에는 소년을 위해 네가 필요하다고.

헤스티아는 릴리에게 도움을 청하고 있었다.

"부탁이다, 우리를————벨을 도와다오!!"

달렸다.

그 자리에서 튕겨져 나가듯 릴리는 달렸다.

좁은 석조 복도, 어두운 통로, 큰 소리와 함께 하염없이 달리며 헤스티아의 말을 반추해보았다.

약하고 조그만 릴리가 할 수 있는 일이 있겠는가. 밥만 축내는 릴리가 벨을 구할 수 있겠는가. 과대평가다. 헤스티아가 하는 말은 신인 주제에 완전히 뜬금없었다.

'그래도……!'

필요하다고 말해주었다.

도와달라고 애원했다.

다른 사람도 아닌 릴리에게.

그 누구도 필요하다고 하지 않았던 자신을, 이렇게나 필요하다고 해주는 사람들이 있다.

"흑……!!"

시야가 뿌옇게 물들었다. 뺨이 뜨거웠다. 가슴이 무언가로 터져나갈 것만 같았다.

말로 할 수 없는 감정이 릴리의 몸을 떠밀었다. 지금도 싸우고 있는 헤스티아 일행을 돕고 싶다는 일념이 가라고, 온몸에 외쳐댔다.

자니스가 전투를 지휘하는 이상 이 싸움을 막을 수 있는 것은 그보다도 권력이 높은 신물——주신인 소마뿐이다. 감옥에 끌려왔을 때 릴리는 분명 소마의 모습을 건물 안에서 보았다. 파벌의 주박에서 해방되기 위해서도 어떻게든 그를 설득해야 했다.

술 창고에 한 번 온 적이 있었던 당시의 기억을 필사적으로 더듬었다. 지하 감옥과 함께 지어진 관리탑인 이 건물, 이 최상층의 자기 방에 분명 소마도 있을 것이다.

눈에서 투명한 물방울을 뚝뚝 흘리며 릴리는 주신에게 달려갔다.

"제법 끈질기군……."

창고 지붕에서 전장을 내려다보며 자니스가 중얼거렸다.

'신주'를 저장하는 창고──술 창고가 좌우 다섯 동씩 늘어선 관리탑 앞의 부지 내. 침입자들은 옆에 전망탑이 있는 가장 끄트머리의 술 창고 앞에서 한데 뭉쳐【소마 파밀리아】의 단원들과 응전했다.

열 명도 안 되는 침입자들이 필사적으로 싸우는 모습을 보며 자니스는 새삼 코웃음을 쳤다. 단원 수의 자릿수가 다른데도 용케 쳐들어왔다.

저 어린 여신을 사로잡아 아폴론 파에 빚을 만들어두는 것도 괜찮겠다고, 손에 들어오지도 않은 전리품을 어떻게 처리할지 궁리하던 그는 아래에 있던 단원들에게 다음 지시를 내렸다.

"……?"

그때 가학적인 눈빛으로 전황을 지켜보던 자니스의 시야에 스쳐 지나가는 것이 있었다.

관리탑의 연결통로를 서둘러 달려가는 릴리였다.

찬드라는 일을 제대로 한 거냐고 낯을 찡그리면서도, 금세 비열한 미소를 다시 머금었다.

"재미있군. 뭘 어쩔 생각이지?"

자니스는 릴리를 쫓아가기 위해 지시를 상급모험자 한 사람에게 맡기고 그 자리를 떠났다.

　광대하면서도 복잡한 관리탑의 통로를 달렸다.

　겨우 계단을 발견한 릴리는 서둘러 2층으로 올라갔다.

　좁고 답답한 아래층과는 달리 위층은 개방감이 있었다. 복도의 폭이 넓고, 방으로 통하는 문이 많다. 개폐식 창문 밖에는 푸른 하늘이 보였으며, 조명도 장식이 가미된 촛대 형태의 마석등으로 바뀌어 탑 안을 밝게 비추었다.

　소마의 방은 3층이다.

　릴리는 모두 전투를 위해 동원되어 사람 하나 없는 탑 안을 달려갔다.

　"어딜 가지, 아데?"

　"헉?!"

　복도를 달려가던 릴리의 뒤에서 소리를 내며 창문이 파괴되었다.

　자니스였다. 밖에서 2층으로 순식간에 침입한 상급모험 자는 유리 파편을 밟으며 릴리의 등에 말했다.

　——들켰다!

　마음속으로 외친 릴리는 황급히 바닥을 박차고 복도 모퉁이를 돌았다.

　"그쪽에는 올라가는 계단이 없다만?"

　"으윽?!"

뒤에서 급속히 다가오는 기척을 느낀 순간, 손이 릴리를 **쓰다듬고 있었다.**

자니스의 손바닥이 등을 두드리자 그것만으로도 조그만 몸은 바닥에 나뒹굴었다.

배 속에 있는 것을 게워내고 싶어지는 아픔에 등이 타오르는 것을 느끼며 릴리는 구르듯 몸을 일으켜 다시 달렸다.

"흐……하하하하하!! 이봐, 아네. 뭘 그리 서둘러?!"

자니스의 홍소가 등 뒤에서 밀려들었다. 릴리는 얼굴을 찡그리며 필사적으로 뛰었다.

쉽게 접근한 사내의 주먹이 이번에는 어깨에 맞았다.

"아!!"

"설마 소마 님과 교섭해보겠다는 거냐? 소용없어 소용없어!!"

벽에 몸이 부딪쳤지만 그래도 앞으로.

비틀거리는 가느다란 다리를 질타하며 싸늘한 돌벽을 한 손으로 밀었다.

"그 신이 귀를 기울일 줄 알고! 우리의 주신님은 술을 만드는 데 말고는 관심이 없어!"

"으윽……!"

"너희는 그 작자에게는 그냥 잡음이야! 매달려봤자 너만 비참해질 뿐이다!"

몇 번이나 따라잡히고, 그때마다 몸이 허공을 날았다. 큰 스윙으로 휘두른 주먹이, 발차기가 몸을 스칠 때마다 바닥에 나뒹굴었다.

재미있어하듯 발을 멈추고 큭큭 웃음과 함께 내려다보는 검은 그림자에게서 발버둥치다시피 일어나, 릴리는 어떻게든 앞으로 향했다.

걸작이라는 양 자니스는 홍소를 터뜨렸다.

"변했구나, 아데! 너는 좀 더 똑똑한 줄 알았는데! 이 세상 모든 것을 원망하던 너의 그 싸늘한 눈만은 나도 좋아했는데!"

어두운 과거가, 도망치는 자신을 몇 번이나 어둠 속에 도로 끌어들였던 파벌의 주박이 자니스라는 껍질을 두르고 릴리를 조롱했다.

눈에서 배어나온 물방울은, 그렇다, 몸의 아픔을 견디는 대가다. 결코 분해서 흘리는 눈물이 아니다. 그런 눈물은 흘리지 않겠다. 자신을 옭아맨 과거에 대해서는 이제 절대 눈물을 보이지 않을 것이다.

자신을 멸시하는 자니스의 방해에 시달리면서도 릴리는 앞으로 앞으로 나아갔다. 그의 몸을 피해 계단을 올라, 마침내 3층에 도달했다.

관리탑 최상층은 통로를 제외하고는 통째로 방 하나였다. 주신의 방에 뛰어들고자 릴리는 젖 먹던 힘까지 쥐어짜냈다.

"받아봐라!"

"아윽!!"

자니스에게서 강렬한 발차기가 날아와 몸이 허공을 날 았다.

조그만 몸은 그대로 방 입구를 향해, 릴리도 그 기세를 이용하여 쌍여닫이문에 몸을 들이받듯 돌파했다.

요란한 소리를 내며 릴리는 실내로 굴러 들어갔다.

"……."

소마는 있었다.

넓은 발코니가 갖추어진 방 안쪽, 작업 테이블 위에 유발을 놓고 몇 종류나 되는 식물을 혼합하는 중이었다.

바깥의 전투에도, 방에 갑자기 쳐들어온 릴리에게도 전혀 관심을 두지 않고 술의 원료만을 조합한다.

"소마 님, 소마 님! 부디 릴리의 말씀을 들어주세요!!"

등을 돌리고 있는 주신에게 온몸이 상처투성이인 릴리는 바닥에서 고개를 들고 외쳤다.

지저분해진 로브 차림으로 작업을 하던 소마는 몇 번이나 이어지는 그녀의 목소리에 거추장스럽다는 듯 돌아보았다.

마침 방으로 들어온 자니스를 긴 앞머리 안에서 노려본다.

"시끄럽다, 자니스. 잡무는 모두 너에게 맡겨두었을 텐데."

자신의 존재를 대놓고 무시하는 주신에게 릴리가 충격을 받았을 때.

웃음을 참을 수 없었던 자니스는 그런 그녀를 한 번 내려다보고 진언했다.

"실례입니다만 소마 님, 여기 릴리루카 아데가 직접 말씀을 드리고 싶다고 합니다. 부디 들어주실 수 없겠습니까?"

마치 다가올 결말을 알고 있다는 듯 여유만만한 자니스.

그의 청에 소마는 귀찮다는 투로 이쪽을 노려보았다.

릴리는 간신히 무릎을 꿇고 이야기했다.

"부탁드려요, 소마 님. 지금 밖에서 벌어지는 전투를 중지하라고 말씀해주세요──헤스티아 님이나 다른 분들을, 밖에 있는 분들을 구해주세요! 부디, 부디⋯⋯!"

통렬하게 울려 퍼지는 간청에 소마는 느릿느릿한 움직임으로 릴리를 바라보았다.

지극히 성가시다는 양 입을 열었다.

"너무나도 쉽게⋯⋯ 술에 빠져버리는 아이들의 이야기를 듣는 데, 무슨 의미가 있지?"

"──────."

기복이 적은 목소리를 들은 릴리는 할 말을 잃고 얼어붙었다.

오싹할 정도로 신의 시점에서 말하는 주신의 속마음을 깨닫고 말았다.

소마는 실망했던 것이다. 자신의 파벌 단원들에게, 하계의 주민들에게.

【소마 파밀리아】가 무너진 원인이 되었던 보수 '신주'. 파벌의 기폭제가 되기를 바라고 주신이 내려주었던 은상에

권속들은 그의 말대로 **빠져버렸다.** 앞을 다투어 얻으려고 혈안이 되었고, 결국에는 서로를 걷어차 떨어뜨리는 추한 경쟁까지 시작했다.

소마 본인의 입장에서는 그저 자신이 지불해줄 수 있는 대가를, 직접 만든 맛있는 술을 포상으로 내려주었을 뿐인지도 모른다. 그렇지만 아이들은 오히려 술에 먹혀 어리석은 행위를 되풀이했다. 추태를 보이는 그들에게 신은 환멸에 가까운 감정을 품고 말았던 것이다.

──소마에게 악의는 없었다. 해의도 없었다. 애초에 인간들에게 흥미조차 없었다. 무관심했다.

가엾을 정도로 어리석은 하계 주민들을 내쳐버린 소마는, '신주'를 하염없이 추구하는 거추장스러운 신자들에게 계속 상을 내려주어 이용할 뿐이었다.

"술에 빠진 아이들의 목소리는…… 얄팍하지."

긴 앞머리 속에서 릴리에게 향한 먹색 눈동자는 릴리를 보고 있지 않았다. 그곳에 비친 것은 인간의 모습을 본뜬 실망의 덩어리였다.

신의 싸늘한 눈빛에 그 자리에서 움직이지 못하고 있으려니 소마는 천천히 움직였다.

벽에 설치된 선반에서 하얀 술병을 꺼낸다.

멍하니 있는 릴리에게 다가와 잔을 건네주고 말했다.

"이걸 마시고도 다시 똑같은 소리를 할 수 있다면 귀를 기울여주마."

——호흡이 멎었다.

잔을 채워나가는 액체, 현기증이 날 정도로 시원한 향기, 술의 표면에 비치는 창백한 자신의 얼굴.

'신주'.

목이 바짝 말랐다. 땀도 그치질 않았다. 두 손으로 든 잔을 떨어뜨릴 것 같았다.

'신주'의 마력에 매료되어 이상해졌던 당시의 기억이 주마등처럼 머리를 가로질렀다. 공포에 떨며 고개를 들자 소마는 아무런 감정도 없이 내려다보고 있었다.

자니스는 이렇게 될 줄 알고 있었다는 양 웃음을 지으며 방관했다.

"아, 아……?!"

가늘게 떨리는 발로 그 자리에서 일어났다.

입술에서 헐떡이는 숨을 내뱉으며 잔을 내려다보았다.

마셔야만 한다. 헤스티아와 일행들을 구하기 위해, 파벌과의 악연과 결별하기 위해 이 술을 다 마셔야 한다.

떨리는 두 손으로 릴리는 잔에 입술을 가져갔다.

릴리를 짐승처럼 현혹시켰던 신의 술.

릴리의 인생에서 구원을 빼앗아가고 일그러뜨렸던 원흉.

소마와 자니스가 지켜보는 가운데, 릴리는 마음을 굳게 먹고 '신주'를 기울였다.

"＿＿＿＿."

다음 순간 세계가 물컹 일그러졌다.

하염없는 도취감. 의식을 뒤틀어버리는 감동의 절정.

딸그랑. 소리를 내며 잔이 바닥에 굴렀다.

떨리는 팔다리. 서 있을 수가 없었다. 실 끊어진 꼭두각시 인형처럼 그 자리에 두 무릎을 꿇었다.

뺨이 달아오르고 눈의 초점도 제대로 맞지 않는 가운데…… 릴리는 웃고 있었다.

"――――아, 하."

이 세상의 것이라고는 여겨지지 않는 미주의 맛에 몸과 마음이 녹아든다.

제정신을 잃은 릴리를 보고 발을 돌린 소마가 무감정하게 멀어져가는 기척. 귀에서 바깥세상의 소리가 사라져가는 가운데 자니스의 홍소가 들린 기분이 들었다.

그 무엇으로도 대신할 수 없는 행복감. 온갖 것들이 깎여나가 사라지고, 그때까지 품었던 사명도 마음도 릴리의 안에서 모두 잊혀져갔다.

시야가 뿌옇게 흐려져간다.

몸의 감각도, 의식도, 마음도.

뿌옇게, 뿌옇게 흐려져간다.

그리고 모든 것이 희뿌옇게 물들어가는 가운데 릴리가 마지막으로 본 것은.

소년의 하얀 웃음이었다.

"_____."

목마름이 그치질 않아 '신주'만을 원하는 짐승으로 전락하기 직전.

희뿌옇게 물든 시야 속에서, 자신을 구해주었던 그때 그 소년의 웃음을 바라보았다.

짓이겨지려던 마음의 가장 깊은 곳에서 마지막까지 남아주었던 것은 그의 웃음이었다.

"…………"

뺨에, 천천히, 한 줄기 눈물이 흘러내렸다.

헤벌어졌던 입가의 웃음이 사라지고 턱에 힘이 돌아왔다.

마음의 등불이 되어주었던 소년의 온기에 감정이 넘쳐나 눈물을 흘리며.

릴리는 다시 일어났다.

"…………주세요."

조그만 입술에서 떨어진 갈라진 목소리에 흠칫, 소마의 움직임이 멈추었다.

다음으로는 펄쩍 뛰듯 돌아보았다.

긴 앞머리 속에서 크게 뜨인 두 눈이, 떨리는 손발로 일어나는 릴리를 보았다.

"……말려, 주세요."

또렷하게 이어지는 말.

아연실색한 소마와 자니스의 시선 너머에서.

릴리는 고개를 확 들었다.

"싸움을——말려주세요!!"

그리고 눈물을 흘리며, 변함없는 바람을 외쳤다.

"아니……."

그 목소리는 소마의 것이었을까, 혹은 자니스의 것이었을까.

떨쳐냈다. '신주'의 마력을.

만인을 포로로 삼고, 수많은 이들을 현혹했던 신의 미주를. 나약했던 소녀가, 이겨냈다.

'은혜'의 승화를 거치지도 않은 저차원의 몸이면서도, 가슴에 깃든 의지만으로 소마의 주박에 저항했다.

"릴리는, 저분들을 구하고 싶어요!!"

애원과 마음을 외쳐댔다.

울먹이는 아이처럼.

남들과의 유대를 자기 손으로 긁어모았던 재투성이 소녀처럼.

"신들에게 배우지 않아도 알 수 있어요. 릴리는, 오늘을 위해 태어났던 거라고!"

릴리는 잊지 않을 것이다.

설령 죽더라도, 몇 번을 다시 태어나더라도, 지옥 밑바닥에 떨어지더라도.

릴리는 소년을 잊지 않을 것이다.

"이 날을 위해, 잘못을 쌓아왔던 거라고!"

자신을 구해주었던 그 손의 온기를, 안아주었던 다정함을.

자신을 용서해주었던 그 하얀 미소를, 결코.

설령 릴리가 릴리가 아니게 되더라도, 잊지 않는다.

이 영혼에 새겨진 그 광경만은 영원히 빛이 바래지 않는다.

"이번에는, 릴리가 저분들에게 힘이 되어야 해요!"

웃음과 첫 온기를 주었던 벨의 모습을 떠올리며 릴리는 하소연했다.

잘못만을 저질렀던 회색 과거에 후회와 공허함을 품으며, 그래도 지금을 위해 외치고 또 외쳤다.

"릴리가, 저분들을 구해야 해요!!"

주신을 똑바로 바라보며 속내를 토로했다.

"싸움을, 말려주세요!"

탑 밖에까지 울려 퍼질 목소리로 바람을 외쳤다.

"…………."

조그만 소녀의 그 모습에 소녀는 뻣뻣이 몸을 굳히고 있었다.

고뇌도 성장도 하지 않는 신들은 이를 수 없는 눈앞의 광경.

처음으로 보는 하계 주민의 진정한 모습에 할 말을 잃고 있었다.

"설마……?!"

그런 소마의 분위기를 감지하고 자니스는 의구심을 품었다.

이제까지 보이던 여유를 잃고 주신을 불러댔다.

"소마 님, 귀를 기울이셔서는 안 됩니다! 지금 우리는 다른 파벌에게 공격을 당해서——!!"

"닥쳐라, 자니스."

눈길조차 주지 않고 그 한마디로 일축했다.

이의를 차단당한 자니스가 얼굴을 실룩거렸지만 그러거나 말거나 소마는 릴리를 바라보았다.

먹색 눈동자에 확고한 소녀의 모습을 비추고, 다음으로는 걸음을 내디뎠다.

'신주'의 술병을 든 채 큰 창문을 활짝 열고 넓은 발코니 안쪽으로. 지금도 전투가 치러지는 부지 내의 그 광경을 한 눈에 내려다볼 수 있는 난간 위치에서, 손에 든 술병을 내던졌다.

곡선을 그리며 상공에서 떨어진 술병이 전장 한복판에서 깨졌다.

높은 소리와 함께 깨져나간 술병의 파편에 【소마 파밀리아】 단원들은 움직임을 멈추었다.

발코니를 올려다본 그들은 예외 없이 숨을 멈추었다.

"전투를 중지하라."

수많은 시선이 올려다보는 가운데 소마는 선언했다.

술 만드는 데밖에 관심이 없었어야 할 주신의 엄명. 아연실색한 단원들은 거역할 수 없었다.

자니스의 명령을 저버리고, 신의 뜻에 따라 무기를 내렸다.

"소, 소마가, 움직이다니……?!"

조용해진 전장, 그리고 발코니에 선 소마의 뒷모습을 보며 이런 일은 있을 수 없다고 자니스는 고개를 가로저었다. 지적인 척하던 가면이 벗겨지고 부들부들 몸을 떨었다.

동요하던 그는 한동안 움직이지 못했으나, 관리탑 정문이 쾅 걷어차이는 소리에 흠칫 어깨를 떨었다.

침입자들이 아래층에서 밀려 올라오는 기척에 자니스는 조바심이 난 듯 방을 둘러보고 추악하게 일그러진 눈으로 릴리를 노려보았다.

"빌어먹을, 이렇게 되면 너만이라도——!!"

야수처럼 릴리에게 달려드는 자니스.

욕망을 위해 릴리만이라도 붙잡으려 하는 그의 행동에 너덜너덜하게 상처 입은 소녀의 몸은 반응할 수 없었다. 허리에서 한 손 검을 뽑은 자니스는 입가를 찢어질 정도로 틀어 올리며 손을 뻗었다.

하지만 그의 손이 릴리에게 닿기 직전.

날카로운 화살이 날아왔다.

"윽?!"

바로 옆에서 날아온 화살을 자니스는 간신히 회피했다.

벽에 박혀 균열을 일으킨 화살에 전율하며 그는 저격당한 방향, 발코니를 돌아보았다.

　그가 본 것은 부지 내의 감시탑 위에서 롱 보우를 들고 있는, 시앙스로프의 모습.

　"좋았어, 날려!!"

　"시키지, 않아도."

　남자의 커다란 목소리가 맞은편 탑에서 울려 퍼진 순간, 시앙스로프 여자는 건네받은 금속 화살을 즉시 쏘았다. 그러나 이번 화살은 자니스에게 날아든 것이 아니라 관리탑에서 튀어나온 발코니 벽에 꽂혔다.

　뭘 하려는 거냐고 자니스가 한순간 품었던 의문은——발코니에 박힌 화살에서 이어진 **굵은 강선**을 보고 설마 하는 경악으로 바뀌었다.

　그리고 그의 경악을 정답이라고 비웃듯, 대도를 어깨에 걸머진 붉은 머리 사내가 강선 위를 따라 달려왔다.

　"?!"

　맞은편의 감시탑에서 강선이라는 이름의 다리를 건너 곡예사처럼 질주했다. 탑 기둥에 묶어놓은 강선은 끊어질 기색조차 보이지 않았으며 대도를 어깨에 걸머진 사내——벨프는 눈 깜짝할 사이에 그 위를 주파해, 그를 올려다보는 소마의 머리 위를 넘어 발코니에 착지했다.

　까만 키나가시 작업복을 펄럭이는 스미스가 실내에 들어와, 아연실색한 자니스와 릴리 앞에 나타났다.

"가출 끝났다, 릴리돌이."

"벨프, 님⋯⋯."

"냉큼 돌아가자."

웃음을 짓던 벨프는, 이번에는 눈꼬리를 틀어 올리더니 뻣뻣하게 굳은 자니스와 대치했다.

"이 녀석은 돌려받겠어. 우리 파트너가 기다리고 있거든."

"우――웃기지 마라아아아아아아아아아아아아아아아아아아!!"

몸을 떨던 자니스는 포효를 지르며 검을 들고 달려들었다. 벨프도 오른손에 쥔 무기를 들고 맞섰다.

한 손 검과 대도, 일대일 대결.

서로의 무기에 튕겨나간 첫 수로 전투의 막이 열렸다.

"스미스 주제에에에!!"

거친 무법자의 얼굴이 된 자니스가 한 손 검을 내렸다가 올려 베었다.

회피하는 키나가시에 새겨지는 엷은 칼자국. 하급 모험자는 흉내낼 수 없는 빠른 공격에 벨프는 방심 따위 털끝만큼도 보이지 않고, 기회를 정확히 노려 대도를 왼쪽 위에서 대각선으로 내려베었다. 자니스는 파고들려던 발을 뒤로 뺐다.

피차 Lv.2, 엄청난 위력을 가진 참격과 참격의 응수가 이어졌다.

칼날 사이에서는 릴리를 벌렁 넘어지게 할 정도의 충격과 바람 가르는 소리가 맞부딪치는 발생했다. 돌려차기를 날리는 자니스에게 벨프는 빈 왼팔 팔꿈치를 가져다대 격추시켜 명중을 용납하지 않았다.

격정에 몸을 맡긴 자니스의 격렬한 연속베기.

위력도 강해지는 한 손 검의 난무에, 벨프는 대도를 가볍게 휘두르며 방어에 전념했다.

무기의 종류와 성능도 있어서인지 자니스의 공격 횟수가 더 많았다. 입술을 틀어 올리며 힘과 속도로 무릎 꿇려버리려는 상대에게 벨프는 두 눈을 가늘게 떴다.

"상급모험자가 으스댈 만해."

한순간 벨프의 허리, 어깨, 팔이 울부짖었다.

자신의 힘을 끌어내리려는 듯한 대도의 검광. 자니스가 크게 휘두른 공격을 더할 나위 없이 정확하게 쳐내고 뿌리쳐, 한 손 검을 하늘 높이 날려버렸다.

"——."

자니스의 시간이 멈추었다.

기술과 밀고 당기는 공방이 갖추어지지 않은 힘만으로 밀어붙이는 전법——높은 【스테이터스】에 의존하는 자의 허점을 '싸우는 스미스'를 자칭하는 벨프는 놓치지 않았다.

부자연스럽게 굳어버린 상대에게 까만 키나가시가 소리를 내며 펄럭였다.

시간의 흐름이 완만해지고, 자니스의 얼굴이 천천히 굳

어지는 가운데 벨프는 그의 품에 오른발을 꽂았다.

그리고 휘릭.

오른손 안에 있던 칼자루를 돌려선 칼날이 없는 칼등을 앞으로 들었다.

"기술을 갈고 닦아. 무기가 운다."

다음 순간, 안경을 낀 상대의 안면을 향해 벨프는 혼신의 일검을 휘둘렀다.

"끄에엑━━━━!!"

오른쪽 위에서 대각선으로 내리친 대도가 안경과 함께 자니스의 얼굴에 파고들었다.

짓이겨진 절규를 흩뿌리며 상대의 몸이 날아가고, 벽에 호쾌하게 처박혔다.

바닥에 쓰러져 움직이지 않는 자니스의 몸. 두꺼운 칼등 부분이 순수한 둔기가 되어 작열한 안면에는 비스듬히 일직선으로 함몰된 흔적이 남았으며 안경도 산산이 부서졌다.

"좋아."

흰자위를 까뒤집으며 완벽하게 침묵한 적에게 벨프는 대도를 어깨에 걸머졌다.

"정말 해치웠구먼……. 덕분에 묵은 체증이 좀 풀리는걸."

"……찬드라 님?"

승리한 벨프와 재기불능이 된 자니스의 모습을 내려다 보던 릴리 앞에 【소마 파밀리아】의 찬드라가 나타났다.

무뚝뚝한 드워프는 그대로 자니스의 몸을 뒤집더니, 상급 모험자도 맨손으로는 파괴하기 어려운 미스릴제 수갑을 채웠다.

"'신주'도 멋대로 유출해 돈을 벌었으니 감옥에 처박을 이유는 충분해."

"그럼……."

"일단은 뒤탈이 없게 처리해두마. 뒷일은 주신의 재량에 맡겨야겠지만……. 지금이라면 우리 목소리도 들릴 것 같다는 생각도 들긴 하는구먼."

주신의 이름을 빌려 자니스가 【파밀리아】를 좌지우지하던 동안에는 누가 거역해도 숙청을 당할 뿐이었다. 그러나 앞으로는 그의 사실상 독재를 막을 수 있지 않을까 하고, 주신의 위광을 발휘한 소마를 보며 찬드라는 말했다.

아직까지 발코니에 머무르던 그들의 주신은 엉망진창이 된 실내를──아니, 릴리를 바라보고만 있었다.

"무사한가, 서포터 군?"

"헤스티아 님……."

잠시 시간이 지나, 헤스티아가 미코토 일행을 데리고 이곳 최상층의 방에 도착했다.

릴리에 대한 치하와 감사의 말도 어중간하게 넘긴 채 그녀는 고개를 들고 소마에게 다가갔다.

"서포터 군의…… 릴리루카 아데의 【파밀리아】 이적에 대해 교섭하고 싶다."

"……."

발코니에서 여전히 침묵에 잠긴 소마를 헤스티아는 똑바로 올려다보았다.

"그녀의 【파밀리아】 탈퇴 비용은 일단 이 나이프를 담보로 해다오."

"헤, 헤스티아 님, 그건!!"

"괜찮다. 벨에게는 이야기해 두었으니."

그녀가 내민 《헤스티아 나이프》에 릴리가 비명을 질렀지만 헤스티아는 그녀를 제지했다.

"이 나이프는 엄청나게 비싼 무기다. 만약 내가 워 게임에 패배한다면 팔아서 쓰도록 해."

"……."

"하지만 이기면 배상금을 얻을 수 있지……. 아니, 아폴론에게서 반드시 뜯어내고 말겠다. 그때는 그 돈과 바꿔 나이프를 돌려다오."

헤스티아 일행이 워 게임에 이기든 지든 탈퇴 비용에 걸맞는 거금을 얻을 수 있다고 설명했다. 《헤스티아 나이프》를 받아든 소마는 칼집에 새겨진 【Ἡφαιστος】 로고타이프를 가만히 바라보더니 고개를 들었다.

"그 정도면 파벌의 체면은 서겠지. 그녀의 퇴단을 인정해."

조용히 헤스티아가 요구했다.

벨프와 미코토 일행, 찬드라가 지켜보는 가운데 침묵하

던 소마는 릴리를 보았다.

너덜너덜 상처 입은 그녀와 시선을 나누고, 이윽고 대답이 나왔는지.

헤스티아와 다시 마주선 그는 고개를 끄덕였다.

"알았다."

헤스티아와 소마, 릴리 세 사람만이 관리탑 2층의 별실로 이동했다.

창문은 없고 문도 굳게 닫힌 실내에는 만에 하나라도 기밀 정보가 새나갈 요소는 없었다. 그리고 어스름한 방 안에서, 세 사람은 의식에 착수했다.

의자에 앉은 릴리가 윗옷을 벗고 【스테이터스】가 새겨진 등을 드러냈다. 다음으로 소마가 자신의 손가락을 베어 이코르를 【히에로글리프】에 형성된 그 각인에 떨어뜨렸다.

다음으로 그의 손가락이 릴리의 등을 미끄러져 특정한 움직임을 그린 순간 각인 전체에서 희미한 빛이 뿜어져 나왔다. 이윽고 【스테이터스】가 깜빡거리기 시작했다.

즉시 자신의 이코르를 떨어뜨리는 헤스티아. 피의 낙하지점을 중심으로 커다란 파문이 퍼져나가고, 순식간에 문자열의 색과 형태가 희미해졌다. 마무리라는 양 헤스티아가 자신의 이름을 나타내는 심벌과 계약상대의 진명(眞

名)을 그리고, 새겼다.

'컨버전'.

예전 【파밀리아】에서 퇴단하고 다른 파벌로 이적하는 재계약의 의식이다.

비문을 방불케 하는 문자의 나열은 빛을 발하더니 마침내 【헤스티아 파밀리아】를 나타내는 각인으로 바뀌었다.

지금 이 순간부터 릴리는 헤스티아의 권속이 되었다.

"헤스티아 님…… 정말 괜찮으시겠어요? 릴리를 빼내가기 위해, 벨 님이 소중히 여기시던 나이프를……."

의식을 마친 것과 함께 크게 힘이 빠져 옷을 입은 릴리는 나이프를 담보로 삼은 건에 대해 불안스레 물었다.

"괜~찮다. 워 게임에 이기면 전부 원만하게 수습될 테니까. 그리고 이기기 위해서는 네 힘이 필요해. 아무 문제도 없다."

반면 헤스티아는 가슴을 펴며 이기면 된다고 호언장담했다.

"시간이 없으니 가자꾸나."

"네, 네에……."

소마를 흘끔흘끔 신경 쓰는 릴리의 등을 헤스티아는 두 손으로 꾹꾹 밀어 나가자고 종용했다.

릴리를 먼저 방 밖으로 내보냈을 때, 아직 헤스티아와 초면이었던 소마가 자신 없는 투로 이름을 불렀다.

"……헤스……티아?"

"그래, 헤스티아 맞다. 왜 그러지?"

떠나가려 했을 때 이름을 불린 그녀는 단둘만의 방에 남았다.

"……그 아이는, 정말로 내가 '은혜'를 내려준 권속이었나?"

기억에 없는 강한 눈빛을 띤 자신의 권속, 몰라보게 달라진 소녀에게 의문과 곤혹을 드러내는 소마.

돌아본 헤스티아는 노기를 띤 어조로 내뱉었다.

"그래. 틀림없이 네가 멋대로 실망해서 내팽개치고 방치해둔 권속 중 하나다. 네가 뒤틀어진 덕에 강해진, 조그만 여자아이지."

너에게 버림받고 나서 얼마나 억척스럽게 변해야만 했는지 아느냐고.

푸른 두 눈을 곤두세우며 헤스티아는 입을 다문 소마를 노려보았다.

"그 아이가 변한 의미를 다시 한 번 잘 생각해봐."

마지막으로 그렇게 말을 맺고, 헤스티아는 이번에야말로 방을 나갔다.

망연자실한 남신 하나만이 남았다.

아무도 없는 실내에서, 소마는 깊이 생각에 잠겼다.

헤스티아와 릴리는 벨프와 나자, 미코토 일행과 합류해 【소마 파밀리아】의 술 창고를 떠났다.

만에 하나의 사태를 대비해 밖에서 대기했던 미아흐까지 합쳐 열 명 이상의 무리가 되어 길을 달려갔다.

"여러분, 폐를 끼쳐드려 죄송합니다……. 그리고 고맙습니다."

"응, 괜찮아……."

"마음에 두지 마십시오, 릴리 공."

"그래……. 또 만나게 돼, 다행이야."

릴리의 말에 나자, 미코토, 그리고 앞머리에 눈이 가려진 치구사가 미소를 지었다.

그녀들의 바로 곁에서는 대도를 걸머진 벨프, 도끼를 든 거한 오우카가 대화를 나누고 있었다.

"그 강선은 미리 챙겨왔던 건가?"

"아니, 탑 안에 있길래 그냥 썼지."

릴리를 탈환하는 데 성공한 것을 저마다 기뻐하며 분위기가 밝아진 가운데.

정작 릴리는 함께 달리던 헤스티아에게 말했다.

"하지만 헤스티아 님, 역시 워 게임에 릴리 한 명이 더해진다 해도……."

당혹스러움을 보이는 릴리에게 헤스티아는 앞을 보고

달리며 말했다.

"아니야."

고개를 가로젓는 그녀의 곁에서 미아흐가 말을 받았다.

"그것만은 아니거든."

미소를 지은 미아흐를 이상하다는 듯 올려다보는 릴리의 곁에서 미코토는 혼자, 각오를 다진 표정을 짓고 있었다.

벨프 또한 그들을 바라보며 웃음을 지었다.

이윽고 일행은 교차로에 들어섰다.

"그럼 또 보자, 릴리돌이."

"……헤스티아 님, 저희도 이만 가보겠습니다."

오른쪽 길로 접어든 벨프, 왼쪽 길로 달려가는 오우카와 치구사, 미코토.

미아흐와 나자, 릴리가 갈림길 한복판에서 그들의 뒷모습을 지켜보고 있으려니 갑자기 바람이 불었다.

팔랑거리는 칠흑색 머리카락을 한 손으로 누른 헤스티아는.

바람 방향이 바뀐 푸른 하늘을 올려다보았다.

🦇

"끄~~~응……."

타케미카즈치는 끙끙거리고 있었다.

좁은 길 옆에 세워진 낡은 연립주택, 여섯 명의 단원들과 단란하게 살아가는 【파밀리아】의 홈에서 그는 팔짱을 낀 채 자신의 방을 왔다 갔다 했다.

"워 게임……. 헤스티아를 도와주고는 싶지만……."

이미 길드에서 공식 워 게임 발표가 이루어져 공성전이라는 시합 형식을 비롯한 전모는 파악되었다.

절친신을 위해서라도 원군을 파견해주고 싶었던 그는 번민했다.

다시 말해, 자신의 단원을 【헤스티아 파밀리아】로 '컨버전'시킬지 말지를 망설였던 것이다.

"미아흐 네는 안 돼. 그 녀석에게는 권속이 하나밖에 없으니, 아끼는 자식을 내보냈다간 【파밀리아】가 무너지지……."

소속 조직원이 모두 사라진 파벌은 【파밀리아】 자격을 상실한다. 그때까지 발전시켰던 신용과 명성, 경우에 따라서는 홈 같은 자산도 내놓아야 한다.

중얼중얼 독백을 거듭하며 타케미카즈치의 생각은 맴돌았다.

"하지만 우리 애들을 이적시키려 해도 아폴론 놈들과 제대로 싸울 수 있는 건 오우카와 미코토 뿐. 치구사에게는 버겁고……."

아직 Lv.1인 치구사나 나머지 세 단원, 그리고 상급모험자인 오우카와 미코토의 얼굴을 떠올렸다.

"오우카는 단장이야. 내보낼 수는 없어……."

다시 말해 보낼 수 있는 사람은 미코토뿐인데——.

"그 녀석이 다른【파밀리아】에 가려 할까……?"

미코토는【타케미카즈치 파밀리아】를 너무나도 사랑했다.

원래 뿌리부터 의리가 투철한 성격이다. 어떻게 보면 오우카나 다른 친구들을 배신하는 것과도 같은 행위인데, 그녀가 그러려고 할까. 게다가【타케미카즈치 파밀리아】에는 고향인 극동을 위한 사명——이라는 이름의 송금——도 있다. 미코토가 그 책무를 내팽개칠 리가 없다.

"억지로 설득해봤자……. 애초에 이건 헤스티아네를 도와주고 싶다는 나의 개인적인 생각이고……. 아니, 그렇지만…… 끄아아아아아아아아아……?!"

실내를 왔다 갔다 하던 발을 멈추고 두 손으로 머리를 감싸 쥐며 하늘을 우러르는 타케미카즈치.

신답지 않은 모습으로 고뇌하고 있으려니 문을 두드리는 소리가 들렸다.

"타케미카즈치 님, 미코토입니다……. 잠시 시간을 내주실 수 있으신지요."

갑자기 찾아온 미코토 때문에 타케미카즈치는 펄쩍 뛰어올랐다.

"어?!"

그 괴상한 목소리를 승낙이라 생각했는지 인사를 하며

미코토가 들어왔다.

"실례합니다……. 음? 무슨 일 있으셨습니까?"

"아, 아니, 아무것도 아니다. 신경 쓰지 마라."

고개를 가로젓는 그녀에게 헛기침을 하는 타케미카즈치.

평정을 가장하며 남신은 내심 당황해 입을 다물어버렸지만, 미코토 또한 주신과 마찬가지로 침통하게 정적을 지켰다.

그녀는 윤기 있는 흑발을 여느 때처럼 한데 묶고 있었다. 그러나 평소처럼 쭉 뻗은 등에는 어쩐지 패기가 없는 것 같았다. 자청색의 아름다운 눈동자도 어딘지 모르게 흔들렸다.

둘이서 마주 본 채 한동안 무언의 시간이 흐르고.

잠시 후 타케미카즈치는, 될 대로 되라고 결심하고 있을 열었다.

"──미, 미코토." "──타케미카즈치 님!"

완전히 동시에 말이 튀어나왔다.

깜짝 놀란 두 사람은 "머, 먼저 말씀하십시오." "아니, 네가 먼저…….'를 한동안 반복했다.

먼저 포기한 것은 미코토였다.

"그렇다면……."

그녀는 주신의 눈을 똑바로 바라보았다.

다음 순간, 그녀는 오체투지를 했다.

"죄송합니다!!"

"뭐, 뭐냐?"

바닥에 무릎을 꿇고 고개를 조아리는 미코토의 모습에 타케미카즈치는 당황했다.

"저를 헤스티아 파밀리아로 보내 주십시오!"

그 호소에 타케미카즈치는 눈을 깜빡거렸다.

"저는 한 번 사지에 몰아넣었던 그들에게 아직 아무것도 갚아주지 못했습니다! 약속도 나누었습니다. 서로를 돕겠다고!"

그리고 미코토는 절실한 목소리와 함께 몸을 떨었다.

"이번에야말로 그들을 버리고 싶지 않습니다……!"

속내를 토로하는 소녀의 모습에 아연실색하던 타케미카즈치는.

천천히 몸에서 힘을 뺐다.

'생각하던 건 똑같았구나…….'

그녀의 마음을 이해해주지 못했다고, 하루 이틀 알고 지낸 것도 아닌데 한심하다고 타케미카즈치는 쓴웃음을 지은 후 이내 부드러운 웃음을 띠었다.

후우 하고 한숨을 토해내자 미코토의 어깨가 떨렸다.

주신인 그는 천장을 올려다보며 중얼거렸다.

"1년이라…… 길구나."

미코토가 흠칫 고개를 들었다.

【파밀리아】의 규칙이다. 파벌을 이적한 자는 새로이 '컨버전'을 하려면 1년의 기간을 두어야 한다.

그 중얼거림에 담긴 행간의 의미를 이해한 미코토의 얼굴이 점점 밝아졌다.

"급할수록 돌아가라는 말도 있지. 헤스티아네에 가서, 여기서는 없는 것들을 이것저것 배우고 다시 돌아오거라."

"──예!"

웃음을 짓는 타케미카즈치에게 미코토는 주먹과 손바닥을 마주하며 고개를 숙였다.

소녀는 돌아올 그날을 위해 【파밀리아】의 엠블럼을 주신에게 맡겼다.

야마토 미코토──【헤스티아 파밀리아】 입단.

"……."

헤파이스토스는 책상 위에 놓인 한 자루의 단검을 내려다보고 있었다.

북서쪽 메인 스트리트에 세워진 【헤파이스토스 파밀리아】 지점. 자신의 집무실에서 일을 하는 것도 아니고, 손을 멈춘 채 그 무구만을 바라보았다.

이 단검은 어떤 사정이 있는 문제아가 만든 작품이었다. 당시 실력은 미숙하고 조잡했던, 그러나 정열만은 이미 어엿한 장인이었던 그의 의지가 담긴 것처럼──이 검에는 사용자를 끌어들이는 '열기'가 있다.

그런 광택을 띤 검신을 바라보던 헤파이스토스에게 노크 소리가 들렸다. 집무 테이블의 서랍을 열고 칼집에 담긴 단검을 집어넣었다.

"들어와."

헤파이스토스가 말하자 문이 열리고 키나가시 작업복을 걸친 청년, 벨프가 나타났다.

"무슨 일이야?"

묻자, 그는 아무 말도 하지 않고 다가왔다.

집무 테이블을 끼고 벨프는 그녀의 눈앞에서 무릎을 꿇었다.

"작별인사를 드리고자 왔습니다."

눈을 감고 그가 말했다.

"【헤스티아 파밀리아】로 가도록 허락해 주십시오."

그것은 애원이 아니라, 이미 확고해진 의지에서 나온 청이었다.

퇴단하면 '헤파이스토스'의 스미스라는 이름을 내세울 자격을 잃게 된다. 염원하던 하이 스미스가 되어 【Ἥφαιστος】의 로고타이프를 새길 자격을 손에 넣었는데도, 그는 그러한 영예를 깡그리 내팽개치면서까지 헤파이스토스의 곁을 떠나겠다고 말한 것이다.

감정의 움직임을 보이지 않는 표정으로 헤파이스토스가 물었다.

"그렇게 제멋대로 굴도록 내가 허락할 것 같아?"

"제가 경애하는 여신님은 이곳을 나가지 않는다면 분명
야단을 치실 것입니다."

벨프는 즉답했다.

표정을 바꾸지 않고 헤파이스토스가 다시 물었다.

"혈통에 얽힌 모든 것을 되돌아보고, '마검'을 넘어서는
무기를 만들고 싶다고 하지 않았어?"

"망치와 쇠, 그리고 타오르는 불꽃만 있으면 무기는 어
디서든 만들 수 있습니다. 그것을 가르쳐준 분은 당신입
니다."

당신의 곁을 떠나서도 이름을 떨치고, 언젠가 지고의
경지에 이르겠노라고.

벨프는 다시 한 점의 흐트러짐도 없이 말했다.

"너를 그렇게까지 만든 게 대체 뭐지?"

마지막 물음에 벨프는 고개를 들고 웃었다.

"친구 때문입니다."

단언에 헤파이스토스는 훗 하고 웃었다.

"좋아. 허락해줄게."

헤파이스토스는 자리에서 일어나 해머 몇 개가 늘어선
선반으로 다가갔다.

자신의 머리카락, 그리고 눈동자의 색과 같은 붉은 망치

를 손에 들었다.

무릎을 꿇은 벨프의 곁으로 다가가, 그 망치를 그의 눈 앞에 내밀었다.

"작별 선물이야. 가지고 가."

스미스의 분신을 내밀며 배웅하는 헤파이스토스에게 벨프는 다시 한 번 웃음을 지으며 깊이 고개를 숙였다.

"그동안 신세 많았습니다."

새까만 키나가시를 펄럭이며 등을 돌린다.

벨프는 망설임 없는 발걸음으로 방을 나가 존경하는 여신의 곁을 떠났다.

벨프 크로조──【헤스티아 파밀리아】입단.

"……그렇게 됐는데, 다시 협조해줄 수 있을까?"

헤르메스는 상대의 안색을 살피듯 물었다.

주점 '풍요의 여주인'의 별채. 입주 종업원들이 사는 목조 건물 안에서 쓴웃음을 짓는 헤르메스에게 엘프 류가 탄식했다.

"헤르메스 신, 당신은 저를 해결사로 착각하고 계신 것 아닙니까?"

"미안해!! 그래도 제발 시르를 위해서라 생각하고 벨을 도와줬으면 좋겠어!"

"거기서 시르를 들먹이지 마십시오……."

"미, 미안해, 류……."

"시르, 당신도 사과하지 마십시오."

지금 류의 방에 있는 사람은 류와 헤르메스, 그리고 시르였다.

며칠 후로 다가온 워 게임을 앞두고 헤르메스는 이번의 특례로 인정받은 협력자 제도에 다름 아닌 류의 협조를 구한 것이다.

제도를 이용하기 위한 조건은 도시 밖의 【파밀리아】 출신 권속——다시 말해 **도시 밖에 있는 신**의 '은혜'를 입은 자. 류의 주신인 아스트레아는 도시 밖에서 지금도 살아있으므로 조건은 일단 만족한다.

공성전이라는 불리한 형식을 선택해버렸다는 죄책감에 벨과 헤스티아의 편을 들어주려 하는 헤르메스는 손바닥을 비비며 애원했다.

"워 게임에 참가하면 제가 싸우는 모습을 보고 정체를 알아차리는 자들도 나타날 겁니다."

"그 점은 안심해. 싸움이 시작되기 전에 내가 너를 도시 밖에서 데려왔다고 미리 선전해놓을 테니까. 주점 점원이라는 사실은 드러내지 않겠어."

과거의 사건 때문에 요주의인물로 찍힌 복면 모험자——【질풍】에게 원한을 품은 자는 아직도 있다. 류가 개인정보와 현재의 위치가 밝혀질까 우려하자 헤르메스가 즉시 대항책을 제시해주었다.

류는 다시 한 번 탄식했다.

"또 미아 어머니께 꾸중을 듣겠군요."

어차피 소년을 내버려둘 수 없었던 이 모험자 출신 엘프는 헤르메스의 요청에 고개를 끄덕였다.

장식이라곤 찾아볼 수 없는 방 한구석에 있는 통 모양의 배낭, 그리고 목검을 들었다.

"길드에 제출할 협력자 참가 서류 같은 것은 내가 위장해둘게. 【파밀리아】엠블럼 같은 건 혹시 없어?"

"있지만 부디 잃어버리지 마십시오."

"응응."

그렇게 대답하며 헤르메스는 정의의 검과 날개가 새겨진 휘장을 받아들었다.

류는 마지막으로, 자신에게 다가온 시르에게 케이프를 받았다.

"힘내, 류. 미아 엄마에겐 내가 잘 말해둘게."

"고맙습니다, 시르."

조그만 웃음을 흘리고 류는 끈을 들어 배낭을 어깨에 멨다.

헤르메스와 시르의 배웅을 받으며 그녀는 혼자 주점을 나갔다.

류 리온——워 게임 참전.

🔥

격렬한 검무 소리가 울려 퍼지고 있었다.

무시무시한 속도로 날아드는 은빛 섬광, 이를 정면에서 떨구는 다홍색 참격. 아름다운 저녁놀이 내려다보는 가운데 세이버와 나이프가 수없이 부딪치며 백발과 긴 금발이 바람에 휘날렸다.

포석 위에 뻗은 소년의 긴 그림자가 몇 번이고 몇 번이고 몇 번이고 우직할 정도로 달려들었고, 그때마다 소녀의 그림자에 튕겨나가선 멀리 날아가 바닥에 나뒹굴었다.

격렬한 수련이 도시 시벽 위에서 펼쳐졌다.

"보지 않고도 반응할 수 있게 됐네……."

"저, 정말요……?"

수련을 시작한 지 이미 닷새.

지금은 짧은 휴식을 위해 검을 내리고 있는 아이즈의 앞에서 숨이 턱까지 차오른 벨은 자신의 몸을 내려다보았다. 저녁 햇살에 타오르는 땀투성이 얼굴, 상처투성이 피부와 옷은 수행의 내용을 여실히 보여주었다.

이 시벽 위에 찾아와 준비를 갖춘 후 벨은 철저하게 아이즈와 맞붙었다. 해가 뜨기 전부터 달과 별의 광채가 흐려질 때까지, 지난번의 수련과는 비교도 되지 않을 만한 밀도와 시간을 들여, 가혹할 정도로. 수련이 시작되고 나서는 침식도 함께 하며, 두 사람은 한 번도 이 자리에서 거리로 내려가지 않았다. 멀리 떨어진 흉벽 밑에는 솥과 타다 남은 연료, 수통, 그리고 3인분 이불이 놓여 있었다.

휴식을 요구하는 몸을 내려다보고 있으려니 아무런 조짐도 없이 사각에서 훽 날아드는 세이버. 벨은 경이로운 속도로 반응해 이를 쳐내고 뒤로 한 발 물러났다.

어깨를 들썩이면서 구석에 몰린 토끼 같은 움직임을 보이는 소년의 모습에 아이즈는 어딘가 만족스럽다는 듯 음음 몇 차례 고개를 끄덕였다.

"다녀왔어~!"

날아든 밝은 목소리에 벨은 아이즈와 함께 돌아보았다.

시야 너머, 시벽 내부로 이어지는 계단에서 뛰어온 것은 대형 백팩을 왼쪽 어깨에 짊어진 티오나였다. 그녀는 두 사람 곁에 다가와서는 어영차 하고 수많은 짐을 포석 위에 쏟아냈다.

"고기랑 생선 잔뜩 사왔어! 빵이랑 물도!"

"고마워, 티오나……."

"응! 아참, 아르고노트 군 무기는 이거면 돼? 다섯 개 정도 사왔는데."

"고, 고맙습니다……. 죄송합니다."

아이즈가 감사인사를 하는 옆에서 티오나에게 새 나이프를 받으며 벨은 황송한 심정이었다.

티오나는 지난 닷새 동안 솔선해서 식량이며 무구를 조달해주었다. 벨과 아이즈가 시벽 위에만 틀어박힐 수 있었던 것도 전적으로 그녀의 도움 덕이었다.

생글생글 천진난만하게 웃는 티오나 앞에서 벨은 내심 순식간에 빚이 늘어만 간다고 머리를 싸쥐고 싶은 심정이었다. 《우시와카마루》를 제외하고 수련 도중에 못쓰게 된 무기는 이미 헤아릴 수가 없었다.

"어~ 그리고 있지, 이것저것 듣고 왔어. 워 게임은 오늘로부터 나흘 후래."

"나흘……."

"응. 싸울 장소는 오라리오가 아니라니까 이동할 시간도 고려하면…… 여기 있을 수 있는 건 앞으로 이틀 정도 아닐까?"

정보수집까지 해온 티오나의 입에서 상황의 동향을 들었다.

워 게임의 상세한 내용도 전해들은 벨은 고개를 옆으로 돌려, 흉벽 너머에 펼쳐진 아름다운 오라리오 시내를 내려다보았다.

"딱 일주일이네요…… 주신님."

수련을 시작한 지 오늘까지 닷새, 앞으로 이틀을 더하면 일주일. 약속했던 기한을 벌어준 자신의 주신에게 벨은 감사를 보내며 루벨라이트색 눈을 가늘게 떴다. 시내 어딘가에 있을 그녀를 향해.

"그리고 있지, 【헤스티아 파밀리아】 단원이 늘어났다고 길드 게시판에 공개됐던데."

"네?!"

"소마, 타케미카즈치, 헤파이스토스······. 세 파벌에서 한 명씩 이적했다나봐."

놀란 벨은 티오나의 말을 끝까지 듣고 순식간에 얼굴에 기쁨이 퍼져나가더니, 이내 눈물을 쏟을 것 같은 표정을 지었다.

헤스티아가 릴리를 구출해내고, 벨프와 미코토가 달려와준 것이다. 자세한 내용을 듣지 않아도 알 수 있었다. 가슴에 남았던 유일한 우려가 사라지고 뜨거운 감정이 가슴에 차올랐다.

벨은 두 손을 꽉 쥐었다. 체력과 정신력을 이제까지의 몇 배로 끌어올리며 아이즈와 티오나의 얼굴을 바라보았다.

"계속해주세요. 부탁드립니다!"

수련을 재촉하는 올곧은 소년의 눈빛에 아이즈와 티오나는 웃음을 지었다.

"응······."

"열심히 하자~!"

타오르는 저녁놀 아래, 수련은 가경에 돌입했다.

세 쌍의 다리가 눈부시게 달려나갔다.

결코 넓지 않은 시벽 위에서 벨, 아이즈, 티오나가 고속으로 이동하며 무기를 휘둘러댔다. 두 자루의 나이프가, 은색 세이버가, 대형 쌍검이 대기를 가르고 불꽃을 뿜어내며 격돌한다.

"에이얍~!"

아이즈와 티오나, 생각지도 못했던 제1급 모험자 두 사람의 연계 플레이를 필사적으로 방어하는 가운데 두 개의 거대한 칼날이 벨을 위협했다. 공격을 옆에서 후려쳐 방어하는 기술을 체득했음에도 그를 겁먹게 만든 것은 티오나가 장비한 무기. 굵은 자루에 날이 양쪽으로 달린 거검이었다.

한눈에 봐도 특수주문품임을 알 수 있는 대쌍인. 지극히 두껍고 중량감이 넘쳐나는 대형 무기를 단검처럼 휘둘러대는 그 모습은 숫제 악몽이었다. 아마조네스 소녀는 웃음을 지으며 수평 일격을 날렸다.

정면으로 막아냈다간 산산이 박살나버릴 공격에 벨은 창졸간에 회피를 선택했다.

대쌍인의 박력과 위력에 밀려 크게 후퇴한 소년에게 티오나는 서툰 생각이라는 양 추격타를 가했다.

"웃차~!"

"끄으윽!!"

벨의 안면에 꽂히는 티오나의 상단 발차기.

갈색 맨다리가 뺨에 파고들고, 다음 순간에는 봇물을 터뜨린 듯한 기세로 날아가버렸다. 포석 위에 몇 번이나 튕겨 흉벽에 충돌한 후에야 겨우 멈추었다.

아이즈와 함께 대쌍인을 어깨에 걸머지고 다가온 티오나는 렉 홀스터에 뻗으려던 벨의 손을 보며 조언해주었다.

"포션은 자꾸 쓰지 않는 게 좋아~. 다치면 곧바로 쓰려는 습관이 생기니까."

"아, 알겠습니다……."

"모험자니까 말이야, 너덜너덜해졌을 때도 싸우고 움직일 수 있게 만들자!"

분명 봐주면서 날린 것이라 해도 제1급 모험자의 발차기다. 위협적인 대미지가 몸을 뒤흔들었지만 벨은 간신히 고개를 끄덕였다. 그녀가 말하는, 상처를 입었을 때야말로 만전에 가까운 움직임을 발휘할 수 있도록 그 가르침을 받아들였다.

이를 악물고 일어난 벨을 보며 티오나는 만면에 미소를 지었다.

"간다~."

"으윽?!"

훈련이 재개되었다. 격렬한 참격을 날리는 아이즈에게 벨은 양손에 든 나이프로 맞섰다.

사각에서 더해지는 티오나의 기습에도 대응하면서 도시 최강 검사의 검무를 계속 버텨냈다. 엄청난 수의 참격을 필사적으로 방어하며, 그래도 방어일변도는 싫다고 목숨을 건 반격을 섞어보았다.

겁 많은 자신을 박차고 과감하게 앞으로 나섰다.

"!"

아이즈의 자세가 살짝 흐트러졌다.

자신의 기백에 눌렸는지 상반신과 하반신의 움직임이 따로 놀았다. 견디지 못하고 후퇴하려는 가녀린 몸에 눈을 크게 뜬 벨은 망설임 없이 달려들었다.

천재일우의 기회——다른 사람도 아닌 아이즈 씨에게서 일격을 따낼 수 있다.

그녀의 오른쪽 옆구리에 부딪치고자 벨은 품에 파고들며 혼신의 칼등치기를 날렸다.

"음."

"——."

그러나 팽이처럼, 무시무시한 기세로 아이즈의 몸이 회전했다.

그리고 날아든 왼손 역수 수평베기. 앞으로 한껏 숙인 자신의 자세를 이용해 서로의 위치관계를 바꾸며 벨의 뒤로. 지체하지 않고 경장 위에 손속에 사정을 둔 참격을 퍼붓는다.

"허윽!"

"허점에, 뛰어들었구나……."

포석에 쓰러진 벨에게 아이즈가 말했다.

함정이었다고, 그녀의 말을 듣고 벨은 깨달았다. 그녀가 보인 여봐란듯한 당근에 토끼가 멋들어지게 걸려든 꼴이었다. 얼빠진 망상이 머리에 떠올라 풀썩 고개를 숙이고 말았다.

포석 위에 주저앉은 채 몸을 일으키자 눈앞에 선 아이즈가 다독이듯 말했다.

"몬스터와 사람은, 싸우는 법이 달라……."

"네, 네에."

"몬스터는 언제나 진심으로 덤벼들지만…… 사람은 눈치를 살피면서 움직임을 읽으려고 해."

항상 전력으로 죽이려 덤벼드는 대다수의 몬스터들과는 달리, 분명 인간은 수를 읽기 위해 예측하고 허허실실을 써가며 전투에 임한다. 서로의 실력이 비슷할수록 한층 그런 면이 현저해진다.

"사람은 허점을 발견하면 움직임이 단순해지는 경향이 있어. 아까 너처럼."

"……!"

"결정타는, 방심과 가장 가까워……. 나는 그렇게 배웠어."

사람은 절호의 기회를 발견했을 때 자만심과 방심, 그리고 허점까지도 드러내고 만다.

결정타를 날리려 할 때는 그런 면이 현저해진다.

그렇게 담담하게 말하는 아이즈의 얼굴을, 벨은 눈을 크게 뜨고 올려보았다.

"궁지에 몰렸을 때가, 가장 좋은 기회이기도 해. 잊지마."

그녀의 그 말을 가슴에 새겼다.

벨은 고개를 끄덕이고 그녀가 내민 손을 잡았다.

아이즈에게 이끌려 일어났다.

"그럼 계속해볼까~!"

"응……."

"네!"

티오나의 말에 서로 고개를 끄덕이며 다시 무기를 맞부 딪쳤다.

제1급 모험자들에게 배운 내용을 끊임없이 곱씹으며, 반복하며 벨은 수련에 매진했다.

승리를 거두기 위해, 혹은 동료를 구하기 위해.

소용돌이 속의 인물들이 저마다 행동하고, 저마다 결의를 감추며, 저마다 의도를 드러내는 가운데.

오라리오는 조용히, 확실하게 열기를 띠기 시작했다.

다가오는 워 게임. 하루하루 무르익어 가는 기운에 수많은 자들이 목소리를 높여 토론하고 술안주로 삼아 흥분했다. 미궁에 내려가는 발길이 자연스레 뜸해진 모험자들, 소소한 물건의 흐름에도 민감해지는 상인, 일이 좀처럼 손에 잡히지 않는 일반시민. 길거리에서 뛰어오는 어린 아이들도 시내의 분위기를 느끼고 장난감 칼을 휘두르며 천진난만하게 웃고는 흥분에 몸을 맡겼다.

오라리오는 조용히, 확실하게 열기가 폭발할 순간을 고대했다.

그리고 소용돌이 속의 그들 그녀들에게 가까운 사람들 또한 각자의 감정을 품은 채 펼쳐질 싸움의 행방을 지켜보고자 했다.

저녁 어둠이 도시에 가득 차고, 하늘이 푸른색으로 바뀌어갔다.

도시 중심부에 우뚝 솟은 백색 거탑은 마석등이 켜지기 시작한 광대한 시내를 지금도 내려다보고 있다.

"프레이야 님, 명령하셨던 물건이 준비되었습니다…….프레이야 님?"

마천루 시설 '바벨' 최상층.

뒤에서 나타난 종자 오탈의 목소리에 프레이야는 반응을 보이지 않았다.

의아해하는 표정을 짓는 그에게 아름다운 장발을 드러내며, 창가의 의자에 앉아 시선 너머의 광경을 뚫어지게 바라본다.

"……후후."

은색 눈동자가 넋을 놓고 바라보던 것은, 시벽 위에서

지금까지도 이어지는 치열한 싸움이었다.

금발금안의 검사와 대쌍인을 휘두르는 여전사, 그녀들 두 사람을 백발 소년은 동시에 상대했다. 세 개의 그림자, 세 개의 '광채'가 뒤섞인 그 광경에 프레이야는 황홀한 숨을 토해냈다.

아마조네스 소녀에게 날아가고, 휴먼 소녀에게 베여 쓰러지는 소년의 그 모습을 꼴사납다고는 생각하지 않았다.

왜냐하면 맞을 때마다 소년의 영혼은 번뜩였으니까. 마치 대장장이의 단련으로 불순물이 빠져나가는 금속처럼 순백색 '광채'를 뿜어냈으니까.

이제까지도, 앞으로도 프레이야를 열중하게 만들 소년의 빛. 시시각각 광채를 더해가는 흰토끼의 모습에 그녀는 도취된 것처럼 시선을 쏟아 부었다.

"……정말로, 아폴론 파의 행동을 묵과하셔도 괜찮으시 겠습니까?"

시벽의 광경에 정신이 팔린 프레이야에게 오탈은 다시 한 번 말을 걸었다.

가녀린 손가락으로 머리카락을 쓸어 귀 뒤로 넘기면서 그녀는 키득 하고 조그맣게 웃었다.

"우스운 짓을 했다간 밟아버릴까 생각했는데…… 관두 겠어."

시선을 눈 아래의 소년에게 못 박으면서 은색 눈을 가늘 게 뜬다.

"이 대리전쟁의 행방을 지켜보지 않는다면, 그건 신도 아니야."

마치 하늘에서 내려다보는 듯한 여신의 미소를 지으며.

창연한 밤하늘에 별빛이 흩어져 있었다.

하얀 기둥으로 지은 대신전, 길드 본부는 이제까지와는 다른 소란에 휩싸여 있었다. 양피지를 한 손에 든 직원들이, 서류를 쌓은 상자를 끌어안은 접수원이 주위를 바삐 뛰어다녔다.

나흘 후로 다가온 워 게임을 앞두고 업무량도 정점에 달해, 그들은 눈이 돌아갈 정도로 바빠졌다.

"무리~. 나 죽겠어~."

직원들이 야단법석을 떨어대는 가운데 휴먼 접수원 미샤는 에이나의 등에 기대듯 안겼다.

"미샤, 무겁대도……."

힘이 다해 훌쩍훌쩍 우는 동료 겸 오랜 친구에게 에이나마저도 피로를 드러내며 말했다.

"에이나~. 지금은 뭐 해~?"

"전장 부근에 다가오지 못하도록 각 방면에 이야기해두는…… 권고서 작성."

책상에 펼쳐진 수많은 양피지에는 에이나의 자필 문자가 적혀 있었다.

출입금지를 촉구하는 전장의 상세한 내용에는——오라

리오 남동쪽 '슈림 고성터'라고 적혀 있었다.

"슈림 성이라면……. 분명 도적이 눌러 살고 있는 곳 아니었어?"

미샤의 의문에 에이나는 양피지를 내려다보며 대답했다.

"응. 【가네샤 파밀리아】에 요청해서 먼저 토벌대를 보내놨어. 근처 도시나 마을에서 도시에 퀘스트도 발령해놨으니……. 마침 좋은 기회라고 다 잡아버리겠다던데."

어딘가 담담하게, 그리고 기운 없는 어조로 그녀의 옆얼굴을 바라보던 미샤는 훌쩍 등에서 내려왔다. 곁에 나란히 앉아 단아한 하프엘프의 얼굴을 바라보았다.

"에이나…… 벨이 걱정돼?"

"……걱정이지. 왜 걱정이 안 되겠어……."

에메랄드색 눈동자가 흔들리며 그녀의 표정이 흐려졌다.

고개를 숙인 에이나는 살짝 가슴 한가운데를 쓰다듬었다. 담당 모험자가, 동생 같은 소년이 【파밀리아】의 항쟁에 휘말려, 죽는 사람이 나와도 이상하지 않을 전장으로 내몰리려 한다. 그가 짓던 천진난만한 웃음과 옆얼굴을 상상하기만 해도──그 웃음이 평생 사라져버리는 것은 아닌지 하는 생각에 애절해질 만큼 가슴이 옥죄어들었다.

도망치라고 설득할 수 있다면, 혹은 그를 도울 수 있다면 얼마나 편할까.

"하지만 난 길드 직원이니까…… 어느 쪽의 편도 들어선 안 돼."

상황은 하프엘프 한 사람이 움직인다 한들 수습이 될 수 없다. 큰 힘의 준동을 앞에 두고 에이나는 무력했다.

자신의 처지도 몸에 사무치게 잘 알았다. 무력감을 품으며 그녀는 침통한 목소리로 말했다.

그런 친구의 모습을 지켜보던 미샤는 밝게 말했다.

"으음…… 그래도, 있지? 마음속으로 응원하는 건 괜찮지 않아?"

에이나는 고개를 들었다.

"응원……?"

"응. 힘내~ 하고. 벨은 에이나가 응원해주면 엄청 힘내지 않으려나."

어린아이처럼 미소를 짓는 미샤를 에이나는 한동안 바라보았다.

이윽고 살짝 의자에서 일어나 창문 쪽으로 다가갔다.

창밖에 떠오른 달은 하얗게 빛나고 있었다.

"……힘내렴."

환한 달을 올려다보며 에이나는 중얼거렸다.

"아아, 애간장이 타는구나…….."

어두운 방에 밀려드는 달빛을 보며 그 신은 눈을 가늘게 떴다.

호화로운 금세공이 가미된 의자에 앉아 아폴론은 와인 잔을 입에 가져갔다.

　파벌의 홈인 저택은 시내의 소란에서 멀리 떨어져 정적에 잠겨 있었다. 얼마 안 되는 이들만을 남기고 단원들은 이미 전장인 고성터로 출발했다. 슈림 고성터에 농성하는 【아폴론 파밀리아】는 전쟁에 대비해 준비할 것이 얼마든지 있었기 때문이다.

　벨을 빼앗기 위해서라면, 공범인 【소마 파밀리아】는 손을 뗐다지만 이대로 항쟁을 계속해 【헤스티아 파밀리아】를 억지로 밟아버릴 수도 있었다. 그랬다면 지금쯤 소년은 자신의 밑에 들어왔을 것이다.

　하지만 아폴론은 어디까지나 워 게임이라는 형식에 집착했다.

　항쟁과 워 게임의 차이는 명확한 대가의 유무였다. 적을 공격해 멸망시키는 것을 목적으로 삼아 주위에 화근을 남기는 전자와 달리, 후자는 규칙 아래 승자에 대한 포상이 약속되는, 말하자면 신성한 결투다. 게임이다. 길드나 어부지리를 얻고자 하는 제3세력의 개입도 용납하지 않는다. 적의 주신을 예속시키는 것조차 가능한 권한을 휘두르면 벨을 명실 공히 소유물로 삼을 수 있다——만일 헤스티아가 컨버전을 용납하지 않아 인질로 효과를 발휘하지 못한다면 아폴론은 벨을 **자신의 권속**으로 삼을 수가 없다——.

무엇보다도, 어이없이 막을 내려버리면 다른 신들이 만족하지 못한다. 벨 탈취를 위해 곳곳에 협조를 부탁했던 아폴론은 '오락'에 굶주린 그들의 요망에 부응할 의무가, 지불해야 할 보수가 있다.

　그리고 아폴론 자신도 그들과 같은 생각이었다.

　신들의 '대리전쟁'. 하계의 진정한 재미이자 신들에게는 최고의 유희.

　아무에게도 방해받지 않고, 권속이라는 이름의 말로 두는 보드게임을 진심으로 즐기고 싶다.

　그것이 거짓되지 않은 아폴론의 본심——피할 수 없는 신의 습성이었다.

　온갖 욕망을 담아, 월계관을 쓴 남신은 살짝 시선을 들었다.

　"사랑스러운 벨 크라넬……. 마침내 내 손으로 사랑해줄 날이 오는구나."

　처음으로 반했던 것이 언제였더라. 분명 레코드 홀더라는 소문을 듣기 시작했을 무렵이었지. 그렇게 추억에 잠긴 아폴론은 희열의 극치에 잠겼다. 머잖은 미래의 광경을 상상하며 자신도 모르게 환희에 떨었다.

　——아아, 벨 군!

　——아니, 벨 큐웅!

　——이젠 놓치지 않겠어!

　눈물을 흘리는 그의 모습을 상상한 것만으로도 치밀어

오르는 것이 있었다. 가슴에 꿈틀거리는 이 뜨거운 마음은 소년에 대한 무엇보다도 큰 사랑의 증거. 아폴론은 미칠 듯이 그를 원했다. 그 가녀린 몸도, 토끼처럼 흰 머리도, 때가 타지 않은 그 붉은 눈동자도, 모두모두.

도취된 듯 아폴론의 뺨이 붉게 물들었다.

"……나와 그 소년이 사랑을 꽃피우기 위해서는 헤스티아, 네가 방해된다. 그를 빼앗은 후 너는 도시에서, 아니, 하계에서 떠나줘야겠어."

망상에서 빠져나온 아폴론은 활짝 열린 창문으로 밤하늘을 올려다보았다.

하얀 달을 이글거리는 눈으로 올려다보는 눈동자 속에 험악한 빛을 띠며 그는 입술을 틀어 올렸다.

"부탁한다, 나의 귀여운 권속들아……."

달이 고요한 빛을 뿜어내는 가운데 나직하게 억누른 웃음소리가 울려 퍼졌다.

잠시 후 째깍 소리를 내며, 머리 위를 한데 우러르듯 겹쳐지는 시계의 긴 바늘과 짧은 바늘.

때는 다가오고 있었다.

동이 트지 않은 시내에는 피부를 찌르는 냉기가 감돌았다.

덧문을 잠근 가게가 늘어선 대로는 한낮의 활기가 거짓말이었던 것처럼 한산했다. 높은 시벽에 에워싸인 시내는 거대한 그림자에 휩싸여 어둡다.

도시가 아침의 정적을 띠기 시작하는 가운데, 희뿌옇게 타오르기 시작하는 동쪽 하늘로 향하듯 두 그림자가 동쪽 메인 스트리트를 달리고 있었다.

"서둘러라, 벨! 카라반이 벌써 출발하겠다!"

"네!"

아침 안개 속을 달리는 것은 벨과 헤스티아였다. 그들은 말을 나누며 메인 스트리트 너머, 도시 동문 앞으로 달려가고 있었다.

"그들에게는 이미 이야기를 해두었으니 마차에 타고 고성 부근에 있는 아그리스라는 마을에서 내려줄 게다! 길드가 그곳에 세워놓은 임시 지부에서 그들의 지시에 따르면 돼!"

"알겠습니다!"

워 게임 개최 이틀 전.

아이즈, 티오나와의 수행, 그리고 헤스티아와의 【스테이터스】 갱신을 마친 벨은 도시를 떠나려 하고 있었다. 이동에 걸리는 시간은 꼬박 하루. 워 게임의 무대가 되는 '고성 터'까지 카라반의 마차를 타고 간다는 계획이었다.

벨은 가벼운 여행용 차림 위에 망토를 걸치고 끈을 쥔 짐 꾸러미를 어깨에 걸머졌다.

"벨프 군이나 다른 아이들은 이미 갔으니 현지에서 합류

해다오! 그리고 이게 길드의 통행허가증이다. 카라반과 문지기에게 보여주면 된다!"

이런저런 사정으로 인해 오라리오는 들어오기는 쉽지만 반대로 도시 밖에 나가기는 어렵다. 원래는 길드의 복잡한 수속이 필요하다. 워 게임 참가자라 인정한 서명이 들어간 허가증을 건네받은 벨은 헤스티아에게 고맙다고 인사했다.

이윽고 도착한 곳은 시벽 아래 세워진 도시문이었다. 벨은 이 오라리오에 온 당초에도 같은 생각을 했지만 의외로 작다. 벨과 헤스티아는 수많은 마차와 짐차, 그리고 바삐 움직이는 상인들이 뛰어다니는 문 앞의 광장에 발을 멈추었다.

"……너희가 개선하기를 이곳에서 기다리마."

"……예. 다녀오겠습니다!"

웃음을 짓는 헤스티아에게 벨도 웃었다.

떨어지려 할 때 꽉 포옹을 당해 굳어버리긴 했지만, 여기서 꽁무니를 빼는 멋없는 짓은 하지 않았다. 할 수 없었다. 주위를 뛰어다니는 사람들에게 에워싸인 채 한동안 그녀와 체온을 나누었다. 새빨개진 목에 감긴 가녀린 두 팔을 느끼고 있으려니 얼굴이 멀어졌다.

"다녀오거라."

뺨을 붉힌 어린 여신은 만면에 미소를 지었다.

부끄러워하면서도 웃음으로 대답한 벨은 이번에야말로

헤스티아에게 등을 돌렸다. 완전히 달아오른 얼굴을 팔로 닦으며 출발을 눈앞에 둔 카라반에 서둘러 달려갔다.

"잠시만요!"

황급히 뛰어들어, 대화를 나누던 마부와 두 문지기에게 통행허가증을 보여주었다.

업무 의뢰를 받았는지, 어떤 【파밀리아】의 단원과 길드 직원으로 이루어진 두 명의 문지기는 허가증을 보고 고개를 끄덕였다. 마부가 어떤 마차로 안내해주었다.

벨이 올라탄 곳은 생각보다 넓은 박스형 마차였다. 지붕이 있고 창문도 있다. 벨 말고도 여러 명의 동승자가 있어 여행자인지, 혹은 카라반을 호위하는 보디가드인지 차림새는 라이트아머며 여행용 의복 등등 제각각이었다.

마차 한쪽에 앉자 곁에서 어깨를 맞대고 있던 수인이 무언가를 알아챈 듯 말을 걸었다.

"……이봐, 너 혹시 【헤스티아 파밀리아】의 【리틀 루키】냐?"

"아, 어, 네."

그러자 환성이 터졌다.

"역시! 워 게임에 참가하는 거지? 나도 응원할게!!"

여행객으로 보이는 사람 좋아 보이는 청년이 꼬리를 붕붕 흔들며 웃어 보였다. 이를 시작으로 다른 승객들도 모여들었다.

"상대가 위험해 보이긴 하지만 힘내!"

"친해진 기념으로 하나 먹어!"

"이것도 가져갈래?!"

자신도 모르게 당황하고 있으려니 손에 잇달아 설탕과 자며 과일 타르트를 안겨주었다. 싹싹한 사람들에 에워싸여 벨은 얼굴 표정을 풀고 고맙다고 인사를 했다. 단것은 그리 좋아하지 않지만…… 그렇게 생각하면서도 그들의 호의와 함께 전부 받기로 했다.

이윽고 마차 바퀴가 천천히 흔들렸다.

밖에서는 다른 마차들이 광장에서 순서대로 달려나오고 있었다. 말 울음소리와 함께 벨이 탄 마차도 움직였다.

그리고 단단한 좌석으로부터 전해지는 충격을 느끼고 있으려니, 갑자기——.

"——벨 씨!"

창밖에서 자신의 이름을 부르는 목소리가 들렸다.

놀라 창밖을 보니 마차 바로 곁에서 달리는 시르의 모습이 있었다.

"시르 씨?! 위, 위험해요!"

황급히 창을 올려 열고 멀리 떨어지라고 외쳤다.

제복 위에 케이프를 걸친 주점 소녀는 숨을 헐떡이면서, 달리고 있는 마차와 열심히 함께 달려 벨에게 오른손을 쭉 내밀었다.

"이걸……!"

"네?"

그녀가 내민 손 안에 있던 금속의 광채를 벨은 창졸간에 받아들었다.

그것은 목걸이——아뮬렛(amulet)이었다. 눈물 형태의 금속에 아름다운 녹색 보석이 박혀 있었다. 무언가 힘이 담긴 모험자용 액세서리일까? 벨이 고개를 들자 시르는 여전히 달리며 말했다.

"우리 주점에 자주 오셨던 모험자님께 받은…… 부적이에요!"

눈을 크게 뜬 벨에게 그녀는 열심히 말을 이었다.

"힘내세요! 또 우리 가게에 오셔야 해요!"

서서히 마차에서 멀어지며, 넘어질 뻔하면서도 시르는 마지막으로 외쳤다.

"도, 도시락 만들어서, 기다릴게요!"

부끄러웠는지 뺨을 붉게 물들이는 주점 소녀에게 벨은 활짝 웃었다.

창문으로 몸을 내밀고, 멀어져가는 시르에게 팔을 흔들었다. 발을 멈춘 그녀는 오른손을 가슴에 얹고 마차가 도시문 밖으로 사라질 때까지 이쪽을 지켜보았다.

"……"

좌석에 앉은 벨은 손바닥 위에서 빛나는 아뮬렛을 내려다보았다.

이를 목에 걸고 옷 안에 넣었다.

——이기자.

——이겨서 돌아오자.

도시에 남은 이들의 마음을 떠올리며 벨은 마음속으로 맹세했다. 가슴께의 아뮬렛을 한 손으로 꽉 움켜쥐고, 자신도 모르게 웃음을 지었다.

흔들리는 마차 속에서 창밖으로 시선을 돌렸다.

산의 능선에서 시작되는 해돋이의 빛.

아침 하늘을 불태우는 태양의 광채에 벨은 눈을 가늘게 떴다.

슈림 고성터.

숲도 언덕도 존재하지 않는 평원 한복판에 당당히 선 이 성새는 '고대'에 세워졌던 방어 거점 중 하나다. '뚜껑'에 해당하는 바벨과 거대도시가 완성되기 이전, 던전의 큰 구멍에서 출현하는 몬스터의 진격을 배후의 도시나 마을로부터 멀리 떨어뜨려 놓기 위해, 혹은 막아내기 위해 이러한 요새는 오라리오의 비교적 가까운 지역에 다수 존재했다. 요즘은 거의 폐허가 됐지만 이 슈림 고성터만은 융성의 극치에 달했던 라키아 왕국이 1세기 이상 전까지 요충지로 오랫동안 사용하기도 해, 쇠망한 후로도 성벽을 비롯한 여러 기능이 아직 살아 있다. 워 게임의 전장으로는 이 장소가 선정되었다.

성벽에는 무너진 흔적이 있는 탑이 여럿 보였지만, 석조벽은 높이가 10M도 넘는다. 두께 또한 충분하고도 남을 정도. 이 넓은 외벽을 돌파하기란——적어도 마법의 포격을 준비하지 않는 한——상급모험자로도 쉽지 않다. 공격당하기 쉬운 평원에서 이 성이 아직도 원형을 유지하는 이유는 성벽 덕이라 해도 과언이 아니었다.

"물자를 옮겨라. 수복할 수 있는 곳은 가능한 한 수복해라."

달이 높이 뜬 심야 시간. 내일로 다가온 워 게임을 앞두고 【아폴론 파밀리아】는 고성에서 마지막 사전준비를 하고 있었다.

사흘 전부터 현지에 도착한 그들의 총 인원은 약 110명. 파벌에 속한 거의 전 조직원이다. 부대장의 지시 아래 단원들은 저마다 성벽의 수선작업이며 예비 무기 및 아이템, 식량 보관과 배치에 힘썼다.

"흥, 갈잖기는……. 의미도 없는 짓이지."

성새 안에서도 가장 높은 탑, 옥좌가 있는 홀에서 단장인 미청년 휴먼 히아킨토스는 코웃음을 쳤다. 단원들이 이리저리 흩어진 성내를 창문 너머로 바라본다.

워 게임 형식이 공성전으로 정해지기도 해서 교전 기간은 사흘로 잡혔다. 승패 조건은 대장 히아킨토스가 기간 내까지 살아남거나, 혹은 적의 대장——틀림없이 벨 크라넬——을 전투불능으로 만들면 【아폴론 파밀리아】의 승리다.

성을 지키는 입장이라 농성 준비를 하지만 철저하게 갈 필요도 없이 승리는 자명했다. 마지막에 상대 단원의 수가 좀 늘어났다지만, 그래 봤자 다섯은 넘지 않는다고 한다. 성에 틀어박힌 백여 명의 군세와 제대로 승부가 될 리 만무했다.

"아폴론 님은 대체 왜 공성전 따위에 집착하시는지……."

이렇게 유리한 조건이 아니라도 적을 압도할 자신이 있었다. 자신들은 신용을 받고 있지 못한 것인지, 히아킨토스는 주신에게 불만을 품었다.

그런 그는 주위에서 돌아다니는 단원들을 무시하고 홀 안쪽에 있는 옥좌에 털썩 앉았다. 옥좌 등 뒤의 벽에는 활과 화살, 태양을 새긴 【파밀리아】 엠블럼 깃발이 걸려 있다. 결벽성이 있는 그가 단원들에게 방을 청소하고 자신에게 어울리도록 아름답게 장식하라고 명령했던 것이다.

옥좌에서 거만하게 버티고 앉아, 히아킨토스는 다시 한 번 코웃음을 쳤다.

"재미없는 게임이야……."

"──라고 히아킨토스라면 말할 법하지……."

튼튼한 성벽 위에서 옥좌가 있는 탑을 올려다보며 단발 여성간부 다프네가 투덜거렸다.

라키아 왕국이 개축과 보강을 더했다는 이 성새의 구조

는 조금 이상했다. 허세와 사치를 좋아하는 주신이 명령했
는지 옥좌가 있는 굵은 탑이 성 한가운데에 여봐란듯이 세
워져 있다. 실용적이고 강건해야 할 성새에 왕성 같은 화
려함을 추구한 것이다. 그 탑 위에 펄럭이는 자신의 파벌
엠블럼을 보면 자기도 모르게 실소가 나왔다.

한숨을 쉬면서도 다프네는 자신이 맡은 일을 수행했다.
단장과 마찬가지로 대전 파벌인【헤스티아 파밀리아】를 수
준이 떨어진다 생각해 낙관시하는 단원들을 채근해 외벽
수복을 지시했다. 백 명이 넘는 인원으로도 이 넓은 성벽
을 정비하기란 힘들었다.

참고로 다프네 일행보다도 먼저 이 고성에 눌러 앉았던
도적떼를 토벌하러 왔던 상위 파벌【가네샤 파밀리아】의
정예들은 워 게임을 위해 성을 건드리지 말라는 신들의 말
도 안 되는 요청에 부응하고자 땅속을 파고 나아가 겨우
하루 만에 성을 제압하고 도적떼를 모두 생포했다. 물론
지하 구멍은 다시 이용하지 못하도록 확실하게 막아두
었다.

"다프네……."

"카산드라?"

횃불 대신 마석등을 켜놓은 성벽 위에서 카산드라가 떨
리는 목소리로 다프네의 이름을 불렀다. 뿌연 불빛에 옆얼
굴을 비춘 장발 소녀는 두 손으로 자신의 몸을 끌어안으며
말했다.

"안 되겠어……. 여기서 도망치자."

"뭐어?"

"성이, 성이 무너져……."

뜬금없는 소리를 하는 카산드라에게 다프네는 진저리가 난다는 표정을 지었다.

"또 꿈이야? 이제 와서 어떻게 도망친다고 그래. 그만 좀 해."

"부탁이야, 제발 믿어줘……!"

전혀 도움도 안 되는 '헛소리'를 지껄이는 카산드라는 필사적으로 매달리려 했다.

다프네는 듣지 않으려 했지만 오늘은 카산드라도 여느 때보다 집요했다. 귀찮다는 듯 눈살을 찡그리고 있으려니 갑자기 카산드라의 몸이 굳어졌다.

어떤 한 점을 바라보고, 고운 얼굴을 마치 죽은 사람처럼 창백하게 물들인다.

"안 돼, 받아들여선. 아직 늦지 않았어, **저걸** 들여놓았다 간……."

그녀가 바라보는 성벽 아래에서는 가장 가까운 마을에서 긁어모았다는 마지막 물자운반 짐마차가 줄을 지어 성문을 들어서고 있었다.

"이봐, 잠깐! 기다려 보라니깐?!"

천천히 닫히는 성문에 루안이 비명을 질러댔다.

제일 뒷줄에 있던 짐마차를 황급히 채근해 아슬아슬하게 성문으로 들어갔다. 두꺼운 철문은 고막을 후려치는 듯한 굉음과 함께 완전히 닫혔다.

"왜 닫는 거야~. 내가 아직 못 들어왔는데!"

"헤헤. 있었냐, 루안? 작아서 안 보였다."

처량하게 말하는 파룸 사내에게 커다란 수인이 너스레를 떨며 웃었다.

아직 하급 모험자인 루안 에스펠이라는 사내는 어린아이 같은 체격 탓도 있어 【아폴론 파밀리아】 내에서 곧잘 똘마니 취급을 받곤 했다. 자신을 놀리는 단원에게 뭐냐고 투덜거리는 루안.

"……상당히 많이 들어왔는걸."

"사흘 치 무기와 병량이야. 미리 준비해두면 화근이 없다나 뭐라나 하잖아."

하기야 그런 상대로 이렇게 꼼꼼하게 할 필요는 없을 거라고 웃는 수인 동료의 목소리를 들으며 루안은 주위를 둘러보았다.

헤아릴 수도 없는 수많은 궤짝과 자루가 짐마차에서 내려오고 있었다.

"아아……."

닫힌 성문을 보며 카산드라가 몸을 굳혔다.

이제까지 본 적도 없는 분위기에 압도당하면서도 다프

네는 몸을 돌렸다.

"자, 얼른 가자."

멀어져가는 소녀의 기척을 등 뒤로 느끼며 카산드라는 탄식했다.

그리고 비극의 예언자처럼 떨리는 입술을 열었다.

"이제 틀렸어……. 파멸이 들어오고 말았어."

"늦었다."

"미안."

"이제 준비는 됐습니까?"

"네. 주신님께서 【스테이터스】도 봐주셨어요."

"그렇구만. 그럼 자, 약속했던 나이프. '초대'보다도 아주 잘 들 거다. 보장할게."

"고마워."

"벨프 공……. 그 물건은?"

"준비해뒀어. 다만 역시 시간이 없어서, 미안하지만 두 자루뿐이야."

"……저기, 벨프, 괜찮겠어?"

"그래. ……오기와 동료를 저울질하는 건 이제 관두기로 했어."

"?"

"신경 끄고……. 이봐, 받아. 아까도 말했지만 급조야. 위력도 강도도 보장하지 못해. 쓸 상황을 잘 파악하라고."

"알겠습니다."

"그러면…… 헤스티아 님의 작전대로."

"그려. 오늘 안으로——성을 함락시키자."

"응…… 이기자."

어둠 속에서 여러 명의 목소리가 울려 퍼지고 있었다.

VS.【아폴론 파밀리아】. 전투형식——공성전.

승리 조건은 적 대장의 격파.

긴 밤이 밝으려 하고 있었다.

5장 우리들의 전쟁놀이

© Suzuhito Yasuda

도시는 들썩거렸다.

고대하던 워 게임 당일. 오라리오는 심상찮은 열기와 흥분으로 가득했다.

아침 일찍부터 모든 주점이 문을 열고 도시 곳곳의 노상에는 노점이 펼쳐졌다. 오늘까지 대로 벽을 치장한 무수한 포스터는 장난기가 동한 신들이 한껏 선전을 했던 결과였다. 그림이 그려진 이 양피지의【아폴론 파밀리아】의 태양 엠블럼과 함께 아직까지 휘장이 없는【헤스티아 파밀리아】를 대신해 한 마리의 토끼가 그려져 있었다.

오늘만은 거의 모든 모험자들이 휴업하고 주점에 자리를 잡은 채 관전준비를 갖추었다. 어찌어찌 휴가를 얻은 노동자들, 일반시민들도 대로며 센트럴파크에 나와 이제나 저제나 그 순간이 오기를 기다렸다.

『아— 아—! 에— 여러분, 안녕하십니까 안녕하십니까. 오늘 워 게임 실황을 맡게 된【가네샤 파밀리아】소속, 말하는 화염마법 이브리 아처입니다. 별명은【파이어 인페르노 플레임】. 앞으로 잘 부탁드립니다.』

길드 본부 앞뜰에는 무허가로 요란한 스테이지가 설치되고, 실황을 자청한 갈색 피부의 청년이 마석제품 확성기를 한 손에 들고 올라 목소리를 쩌렁쩌렁 울려댔다. 이 앞뜰에도 많은 사람이 몰려 있었다.

『해설은 저희 주신님 가네샤 님이십니다! 가네샤 님, 그러면 한 말씀!』

『——내가 가네샤다!!』

『넵, 감사합니다—!』

실황자 이브리의 옆에서 거대한 코끼리 가면을 뒤집어쓴 남신 가네샤가 울부짖었다. 관중은 일제히 갈채를 보냈다.

상인들과도 제휴해온 도시를 들끓게 만드는 워 게임은 일종의 흥행이었다. 이 이벤트를 관전하고자 다른 지역 사람들이 찾아오는 일도 흔하며, 여기에는 당연히 입장료도 발생한다. 반면 길드는 세계에 오라리오의 실력을 보여주는 시위행위에도 이용하며, 또한 소질을 감춘 유망한 모험자들을 이 도시에 끌어들일 수 있는 것이다.

그리고 무엇보다도 워 게임은 신들이 추구하는 최고의 오락 중 하나이기도 했다.

"오~ 다들 흥분했데이, 흥분했어."

철썩 창문에 얼굴을 갖다 붙인 로키가 눈 아래의 광경을 내려다보았다.

백색 거탑 '바벨'의 30층. 워 게임을 누구보다도 고대했던 신들은 대부분 '바벨'로 왔다. 대리전쟁을 벌이는 두 주신 헤스티아와 아폴론도 이 자리에 대기하고 있다.

그 이외에도 술집으로 가 모험자들과 어울리는 자, 홈에서 권속들과 지켜보는 자 등등 각양각색이다.

"헤르메스 님……. 정말로 제가 여기 있어도 됩니까?"

"그래그래, 괜찮아. 딱딱한 소리 하는 놈들은 없으니까."

이곳 바벨의 홀에 끌려와 남신 여신 사이에 혼자 섞인 권속 아스피는 불안한 눈치였지만 헤르메스는 웃어 넘겨버렸다. 그는 뻣뻣하게 굳은 그녀를 옆에 두고 품에 손을 넣었다.

"······때가 됐군."

손에 든 회중시계는 정오가 다가왔음을 알려주었다.

헤르메스는 턱을 들어 허공을 향해 말을 걸었다.

"그럼 우라노스, '힘'을 행사하도록 허가를."

공간을 진동시킨 그의 말에 몇 초의 간격을 두고 대답하는 목소리가 들렸다.

【——허가한다.】

길드 본부 방향에서 무겁게 울려 퍼지는 신위가 깃든 선언을 들은 것처럼.

온 오라리오에 있던 신들이 일제히 손가락을 딱 울렸다.

그 순간 주점과 시내, 허공에 '거울'이 떠올랐다.

"~~~~~~~~~~~~~~~~~~~~~~~~~~~~~~~~~~~~~~!!"

도시 곳곳에서 무수히 나타난 원형 창에 사람들이 희색을 띠었다.

하계에서는 사용이 금지된 '아르카넘'——'신의 거울'. 천리안의 능력을 가졌으며 멀리 떨어진 곳에서도 모든 내용을 바라볼 수 있다. 하계의 기획 이벤트를 신들이 즐기기 위해 인정된 유일한 특례였다.

오라리오로부터 멀리 떨어진 장소에서 치러지는 워 게임을 이 '거울'로 아이들과 함께 관전하는 것이다.

『그러면 영상이 설치되었으니 다시 설명을 드리겠습니다! 이번 워 게임은 【헤스티아 파밀리아】 대 【아폴론 파밀리아】, 형식은 공성전!! 양 진영의 전사들은 이미 전장에서 정오의 시작종이 울리기를 기다리고 있습니다!』

주점이며 대로 등 장소에 맞춰 나타난 크기가 서로 다른 원형 창에는 태양 엠블럼을 내건 고성, 그리고 평원이 비춰지고 있었다. 실황은 단숨에 달아오른 도시 전체에 확성기를 통해 워 게임의 개요를 말해주었다.

"이제 준비들 됐나?! 베팅 마무리한다!"

실황의 목소리가 울려 퍼지는 가운데 시내 곳곳의 주점에서는 상인과 손을 잡은 모험자들이 주도해 도박을 벌이고 있었다. 【헤스티아 파밀리아】와 【아폴론 파밀리아】 중에서 어느 쪽이 워 게임의 승자가 될지를 내기하는 것이다. 거금을 투자한 자들은 술이 놓인 테이블 위에서 도박권을 쥐고 허공에 출현한 '거울'을 바라보았다.

"아폴론 파와 헤스티아 파, 25대 1 정도로군……."

"【헤스티아 파밀리아】의 예상 배당이 30배 이하라니…… 생각보다 낮은걸. 어느 바보가 저 【파밀리아】에다 돈을 걸었어?"

전주를 맡은 모험자들이 돈과 도박권을 집계해 도박장의 상황을 확인하고 고개를 갸웃했다. 세력상황으로 보아도 틀림없이 아폴론 파의 승리에 돈이 몰릴 텐데, 헤스티아 파도 의외로 제법 있었다.

"그야 신들이겠지……."

바보 같은 신들은 늘 다크호스를 노린다고 어이가 없어하는 전주 모험자의 시선 너머에서는,

"우오옷—!!"

"빨랑 와라와라와라—!"

"행운의 토끼야—!!"

도박권을 움켜쥐고 기도하는 신이라는 이름의 갬블러들이 있었다.

한편 다른 주점에서는.

"뭐야, 아폴론에게 건 놈밖에 없잖아."

재미없다며 주점에 모인 자들을 둘러보고 투덜거리는 드워프 전주의 모습이 있었다. 그런 전주를 향해 휴먼 모험자 하나가 걸어나와 금화가 담긴 자루를 내던졌다.

"——토끼에게 10만!"

"이봐 이봐 이봐 이봐!"

"진심이야? 머리 이상해진 거 아냐, 몰드?!"

"또 헤스티아 파에 돈 걸 놈 없나?! 크하하하하하하!!"

몰드라는 이름의 우락부락한 사내에게 주점이 단숨에 들끓었다. 주위 손님들의 폭소를 뒤집어쓴 모험자——18계층에서 벨을 괴롭혔던——몰드는 의자 위에 팔짱을 끼고 자신만만하게 앉았다.

시내는 어디를 보아도 성황이었다.

"벨 크라넬과는 작별을 마치고 왔나?"

"⋯⋯."

붐비는 눈 아래의 거리는 신경도 쓰지 않고 아폴론이 헤스티아에게 다가왔다.

머리를 쓸어넘기며 희미하게 웃음을 짓는 그와는 달리, 의자에 앉은 헤스티아는 홱 고개를 돌린 채 눈앞에 출현한 자신의 '거울'만을 보았다.

못 말리겠다는 양 가볍게 어깨를 으쓱한 아폴론은 우아한 동작으로 자기 자리에 돌아갔다.

『그러면 곧 정오가 되겠습니다!』

실황자의 목소리가 더욱 커졌다.

길드 본부의 앞뜰에 술렁거리는 파도가 퍼져갔다.

"시작되는구나⋯⋯."

"응⋯⋯."

앞뜰에 떠오른 '신의 거울'을 올려다보는 에이나는 곁에 있던 미샤의 목소리에 고개를 끄덕였다.

모험자들의, 주점 점원들의, 신들의 모든 시선이 이때 '거울'에 모여들었다.

그리고.

『워 게임——개막합니다!』

호령 아래, 커다란 종소리와 환성과 함께 전투의 막이 열렸다.

같은 시각, 슈림 고성터.

개시를 선언하는 징 소리가 멀리 언덕에서부터 울려 퍼졌다.

후끈 달아오른 오라리오와는 달리 전장인 고성의 열기는 낮았다.

공성전인 만큼 전투 기간은 사흘로 정해졌다. 상대측은 인원은 적은 만큼 이쪽의 집중력이 떨어질 마지막 날까지 본격적인 공성을 벌이진 않으리라는 것이 【아폴론 파밀리아】 대부분의 예측이었다. 산발적인 공격은 있겠지만, 그것도 보초의 눈과 단단한 성벽이 힘을 합치면 아무 문제는 없을 것이라 판단하고.

성내에서는 느슨한 공기가 흘렀다.

"이봐, 루안. 너도 보초 서러 가."

"뭐……? 왜 내가!"

"너 눈 하나는 좋잖아. 싸움은 제대로 못하고. 어제처럼 쫄랑쫄랑 성이나 뛰어다니면서 이럴 때 공헌을 좀 해둬."

깔끔하게 정돈된 성내에서 파룸 루안은 동료들에게 그런 명령을 받고 있었다.

이 성새는 넓으며, 규모로 생각해보면 100명은 적을 정도였다. 자연스레 보초의 수도 부족해졌다. 처음에는 반항했던 루안도 울며 겨자 먹기로 받아들였다. 낄낄거리는 그

들의 목소리를 들으며 높은 계단을 통해 성벽으로 올라
갔다.

"어, 루안. 뭐 하러 왔어?"

"……보초."

북쪽 성벽을 초계하던 두 아처는 그 말만으로도 모든 내
막을 파악했는지 큭큭 웃었다. 그들에게 고개를 돌린 루안
은 온통 평야에 휩싸인 주위를 둘러보았다.

평야에는 거의 사각이 없었다. 이따금 생각났다는 듯 바
위가 있긴 했지만 몇 명씩 숨을 만한 규모는 아니다. 북쪽
에서 동쪽에 걸쳐 손바닥만한 녹지와 황야가 이어지고 남
쪽 멀리 강이, 서쪽에는 숲이 보인다. 눈을 가늘게 뜬 그가
바람에 흔들리는 짧은 머리카락을 붙잡고 있으려니 말소
리가 들렸다.

"'마법' 영창이 들리는지만 주의해."

"뭘. 보이기만 하면 이걸 먹여줄 거야."

한쪽이 주의를 주자 롱 보우와 특별 주문한 거대 화살을
손에 든 수인 청년이 웃었다.

'마법'의 위력과 사정거리는 영창의 길이에 비례한다. 원
래 성벽은 매우 두꺼워 어지간한 단문영창 마법을 몇 발
쏴도 무너질 리는 없었다. 경계해야 할 것은 발산되는 마
력을 감지하기 쉬운 장문영창 뿐이다.

함부로 다가오면 화살비를 퍼붓고, 멀리서 느긋하게 영
창을 시작하면 저격해주겠다고 수인 청년은 호언장담

했다.

두 사람의 대화에, 참 득의양양하다고 잡무를 떠맡은 루안은 혀를 차며 투덜거렸다.

그때였다.

고개를 돌린 그의 눈에 어떤 광경이 들어왔다.

북쪽, 성새 정면. 황야 한가운데를 조용히 걸어오는…… 온몸에 망토를 걸친 수수께끼의 인물.

기괴한 차림이었다. 아마도 후드가 달린 케이프를 걸치고, 그 위에 다시 망토를 뒤집어써서 온몸을 가렸을 것이다. 후드로 얼굴을 가린 그 상대를 아처들도 알아차렸다.

"어, 어라."

"뭐지……?"

우선 틀림없이 적일 것이다. 하지만 겨우 혼자, 영창을 하는 것도 아니고 묵묵히 다가오는 복면 인물을 보고 루안과 다른 보초들은 당황했다. 양동작전인가 생각하고 싶어질 정도였다. 처량한 낡은 망토만이 펄럭펄럭 바람에 나부껴 소리를 냈다.

그리고 성벽에서 약 100M 정도까지 접근을 허용한 순간.

복면을 쓴 자가, 움직였다.

확 두 팔을 벌리자 그 반동에 망토가 허공을 춤추고 그 안에 있던 온몸이 드러났다.

가녀린 두 팔이 쥐고 있던 것은 붉은색과 보라색으로 물든——두 자루의 '마검'이었다.

"엥?"

루안이 눈을 동그랗게 뜬 순간 두 자루의 무뚝뚝한 장검이 동시에 휘둘러졌다.

성벽 위에 있던 자들의 눈앞에서 요란한 포격이 작렬했다.

❦

"뭐, 뭐지?!"

성벽 정면으로부터 밀려든 충격에 성내는 단숨에 혼란스러워졌다.

지금도 이어지는 무시무시한 진동과 폭음에 소란스러워진 주위. 요새 정면 입구에서 밖으로 튀어나온 자들은 그 광경을 올려다보며 순식간에 할 말을 잃었다.

막대한 흙먼지를 일으키며 성벽 일부가 **무너져 있었다.**

"마, 말도 안 돼!! 그 자식들이 쳐들어왔어!!"

성벽 계단에서 굴러 떨어지듯 루안이 돌아왔다. 단원들은 황급히 그에게 힐문했다.

"숫자는?!"

"하, 하나!"

귀를 의심하는 동료들에게 루안은 겁먹은 듯 더듬더듬 말했다.

"어, 어쩌면…… 아, 아니, 틀림없어!! '크로조의 마검'이야! 그 자식들, 전설의 마검을 가지고 이 성을 함락시키려 한다고!!"

숨길 수 없는 두려움이 느껴지는 그의 말에 꼴깍 목을 울리는 단원들.

세상이 넓다고는 하지만 그만한 성벽을 일격에 분쇄할 '마검'이 달리 있겠는가. 마법이 아니라면, 망언이라고 내쳤을 루안의 말도 급속히 현실감을 띠기 시작했다.

그리고 결정타를 가하듯 머리 위에서 성벽을 감시하던 자들로부터,

"적은 하나?!"

"마검으로 공격한다!"

잇달아 비명 섞인 보고가 들려왔다.

"이대론 성째 날아가버리겠다고!!"

울부짖는 루안에게 모험자들이 굳어버렸을 때, 한층 강렬한 폭발. 성벽 윗부분이 터져나가며 잔해와 함께 롱 보우를 든 아처들이 바닥으로 떨어졌다.

"으아아아아아아아아아아아아악!!"

루안은 낯빛이 창백해진 동료들을 놔두고 우스꽝스럽게 성내로 도망쳤다.

"설마 내가 이 '마검'을 쓸 날이 올 줄이야……."

복면을 쓴 인물, 류는 두 손의 마검을 교대로 휘두르며 중얼거렸다.

붉은 검을 내리치면 거대한 불덩어리가 튀어나가고 보라색 검을 휘두르면 큰 뱀과도 같은 번개가 솟아났다. 두꺼운 성벽을 관통하며, 비유가 아니라 말 그대로 날려버렸다.

벨프가 일주일 동안 마련했던 '크로조의 마검'.

저주 받은 혈맥으로 만들어낸 검의 파괴력은 다른 무기가 따라올 수 없었으며, 과거 라키아 왕국의 진격과 함께 그 힘과 전과를 세상에 알렸다.

겨우 하룻밤에 난공불락의 요새를 평지로 만들어버렸다는 일화마저 있는, 최강의 **공성병기**였다.

"그 위치에서 쏘아선 맞지 않습니다."

적이 당황해 성벽에서 날리는 화살을 류는 잇달아 뛰며 어려움 없이 피했다. 보답이라는 양 '마검'을 휘두르면 보라색 벼락이 불온한 움직임을 보이던 마도사와 아처를 함께 포착해 굉음을 내고, 화염의 포탄이 잇달아 성벽 일부를 박살냈다.

모래성처럼 무너지고 구멍이 뻥뻥 뚫려가는 북쪽 성벽. '오리지널'인 마법을 넘어서는 포격을 연발하며 류는 성새를 우회하듯 북쪽에서 동쪽으로 진로를 잡았다. 동쪽 벽 또한 무참하게 유린되기 시작했다.

"이대로 아무 짓도 안 하겠다면 성을 무너뜨려 버리겠습니다."

복면 안에서 하늘색 눈동자를 가늘게 뜨고 입술을 움직였다.

부서진 성벽을 넘어 요새 본체에 번개의 일격이 꽂혔다. 절규가 메아리쳤다.

"자, 어서 나오시지요."

다시 한 발, 류는 특대 폭격을 퍼부었다.

"사, 상황을 보고해라!! 지금 어떻게 된 거냐?!"

류에게 파괴되어가는 성내에서는 노성과 비명이 오갔다. 막무가내로 연속포화를 퍼붓는 말도 안 되는 상대에게 모두가 당혹해 판단을 내리지 못했다.

겨우 한 명의 적에게 응전할 방법을 생각하지 못하고 있으려니——성 안에서 루안이 서둘러 돌아왔다.

"히아킨토스의 명령! 50명이 나가서 상대를 쓰러뜨리래!"

"오십?!"

내려진 지시를 대원들이 앵무새처럼 되풀이했다. 성을 지키는 인원의 절반을 쏟아 부으라는 내용에 놀랐지만, 이어지는 루안의 외침에 반론이 차단되었다.

"어정쩡한 숫자로는 접근하기도 전에 그 '마검'에 날아가고 만다고! 적은 열 명도 안 돼. 쓰러뜨리고 냉큼 돌아오면 될 거 아냐!"

정곡을 찌르는 지적에 모두가 입을 다물었다. 이러저러하는 동안에도 다시 폭격을 당해 요새가 큰 진동에 휩싸였다. 후둑후둑 돌을 떨어뜨리며 흔들리는 천장에 루안이 머리를 싸쥐며 도망쳤다.

"어, 얼른 가라니깐?!"

"큭…… 어쩔 수 없지. 가자!"

루안의 목소리에 떠밀린 꼴로 50명의 단원이 모였다. 소대장인 엘프 리소스가 이끄는 그들은 성새 동쪽으로 돌아오는 적에게 맞서 동쪽 문을 열고 출격했다.

"한데 뭉쳐 있지 마라!"

리소스의 말에 따라 10개 분대로 나뉘어 복면 모험자에게 직진했다.

"으, 으윽……!!"

아니나 다를까, 접근하기 전에 포격을 받아 선봉 분대가 날아갔다. 두 자루의 무자비하게 '마검'이 휘둘러질 때마다 분대가 하나 또 하나 재기불능에 빠졌다. 황야를 달리는 리소스는 불꽃의 꼬리가 날아가고 벼락의 막이 터지는 가운데, 그 사이를 뚫고 과감하게 복면 모험자에게 육박했다.

그리고 다시 휘둘러진 '마검'은 다음 순간 산산이 터져나갔다.

"읏!"

"지, 지금이다! 돌격!"

사용한계를 넘어서 파괴된 '마검'. 리소스는 기회를 얻었다고 목소리를 높여 전 부대에 공격을 지시했다.

복면 모험자는 검의 잔해를 버리고 목검을 장비하더니 30명 정도 남은 대부대와 접촉했다.

"빠, 빠르다!"

"연대행동을 취해라! 뛰어들지 말고!"

리소스 부대와 복면 모험자는 눈 깜짝할 사이에 혼전에 빠졌다. 거의 대부분 Lv.2인 제3급 모험자들로 이루어진 소대에게 맞서 상대는 고군분투——정도가 아니라 이쪽을 도륙할 기세로 질풍처럼 목검을 휘둘러댔다. 무시무시한 속도로 케이프를 펄럭이고, 세 명이 동시에 날린 찌르기를 단칼에 쳐냈으며, 함부로 다가간 휴먼 조직원 하나는 반격을 당해 20M 이상 뒤로 날아갔다.

30명이나 되는 모험자들이, 단 한 명의 적을 감당하지 못했다.

"하앗!"

"!"

아군의 공격을 이용해 사각에서 베고 들어온 리소스의 단검이 적의 얼굴을 스쳤다.

후드가 살짝 갈라지고 한순간 드러난 나뭇잎처럼 뾰족하고 긴 귀. 엘프를 상징하는 그 긴 귀에 아연실색한 리소스는 다음 순간 격노했다.

"네놈!! 동포인 엘프가 어떻게 그 끔찍한 마검을 들 수 있나!! 부끄러운 줄 알아라!!"

격앙한 엘프 리소스는 자신의 긴 귀를 시뻘겋게 물들이며 복면 모험자에게 공격을 퍼부어댔다. '크로조의 마검'은 엘프의 숲까지도 잿더미로 만든 무기였던 것이다.

"동포의 마을이 불탔던 것도 모르나!"

일족의 분노와 원한을 담아 외치는 그에게 복면 모험자——류는 낯빛 하나 바꾸지 않고 다음 일격으로 적의 단검을 부러뜨렸다.

"——."

"안됐지만 나에게는 일족의 원수보다도 소중한 것이 있습니다."

시간이 멈춰버린 것 같은 상대에게 담담히 말하고 발을 내디딘다.

"벗을 구하는 것이 수치라면 얼마든지 감수하겠습니다."

전율하는 동포를 류는 검을 날려 격파했다.

『이거 굉장합니다—!! 【헤스티아 파밀리아】가 설마 단기

결전에 나설 줄이야—!!』

　오라리오에서는 벌써부터 경악과 흥분이 사람들에게 전파되고 있었다.

　허공에 떠오른 '거울' 속에서는 연기를 일으키는 북쪽과 동쪽의 성벽, 그리고 요새에도 피해가 미친 고성과 함께 수많은 상급모험자들을 상대로 엄청난 활약을 보이는 복면 인물이 비치고 있었다. 대로에 나온 관중들은 강하고 아름다운 그녀에게 성원을 보냈다.

　『그건 그렇다 쳐도 가네샤 님, 저 무시무시한 '마검'은 대체 무엇일까요?!』

　『저건——가네샤인가?!』

　『해설할 생각 없으면 집에 가세요, 가네샤 님!!』

　길드 앞의 실황과 해설의 전압도 기세를 타 확성된 목소리가 온 도시에 울려 퍼지는 가운데.

　센트럴파크에 세워진 바벨에서는 많은 신들이 감탄하고 있었다.

　"저 복면 모험자 쫌 하는데?"

　"헤르메스 말로는 저게 도시 밖에서 온 협력자라더라."

　"복면 모험자……. 대체 정체는 무슨 리온일까……."

　"【아폴론 파밀리아】의 대응도 빠른걸."

　홀 한구석에서 남신들이 '거울' 하나에 모여 술렁거리는 가운데, 원탁에서는 아폴론이 쯧 혀를 차고 있었다. 하얀 이를 드러내며 밉살스럽다는 듯 헤스티아를 노려보았지만 어린 여신은 역시 '거울'만 응시했다.

"오, 또 뭔가 시작하려나봐."

황야를 비추는 '거울' 안에서는 땅을 기는 짐승처럼 질주하는 흑발 소녀의 모습이 있었다.

🔥

대지의 색과 같은 위장포를 뒤집어쓴 미코토는 혼란을 틈타 성새로 침입하는 데 성공했다.

적의 주의를 일시적으로 끌어준 류 덕에, 파괴된 북쪽 성벽을 통해 성내로. 무미건조한 장검을 한 손에 들고 파괴된 요새의 정면 입구, 모래먼지가 요란하게 피어나는 잔해의 무더기를 도약해 뛰어넘었다.

"【입에 담기조차 황송하여라――】."

그리고 **달리면서** 영창을 시작했다.

"기습이다――! 북쪽으로 적이 숨어 들어왔다―!!"

한 발 먼저 침입을 감지한 루안의 외침이 단원들의 시선을 미코토에게 집중시켰다.

그녀는 단차가 큰 요새의 석제 옥상으로 뛰어나와 적의 대장 히아킨토스가 있을 옥좌의 탑, 적진의 본성으로 돌진했다.

"【그 어떤 것으로도 깨뜨릴 수 없는 나의 신이여, 존엄한 하늘의 인도여. 왜소한 이 몸에 외연한 그대의 신력을】."

"저 자식도 '마검'을 들고 있다! 히아킨토스를 직접 노릴 생각이다!"

미코토가 든 장검을 본 루안이 고함을 질렀다. 그의 말을 들은 단원들은 허겁지겁 곁눈질도 하지 않고 그녀의 진격을 막고자 쇄도했다.

"【구하라 정화의 빛, 파사의 칼날】."

지상에서 화살과 노성이 날아드는 가운데, 미코토의 노래와도 같은 주문이 조그맣게 메아리쳤다.

몸속에서 소용돌이치는 흉포한 '마력'과 고동의 충격 때문에 피부 위로 엄청난 땀이 솟아났다.

"——어라?!"

"아니다, 저건 '마검'이 아니야!!"

아래쪽에서 날아든 화살이 장검에 명중해 어이없이 꺾였다.

들통이 났다. 이어지는 화살의 일제사격에 위장포까지 찢겨 날아가 미코토의 나긋나긋한 팔다리가 드러났다. 바로 뒤에서도 적이 접근하여 더욱 격렬해지는 공격, 화살이 배틀 클로스를 찢고 발치에도 마법이 꽂혔다. 사방으로 튀는 돌의 파편이 미코토의 뺨과 목덜미에 생채기를 냈다.

자세가 몇 번이나 무너질 뻔했지만, 그래도 그녀는 영창과 질주를 중단하지 않았다.

"【휘둘러라 평정의 태도, 정벌의 영검(靈劍)】."

흔들리는 정신, 미숙한 '병행영창'. 몸의 중심에서 이그니스 파투스――마력폭발이라는 어리석은 자멸이 당장이라도 일어날 것만 같았다.

온 힘을 다해 동요를 억누르고 필사적으로 '마력'을 제어하는 미코토의 눈동자에 새겨져 있던 것은 【질풍】의 노래.

강대한 적과 대치하면서도 연신 흘러나오던 아름다운 선율이 머리에서 떠나질 않았다. 미코토는 그녀에게서 높은 경지를 보았다. 그리고 반드시 도달하리라는 갈망을 감추었다.

몇 번이나 공격이 몸을 스치고 영창이 흐트러질 뻔했지만 이 정도가 대수냐고 이를 악물었다.

자신은 그저 노래하고 질주할 뿐이다. 공격, 이동, 회피, 영창 네 가지를 구사하던 그 요정전사에게는 크게 미치지 못한다. 이 정도를 성공시키지 못한다면 높은 경지를 꿈꾸는 자신에게도, 막 손을 잡은 동료들에게도 고개를 들 수 없다.

속속들이 적이 성내에서 모여드는 가운데 미코토는 질주의 속도를 높였다.

"【지금 이 자리에 나의 이름으로 초래하라】."

석제 옥상을 내달렸다. 전투에 빠져들면 틀림없이 영창을 지속할 수 없을 미코토는 적의 접근을 뿌리치며 요새 중앙――넓은 안뜰에까지 육박했다.

아직까지 시야 안쪽에 우뚝 솟은 옥좌의 탑을 바라보며 추격을 피하는 그녀는 그곳에서 특대 도약을 시도했다.

"【하늘로부터 내려와 지상에 임하라──】."

상공을 춤추는 소녀의 그림자를 따라 성내에서, 옥상에서 적 모험자들이 안뜰로 밀려들었다.

가짜 마검을 미끼로 끌어들인 주목, 집결하는 모험자들을 눈 아래에 내려다보며 미코토는 눈꼬리를 틀어 올렸다.

무수한 눈길을 받으며 남은 마지막 영창을 이었다.

"【──신무투정(神武鬪征)】!!"

안뜰에 착지한 것과 동시에 막대한 '마력'이 해방되었다. 적 모험자들이 경악하며 마법을 쓰게 놔두지 않겠다는 양 검을, 창을, 도끼를, 온갖 무기를 닥치는 대로 투척했지만 이미 늦었다.

반경 50M, 최대 범위.

미코토는 자신의 머리 위에 한 자루의 광검을 소환하여──'마법'을 격발시켰다.

"【후츠노미타마】!!"

땅에 발생한 여러 개의 동심원. 그리고 원 중앙, **미코토의 발치에** 우뚝 솟은 짙은 보라색의 광검(光劍).

특대 중압마법이 발동하여 투척된 무기를, 모험자들을, 그리고 미코토를 땅바닥에 후려쳤다.

"끄, 끄아아아아아아아아아아아아아악……?!"

돔 형태의 짙은 보라색 감옥에 붙들린 모험자들은 어마

어마한 압력에 일그러진 절규를 질렀다.

미코토에게 닿기 전에 지면에 내팽개쳐진 무기들이 우둑 소리를 내며 금이 갔다. 휴먼이, 엘프가, 수인이, 중력 영역 내에 있는 모든 자들이 무릎을, 혹은 손을 짚고 머리 위에서 밀려드는 중압에 견디려 했다.

미코토 또한 두 다리에 힘을 주며 자신의 마법력을 버텨냈다.

자폭공격.

강력한 마법에 자신마저 말려들게 해 안뜰 일대에 모여든 모험자들을 결계 안에 가둬놓았다.

중력의 감옥에 의해 그들은 지면에 못 박혀 꼼짝도 하지 못한다. 안뜰이 함몰되어 시시각각 무너져가는 가운데, 곁에 있던 휴먼이 전율하는 눈빛을 보냈다.

"너, 이 자식, 제 정신이냐……?!"

인내심 대결을 이어나가던 미코토는 의연한 목소리로 대답했다.

"한동안 나와 함께 계셔주어야겠소……!"

"힘내라, 미코토……."

홈에 출현시킨 '거울' 앞에 있던 타케미카즈치는 소녀를 격려했다.

"힘내……."

"적을 놓치지 않으려는 건가?"

주신 곁에서 다른 단원들과 함께 지켜보던 치구사와 오우카 또한 고통에 일그러진 미코토의 옆얼굴을 바라보았다.

중력의 감옥에 갇힌 인원은 모두 22명. 중압마법 '후츠노 미타마'는 외부에서 날아드는 것은 화살이든 마법이든 저 빛의 영역에 닿은 순간 땅에 떨어뜨려버린다. 다시 말해 역장의 중심에 있는 미코토에게는 공격이 닿지 않으며, 그녀가 힘이 다할 때까지 이 결계는 풀리지 않는다.

성벽과 함께 '마검'에 날아간 자들, 그리고 류에게 달라붙은 전력까지 합산하면 【아폴론 파밀리아】는 약 8할의 인원이 이미 움직이지 못하게 되었다.

"너무 빠른걸."

——한편 바벨 30층의 홀에서는.

싸움의 추세를 지켜보던 헤르메스가 '거울'을 보고 입을 열었다.

"뭐가 말입니까?"

"아폴론 측의 움직임이 말이야. 대응 속도가 너무 빨라."

곁에 선 아스피의 물음에 '거울' 안에서 전투를 벌이는 자들의 모습을 바라보며 대답했다.

"'크로조의 마검'에 대해 알아차린 것도 그렇고, 기습을 감행한 미코토에게도 재빨리 대처했고, 너무 착착 맞아떨어지지 않아? 마치…… 유도당하고 있는 것처럼."

눈을 크게 뜬 아스피에게 헤르메스는 재미있다는 듯 입을 틀어 올렸다.

"전쟁에서 정보는 무기거든."

"신선도가 높으면 높을수록, 입수가 빠르면 빠를수록…… 최고의 만찬이 되지."

"다만 만약 그 정보 속에 **독**이 섞여 있다면…… 온몸에 도는 것도 빨라질 거야."

단숨에 말을 이어나간 헤르메스의 시선 너머, '거울' 안에는 고개를 두리번거리는 파룸 사내의 모습이 있었다. 그는 완전히 허술해진 성내의 서쪽을 달려 아직 성벽이 건재한 서문 앞에 도달했다.

"단 한 방울의 독이 돌이킬 수 없는 '극약'이 되지."

그리고 그의 손에 활짝 열린 대문을 통해——벨과 벨프가 성벽 안으로 침입했다.

"배신이다아——!!"

관전하던 오라리오 시민들이 머리를 두 손으로 쥐어뜯으며 모조리 일어났다.

시내의 대로에서, 길드 앞뜰에서, 센트럴파크에서 비명인지 함성인지 모를 고함이 연속으로 터졌다.

"【아폴론 파밀리아】 단원이 아군을 배신했어!!"

　"적을 성 안으로 들여놓다니?!"

　여러 개의 원형 창 중에서 휴먼 두 사람과 파룸 사내가 비친 '거울'을 손가락으로 가리키며 수많은 시선이 모여들었다.

　예상도 못했던 배신──루안의 안내로 손쉽게 성내에 침입한 벨 일행. 지금도 동쪽에서 교전을 계속하는 류, 그리고 요새 중앙에 결계를 펼친 미코토가 수를 줄여놓아 현재의 위치에는 전혀 인원이 없었다. 파괴된 북쪽 성벽은 경계를 했지만 멀쩡했던 서쪽은 완벽한 사각이 되었다. 갑자기 그들과 조우한 적 단원이 경악하여 소리를 지르려 했지만 흰토끼가 고속으로 달려가며 순식간에 베어 쓰러뜨렸다.

　충격적인 광경을 보고 오라리오 관중들 사이에 술렁임이 퍼져나갔다.

　"에, 에, 엑……?!"

　말을 잃은 것은 아폴론 본인, 아니, 본신이었다.

　의자를 걷어차며 원탁에서 일어나, 분노 때문인지 얼굴을 요란하게 변색시키며 입을 연신 뻐끔거렸다.

　'좋았어……!'

　바벨의 홀에서 부들부들 떠는 그를 시야 밖에 내버려둔 채 헤스티아는 혼자 조용히 주먹을 꽉 쥐었다.

　'거울' 안에서 셋이 한데 뭉쳐 달려나가는 자신의 **권속들**

을 신뢰의 눈빛으로 바라보며.

"잘 변신했겠지?"

슈림 고성터, 【아폴론 파밀리아】의 성내. 달리며 벨프는 루안에게 속삭였다.

"릴리가 잘 하는 거라곤 이런 것뿐이니까요."

목소리는 남자 그대로지만 어조가 여성의 것으로 바뀐 루안. 얼굴은 다르지만 그 미소는 릴리가 짓던 것과 똑같았다. 벨도 최고의 서포터에게 웃음을 지었다.

배신한 루안의 정체는 '마법'으로 변신한 릴리였다.

루안 본인은 나흘 전, 이 고성터로 오기 전에 기절시켜 마을 변두리의 창고에 가둬놓았다. 지금쯤 미아흐가 감시하면서 이 워 게임을 지켜보고 있을 것이다. 그와 바꿔치기하는 데 성공한 릴리는 어조와 몸짓까지 완벽하게 흉내를 내, 아무에게도 들키지 않은 채 적 진지에서 첩보활동을 벌였던 것이다.

결전 전야, 물자운반 작업으로 밖에 나갔을 때 일행과 합류해 성의 정보를 전해주는 한편 침입경로와 적의 성내의 배치를 모두 알려주었다. 그리고 적의 진형을 고려해 오늘의 작전을 전개한 것이다.

Lv.4 실력자인 류가 적의 절반을 성 밖으로 끌어내고, 그중 또 절반을 미코토가 본성에서 떨어뜨려 붙들어놓았다.

변신한 릴리는 내부에서 교묘하게 유도를 해 이러한 효과를 이끌어내고, 그 결과 허술해진 성내에 벨과 벨프를 유유히 들여놓았다.

그리고 마지막으로 벨프가 벨을 적의 총대장에게 인도한다.

미리 예정해두었던, 헤스티아와 릴리의 작전대로였다.

배신자의 존재——변신한 릴리야말로 성에 반입된 '파멸'이었던 것이다.

"어제 전달했지만, 여기서 히아킨토스가 있는 탑까지는 구조가 희한해. 탑 3층에서 이어지는 긴 연결통로를 지나가야 하거든."

다시 루안의 어조로 돌아온 릴리에게 벨과 벨프는 고개를 끄덕였다. 왕국군이 훗날 개축했다는 왕성 같은 하얀 탑이 창문 너머로 보였다.

"밖에서는 탑에 들어가지 못하지?"

"그래. 입구도 없고, 외견은 멋있지만 꽤 단단해. 애를 먹는 사이에 분명 주위에서 몰려들 거야. 그래도 한 번 안에 들어가버리면……."

"남은 건 옥좌 뿐?"

벨의 말에 릴리는 웃으며 고개를 끄덕였다.

"적은 분명 마도사를 배치해 연결통로에서 매복하고 있을 거야. 부탁한다."

벨을 부탁한다는 릴리의 말에 벨프는 고개를 끄덕이며

대답했다.

"그래, 맡겨줘."

웃음을 남기고 그 자리에서 그들과 헤어지는 파룸. 오라리오의 관전자들 이외에는 아직 정체가 탄로 나지 않은 그녀는, 벨 일행에게 추적자가 접근하지 못하도록 성내를 다시 혼란에 빠뜨리고자 발을 돌렸다.

"가자."

"응!"

연결통로를 눈앞에 두고, 새로 맞춘 라이트아머를 입은 벨과 대도를 어깨에 걸머진 벨프가 속도를 높였다.

"잠깐만, 뭐가 어떻게 된 거야?! 보고를 제대로 해!"

옥좌가 있는 탑 안에서 노도와 같은 전황의 추이에 다프네는 목소리를 높였다. 자신의 단발을 흔들며 째진 눈을 크게 떴다.

"성벽이 못쓰게 됐다니, 보면 누가 몰라?! 그보다도 왜 성에 아군이 이것밖에 안 남은 거냐고?!"

탑의 창문 밖, 대파된 동쪽 성벽을 보며 전령에게 힐문했다. 탑에서 요새로 이어지는 연결통로 앞에는 그녀를 포함한 아홉 명의 단원밖에 없었다.

"루, 루안이, 히아킨토스한테 직접 명령을 받았다던데……. 성 밖으로 출격하라고."

"뭐어?! 그 인간은 그딴 지시 내린 적 없어! 여기 있는 우리도 못 들었는데!"

탑의 수비를 맡고 있는 자신을 경유하지 않는 한 옥좌에 있는 대장의 목소리는 단원들에게 내려가지 않는다.

다프네의 험악한 태도에 전령 노릇을 맡은 엘프 단원은 압도되고 말았다.

"설마 루안 자식, 배신한 건가……?"

그럴 수도 있겠다고, 실상을 모르는 다프네는 동료의 배신을 의심했다. 입술을 깨문 그녀는 간결하고 재빠르게 상황을 확인해나갔다.

"리소스나 다른 소대장들은?"

"다, 당한 것 같아. 요새 쪽은 마법을 발동한 적 때문에 꼼짝도 못하게 된 사람들이 많아. 아직 움직일 수 있는 병력이 몇이나 되는지도 모르겠어."

이 정도로 정보 전달이 지체된 것도 루안의 소행과, 무엇보다도 상대의 진격 속도가 원인일 거라고 혀를 찼다. 워 게임이 개시된 지 아직 일각도 지나지 않은 파죽지세였다.

다프네는 저주했다. 싸우기 전부터 적을 얕잡아보고 높은 곳에서 불구경이나 하겠다던 히아킨토스의 지휘를, 그리고 성벽을 포격당했을 때 조금이라도 망설였던 자신의 행동을.

"다프네, 적이 왔어!! 휴먼 두 사람…… 적의 대장! 리틀 루키다!"

"……여기서 막겠어. 알토, 넌 히아킨토스에게 이 상황을 전해. 옥좌의 홀에 있는 원군을 보내달라고 해서 벨 크라넬을 확실하게 없애자."

달려온 동료에게 적의 접근을 알린 다프네는 지시를 내렸다. 그녀의 목소리에 알았다고 고개를 끄덕인 전령 엘프는 탑 안으로 사라졌다.

다프네는 벨 일행의 진격을 막고자 연결통로에 진을 쳤다. 몸집 큰 남자가 열 명 이상 늘어서도 다 막을 수 없을 정도로 폭이 넓고 긴 복도였다. 벽과 창문, 천장에 에워싸인 이 장대한 외길에는 낡아 너덜너덜해진 붉은색 융단이 끝에서 끝까지 깔려 있었다. 다프네는 즉시 마도사들에게 영창을 시작하도록 지시했다.

이윽고 시야 안쪽에서 벨 일행이 이 연결통로에 모습을 나타냈다.

"아처 부대 앞으로! 도망칠 곳은 없으니 얼마든지 맞출 수 있어! 내 신호에 따라 마도사들도 일제사격!"

앞을 가로막을 것이 없는 장대한 연결통로는 다가오기 전에 저격할 수 있는 절호의 환경이었다. 광범위 공격마법이라면 더더욱 도망칠 곳이 없다.

요격부대를 눈앞에 전개시킨 다프네는 단검을 뽑고 똑바로 돌진하는 벨과 벨프를 가리켰다.

아처가 활시위를 잡아당기고, 마도사들이 영창을 완료시켰다.

"——가라!"

그와 동시에 대도를 걸머진 사내—— 벨프가 울부짖었다.

백발 소년은 몸을 앞으로 숙이고 함께 달리던 그의 곁에서 더욱 가속했다.

"쏴라!!"

다프네의 호령에 화살이 발사되고 이어서 마법이 발동되려던 그 순간.

벨프는 왼팔을 내밀었다.

"【불타버려라, 외법의 업】."

초단문영창.

눈 깜짝할 사이에 그의 손에서 뿜어져나간 아지랑이가 소리도 없이, 물총에서 나간 물줄기처럼 돌진했다.

앞장섰던 벨의 몸을 등 뒤에서 에워싸더니 그대로 다프네 일행에게 도달했다.

"————."

시야가 일그러졌음을 다프네가 느낀 순간, 마도사들에게 아지랑이가 빨려 들어갔다.

다음 순간 그들의 몸이 안쪽부터 불꽃색으로 빛났다.

자폭.

"아니?!"

흐드러지게 피어나는 폭발의 꽃.

다프네의 눈앞에서 마도사들이 발동실패——이그니스

파투스에 빠졌다.

——마도사를 **폭탄**으로 바꿔?!

벨프의 안티 매직 파이어. 요격부대의 중심에서 터져나온 대폭발의 연쇄에 아처들까지도 좌우로 튕겨나갔다. 시커먼 연기를 뿜어내는 마도사 소녀들은 말할 것도 없이 재기불능에 빠졌다. 꿍음과 함께 깨져나가는 통로의 유리, 불타는 융단. 창졸간에 몸을 굽혀 충격에 견뎌낸 다프네의 눈앞에서 엄청난 폭풍이 소용돌이쳤다.

그녀가 숨을 멈추고 전율한 바로 그 순간 백발 소년이 폭염을 뚫고 튀어나왔다.

"웃?!"

토끼를 방불케 하는 속도로 눈 깜짝할 사이에 옆을 가로질러, 돌파했다.

"이런!"

다프네가 황급히 뒤를 따라가려 했지만 터져나온 비명이 그녀의 발을 붙들었다.

홱 돌아보니 결정타를 맞은 아처가 쓰러지고, 타오르는 융단을 가르며 앞으로 나오는 사내의 모습이 있었다.

까만 키나가시를 출렁거리는 벨프는 뻣뻣이 선 다프네의 앞에서——터엉.

어깨에 걸머진 대도를 바닥에 꽂았다.

"모험자면 이걸로 싸우자고. 앙?"

대담하게 웃는 스미스를 쳐다보는 다프네의 눈동자가

흔들렸다.

　벨프와 다프네가 격렬한 교전으로 들어갔다.
　동요하는 소녀를 대도로 몰아붙이는 그의 모습이 '거울'에 비친 가운데 로키는 씨익 웃었다.
　"헤파잉네 얼라도 잘 하네."
　"어머, 고마워."
　바벨의 홀. 바로 곁에 있던 그녀에게서 벨프를 칭찬받은 헤파이스토스는 입술에 웃음을 지었다.
　"그 말도 안 되는 '마검'도 저 스미스 아가 만든 거재? 니 놓아주고 아깝지 않나?"
　"글쎄."
　빙글빙글 웃으며 묻는 로키에게 헤파이스토스는 어딘가 기분 좋은 미소를 지었다.
　한편, 바벨에서 그런 여신들의 대화가 오가고 있음은 전혀 모른 채 탑 바로 아래의 시내에서는 이제까지와 다른 술렁임이 퍼지기 시작했다.
　"야, 이거 야단났잖아. 이대로 가면……."
　"혹시, 혹시……."
　주점 모험자들 사이에 흐르는 어렴풋한 불온한 공기.
　'거울' 안에서 혼자 질주하는 벨의 모습에 조용한 표정을

짓던 그들은 그 순간,

"토끼 뒈져버려—!!"

"지지 마라—!!"

필사적으로 【아폴론 파밀리아】를 응원했다. 아폴론 파에 재산을 건 모험자들의 목소리가 오늘 최고로 격렬해져 곳곳의 술집에서 터져나왔다.

"가라, 소년! 날려버려라웅—!!"

"이 녀석이 아직도 혼이 덜 나서 도박을……."

"【아폴론 파밀리아】에 걸지 않아 그나마 다행이냥……."

서쪽 메인 스트리트 옆, 주점 '풍요의 여주인'.

모든 자리가 가득 찬 가게 안에서 일을 내팽개치고 고함을 지르는 클로에를 루노아와 아냐가 흘겨보았다.

"……."

그런 그녀들의 곁에서, 시르도 손을 멈춘 채 '거울'에 비친 벨을 바라보고 있었다.

잿빛 눈동자가 무언가 기도하듯, 달려가는 소년의 모습을 따라갔다.

"──대단해, 대단하지, 아이즈?! 정말 여기까지 와버렸어!"

"응."

그리고 도시 북쪽.

멀리 떨어진 【로키 파밀리아】의 홈에서도.

'거울' 안에서 펼쳐지는 【헤스티아 파밀리아】의 쾌진격에 티오나가 눈을 빛내고 있었다.

그녀의 곁에서 아이즈의 금색 눈동자 또한 소년의 모습에 못 박혀 있었다.

"그야 잘 하고는 있지만……. 이렇게 번잡하게 굴 것 없이 저 복면더러 '마검'을 들고 성으로 돌진하라고 했으면 어떻게든 되지 않았겠어?"

'거울' 한가운데 앞자리에 자리 잡은 아이즈와 티오나의 등 뒤에서 티오네가 의문을 보였다.

"아마조네스답구먼, 그 사고방식은……."

"음— 아주 단순히 말해서, 골라이아스를 저 백 명의 파티 속에 집어던지면 이길 수 있을까?"

티오네의 질문에 가레스가 어이없어하고, 그 말을 받아 핀이 물었다.

"……무리겠죠."

리베리아도 끼어들었다.

"게다가 저 두 자루의 '마검'만으로는 성벽을 모두 무너뜨릴 수 없었어. 조직의 저력 면에서는 누가 뭐래도 상대가 강하니, 적과 아군이 뒤섞인 난전은 바라던 바가 아니었겠지."

Lv.3인 단장 히아킨토스가 이끄는 【아폴론 파밀리아】는 과거 정예 파티만으로 골라이아스 격파에 성공한 적이 있을 만큼 훈련도가 높다.

파벌 수뇌진이 냉정하고도 객관적으로 분석하고 있으려니.

"그딴 게 무슨 상관이야."

베이트가 입을 열었다.

"토끼 자식은 그냥 자기 손으로 그 변태새끼하고 결판을 내고 싶었을걸."

다른 단원들도 모인 홈의 응접실, 로키가 설치해둔 여러 개의 '거울'이 전개된 가운데 웨어울프 청년은 벽에 기대서서 소년의 옆얼굴을 바라보았다.

"수컷이야, 저 자식은."

그의 호박색 눈이, 그것만은 간파했다는 듯 가늘어졌다.

"뭔가 알고 있나?"

"……알긴 뭘 알아."

리베리아의 물음에 베이트는 내뱉듯 고개를 확 돌렸다.

"됐어 됐어, 여기까지 오면 잘 될 거야!!"

그들이 떠들거나 말거나 '거울' 앞에서는 티오나가 아이즈를 붙들고 소란을 떨어댔다. 몸을 이리저리 흔들고 손을 휘둘러대니 시끄럽기 그지없다. 티오네나 베이트가 시끄럽다는 표정을 짓는 것도 아랑곳하지 않고, 이제는 현저히 두드러지기 시작한 이변의 기운에 주먹을 부르쥐었다.

흥분해 뺨을 붉힌 그녀는 '거울' 너머에 있는 소년에게 성원을 보냈다.

"가라, 아르고노트 군!"

연결통로에서 탑 안으로 진입한 벨은 릴리가 미리 들려준 경로대로 나아갔다.

옥좌의 탑은 넓었다. 낡은 융단이 돌바닥에 끝없이 깔려 있고, 통로 벽에는 먼지를 뒤집어쓴 그림까지 걸려 있다. 마치 주인을 잃은 귀족의 성에 잘못 들어온 것 같았다.

"쉿!"

"!"

사각에 숨어 있다가 튀어나온 수인의 공격에 벨은 냉정하게 대처했다.

날아드는 하얀 칼날을 두 번 연속 회피하고 반격으로 무기를 튕겨내며 상단 발차기. 뺨에 꽂힌 벨의 왼발에 상대는 멀리 날아가 바닥에 나뒹굴었다.

──크라넬 씨, 저는 힘을 빌려드릴 뿐입니다.

적이 산발적으로 달려드는 가운데, 벨의 뇌리에는 어젯밤의 광경이 떠올랐다.

고성에서 멀리 떨어진 숲에서 보낸 결전 전야, 달빛 아래에서 역전의 엘프 전사는 그렇게 말했다.

──이 전투는 【파밀리아】 여러분의 손으로, 아니, 당신의 손으로 결판을 내야만 합니다.

벨 일행은 급조한 '마검'으로 밀어붙여 성을 공략하지 않으려 했다. 요새의 방어력과 적의 힘을 계산하고, 【질풍】의

희생에 매달리는 방식도 피했다.

그러나 그러한 것들은 전제에 불과했다.

분명 모두가 바라고 있을 것이다.

헤스티아도, 릴리도, 벨프도, 미코토도, 관중들도, 아마 신들마저도——그리고 누구보다도 벨 자신이.

소년의 손으로 결판을 내기를, 자타 모두가 바라고 있다.

——나는 그 사람을 이기고 싶어.

가슴에 켜진 것은 오기였다.

당해낼 수 없었을 때 느꼈던 분함과 남몰래 흘린 눈물, 다음에야말로 이기겠다는 포효.

주점, 시내, 그리고 오늘. 세 차례의 싸움을 거쳐 벨은 그 사내를 넘어서려 간다.

설욕을 다하기 위해, 주신과 약속했던 승리를 거머쥐기 위해, 그 높은 경지로 다가가기 위해.

벨은 오늘, 자신의 손으로 결판을 낸다.

'기척이 사라졌어…….'

인기척이 끊어진 통로에 벨은 자신의 발소리만을 울렸다.

남은 것은 탑 최상층, 옥좌가 있는 홀. 대장인 히아킨토스와 그를 지키는 근위병.

단도를 모두 칼집에 꽂고 손바닥을 내려다보았다.

질끈 주먹을 쥔 벨은 앞을 보며——지릉, 지릉 종소리

를 울렸다.

　"적습이다! 【리틀 루키】가 온다!!"

　전령 단원이 뛰어 들어와 옥좌의 홀은 단숨에 소란스러워졌다.

　본성인 이 탑에 벨이 침입했다는 소식에 그 자리에 있던 자들 사이에서 동요가 퍼져나갔다. 원군과 요격을 요청하고자 그들은 저마다 무기를 들고 큰 문으로 뛰어나갔다.

　"에잇, 뭣들 하는 거야!"

　홀 가장 안쪽의 옥좌에 앉아 있던 히아킨토스는 팔걸이에 주먹을 내리쳤다.

　벌떡 일어나 몸에 걸친 망토를 출렁이며, 화풀이하듯 주위에 있던 자들에게 소리를 질렀다.

　"이런 추태를 보이다니 수치의 극치다! 무슨 낯으로 아폴론 님을 뵐지……."

　그의 아름다운 미간에 굴욕이 주름이 되어 드러났다.

　마음대로 희롱당한 끝에 여기까지 침입을 허용해버린 단원들에게도, 그리고 자기 자신에게도 히아킨토스는 분노를 감추지 못했다.

　"단장님, 단장님! 부탁입니다, 얼른 여기서 도망치세요!!"

　"카산드라, 집요하다!!"

　옥좌 옆에서 연신 그렇게 외쳐대는 이 소녀의 존재도 그의 분노에 한몫을 했다.

롱스커트 형태의 배틀 클로스를 걸친 장발 소녀 카산드라는 전투가 시작되기 전인 이른 아침부터 몇 번이나 이 옥좌의 탑을 떠나라고 히아킨토스에게 진언했던 것이다. 필사적으로 매달리는 소녀의 모습이, 이 비겁한 태도가 무엇보다도 그의 속을 긁었다.

"부디, 부디 카산드라의 말을 믿어주세요⋯⋯!"

"닥치라고 했다!! 잠꼬대도 작작 하지 못해!"

팔을 뿌리치고 히아킨토스는 격노했다.

주신 아폴론에게 대장으로 임명받은 자신이 비참하게 도망칠 수 있겠는가. 애초에 질 리가 없다고 그는 호소를 일축했다.

"네놈에겐 보이지 않나? 여기에는 나 말고도 많은 단원이 있다. 혼자 쳐들어와봤자 벨 크라넬 따위 오히려 당할 뿐이야!"

옥좌에 남은 근위 단원들을 가리키는 히아킨토스. 그들은 히아킨토스가 직접 엄선한 만큼 실력도 뛰어나며 숫자만도 열 명이나 된다. 히아킨토스가 여기에 더해지면 겨우 Lv.2인 루키를 상대하기에는 분명 과도한 전력이 된다.

격앙하는 히아킨토스에게 카산드라는 울먹이는 표정을 짓더니 쭈뼛쭈뼛 고개를 떨구어 발밑을 보았다.

바닥을 내려다보던 그녀는, 마치 견딜 수 없다는 듯 자신의 몸을 두 팔로 끌어안았다.

"아……아아."

얼굴을 창백하게 물들이고, 이제는 부들부들 떨기 시작하는 장발 소녀.

짜증이 난 히아킨토스가 입을 열려 했을 때 소녀는 중얼거렸다.

"벼락이……."

지릉, 지릉.

차임 소리를 울리며 달리던 벨은 마침내 위로 이어지는 계단을 발견했다.

아무도 없는 통로를 달려나가, 시야 구석에 있는 대형 계단을 향하면서 그는 하얀 빛의 입자가 모여드는 오른손에 의식을 돌렸다.

18계층의 전투 이후 【그랜드 벨】의 소리는 울리지 않았다.

무언가 계기가 있어야겠지만, 차지의 출력은 전과 다를 바 없었다. 기억이 애매하던 그때, 자신은 누군가의 말을 들었던 기분이 들었다.

그리고 다시 일어나, 동경을 불태우고, 선망을 부르짖고——거기까지 떠올린 벨은 계기가 무엇이었는지를 갑자기 깨달은 것 같았다. 동시에 항상 낼 수 있는 것은 아님을 막연하게 이해했다.

그리고, 지금은 필요가 없다.

"......!"

스킬 【아르고노트】의 트리거, 머릿속에 떠오르는 동경의 존재는 '전사 아레기스'.

몬스터에게 점령당한 요새를 함락시키기 위해 자신의 목숨을 불태우면서까지 적을 치고 또 쳤던, 불사신이라 불리던 대영웅.

신속이라고도 칭송을 받던 영웅의 멋진 모습을 가슴에 담으며 벨은 오른손에 빛을 수렴시켰다.

"벼락이라고?"

카산드라의 중얼거림에 히아킨토스는 코웃음을 쳤다.

고개를 옆으로 돌려 옥좌의 홀에 붙은 창문 밖을 보았다.

"이 푸른 하늘 어디에 번개구름이 있단 말이냐? 벼락 따위 떨어질 리가 있나."

밉살스러울 정도로 푸르게 개인 창공에 히아킨토스는 비웃음을 흘렸다.

그러나.

"그게 아니에요…….."

떨리는 목소리로 카산드라는 부정했다.

머리를 두 손으로 쥐고, 창백해진 채, 입술에서 중얼거리는 목소리를 떨어뜨렸다.

"벼락이…… **솟아나요.**"

소녀의 눈동자는 아래로만 향하고 있었다.

"뭐?"

옥좌의 홀 바로 아래, 대계단.

좌우로 뻗어나간 거대한 나선계단 앞에 도착한 벨은 발을 멈추고 위를 올려다보았다.

탁 트인 머리 위에서 계단을 뛰어 내려오는 수많은 소리가 울려 퍼지는 가운데.

마치 태양을 끌어내리려는 것처럼 오른손을, 하늘 높이 뻗었다.

──1분.

60초의 차지. 집속된 흰빛.

"【파이어볼트】."

노도의 염뢰가 머리 위로 터져나갔다.

"────."

균열이 일어나는 바닥, 새나오는 순백색 광채.

히아킨토스가 말을 잃은 순간, 하늘로 솟구친 벼락이 옥좌의 홀에 작렬했다.

대폭발.

"뭐야 지금 저거어어어어어어어어어어어어어어어
어어어어어어어어————————!!"

바벨은 절규에 휩싸였다.

"무영창?!"

"주문도 안 외우고 위력이 저게——?!"

"저 휴먼 갖고싶어어어어어어어어어어어어어어어
어어어!!"

홀 안에서 들끓을 대로 들끓는 모든 신들.

영창도 없이 뿜어져 나간 벨의 대포격에 경악의 목소리
와 환성이 뒤섞였다.

"……, ……억?!"

신나게 설쳐대는 그들과는 달리 뻣뻣이 선 채 벌린 입을
다물지 못하는 아폴론.

"……!!"

헤스티아 또한 눈을 크게 뜨며 '거울'에 매달렸다.

투영된 광경 속에서는 붕괴된 성의 잔해 속에서 나타나
는 히아킨토스의 모습이 있었다.

"허억—! 허억——……?!"

석재 파편을 털어낸 히아킨토스는 온몸을 발열시켰다.

옥좌의 탑은 위쪽 절반이 날아가버렸다. 바로 아래에서

포격을 당해 옥좌가 있던 홀과 함께 폭쇄당한 것이다. 성의 상공에는 순백색 광채에 싸인 염뢰가 무수한 구름을 꿰뚫고 찬란하게 빛나는 태양으로 솟구쳐 올라갔다.

"뭐야……! 뭐야, 지금 그게?!"

너덜너덜해진 망토 자락, 지저분해진 머리카락을 마구 흔들어대며 히아킨토스는 고함을 질렀다.

――옥좌의 홀이 흰빛에 물들었을 때, 카산드라가 그에게 달려들어선 몸을 부딪쳐 창문 밖으로 밀어냈던 것이다.

그 다음 순간 커다란 벼락이 히아킨토스의 시야를 불태우고, 사방으로 터져나온 무수한 파편과 함께 땅에 추락했다. 이미 주위 일대는 잔해의 산으로 변했으며 시야를 가로막는 막대한 흙먼지가 충만했다.

"카산드라?! 라온?!"

분노인지 혼란인지 알 수 없는 감정이 등을 떠미는 대로 단원들의 이름을 불렀지만 돌아오는 목소리는 없었다.

차츰 걷혀가는 연기 속에서, 잔해에 묻힌 한쪽 팔이며 상반신을 발견하고 히아킨토스는 얼어붙었다.

――전멸.

이제 남은 것은 자신뿐. 그 사실이 히아킨토스의 정신 균형을 무너뜨렸다.

멀리 요새에서 뻗어나가는 연결통로가 무너져가는 가운데, 그는 정신이 나간 것처럼 요란하게 검을 뽑았다.

"어디 있나!!"

플람베르주를 장비하고 소리쳤다.

그 적도 아직 살아 있다고, 자신을 꿰뚫는 전의를 포착하며 확신했다.

심장이 미친 듯이 뛰고 땀이 멈추질 않는다. 이 자욱한 연기 속 어딘가에 몸을 숨기고 히아킨토스의 목을 노리는 것일까.

몇 번이고 돌려대는 몸. 평정심을 잃어가는 사고. 붕괴된 잔해 속에서 시선을 사방으로 돌려댔다.

이윽고 상공의 태양빛이 모래먼지를 가르고, 서서히 흩어놓았던——그때.

"_____."

흐트러지는 공기의 흐름.

등 뒤의 연기 속에서 루벨라이트색 안광이 빛났다.

피에 젖은 토끼와도 같은 기척에 온몸이 떨렸다.

다음 순간, 연기를 뚫고 튀어나온 벨에게 히아킨토스는 돌아서며 검을 휘둘렀다.

단도와 장검이 불꽃을 뿜어내며 격돌했다.

"우오오오오오오오오오오오오오오오오오오오오오오오오오오오오오오오오오오오오오오!!"

오라리오가 진동했다.

모험자도, 실황도, 신들도.

설마 했던 대장과 대장의 일대일 결투에 도시와 함께 흥분이 폭발했다.

모두가 주먹을 부르쥐고 손에 땀을 쥐며 빠져드는 결전의 광경.

대열광을 터뜨린 관중이 언어를 이루지 못하는 포효와 함께 눈앞에서 펼쳐진 검무에 몰입했다.

"……?!"

뿜어져나온 참격. 두 자루의 붉은색 단도.

빠르고 날카로운 공격이 눈앞을 통과하고, 한 번 막으면 다음에는 세 번의 참격이 날아들었다. 정면으로 맞선 순간 백발이 질주하여 품으로, 측면으로, 사각으로, 시야 밖으로 돌아가 노도와 같은 난타를 펼쳐댔다.

방어에만 몰려 반격을 할 수가 없었다.

무기 위에서도 확실한 충격이 손을 꿰뚫어 마비감이 왔다.

두 손에 같은 종류의 붉은 단도를 장비하고 베어대는 벨에게 히아킨토스의 푸른 눈이 흔들렸다.

──누.

격렬하게 맞부딪치는 장검과 단도, 뒤늦게 시작되는 자신의 대응.

힘은 이쪽이 위다. 그러나 분명히, 완벽하게, **속도에서 뒤진다.**

──누구야.

기술로도 뿌리칠 수 없었으며, 또한 찰나의 수읽기도 자신보다 한 수 위였다.

과거의 교전 기억이 무색해질 만큼 심상치 않은 속도.

——누구냐고.

성장이라는 말조차 부족하다.

눈을 의심할 만큼 변모를 거둔 소년의 모습에 히아킨토스는 온 힘을 다해 외쳤다.

"——누구냐고, 넌?!"

능력도, 기술도, 수읽기도, 그 모든 것이 선을 달리했다.

공격의 위력, 기술의 절도, 우직할 정도로 올곧은 기술, 한순간의 기지. 겨우 열흘 전에 혼쭐을 내주었던 소년은 이미 어디에도 없었다.

다른 사람으로 변해버린 눈앞의 모험자를 억지로 뿌리치면서 동시에 외쳤다.

"난, Lv.3이라고!!"

전율과 동요를 거듭하는 히아킨토스를 보며 벨의 몸이 흔들렸다.

사나운 광채가 깃든 다홍색 단도가 내달려 상대의 플람베르주를 양단했다.

"뭘 하는 거냐, 히아킨토스!!"

장검을 잃은 권속에게 아폴론이 비명을 질렀다. 그의 얼굴에는 이미 여유가 없었다.

시내에서는 함성이 끊이지 않는 가운데, 바벨에 전개된 '거울' 안에서는 예비 단검을 뽑아드는 히아킨토스와 벨이 격렬한 전투를 되풀이하고 있었다. 히트 앤 어웨이도 섞어가며 과감하게 공세를 펼치는 소년을 헤스티아가 응시하고 있으려니 헤르메스가 살짝 다가왔다.

"아무래도 벨은, Lv.2가 됐을 때 상당한 저금을 해두었던 모양이지?"

언뜻 가벼워 보이는 웃음을 지은 남신은 그녀의 옆얼굴을 훔쳐보았다.

벨이 Lv.3으로【랭크 업】을 했다는 정보는 듣지 못했다. 그렇다면 현재의 어빌리티와 과거의 어빌리티를 합산한 결과가 이 전투에 반영되었으리라 내다본 그는 어지간히 어빌리티가 높았을 것이 분명하다고 흥미진진한 어조로 물었다.

"Lv.1 시점에서【스테이터스】최고치가 어느 정도였어? 말하지 않겠다고 약속할 테니 들려줄 수 없을까?"

빤히 '거울'만을 바라보던 헤스티아는 눈길도 주지 않고 대답했다.

"어차피 안 믿을 테니까 안 가르쳐줘."

"믿어. 그러니 가르쳐줘."

채근하는 헤르메스에게 헤스티아는 미노타우로스와 싸운 후의 어빌리티 최종기록치를 말해주었다.

"'민첩'만 빼고 SS."

"하하, 농담이지?"

"거 봐."

헤르메스가 웃거나 말거나 헤스티아는 '거울'을 바라본 채 시종 진지한 표정이었다.

낯빛 하나 바꾸지 않는 그녀에게 헤르메스는 서서히 얼굴을 실룩거렸다.

"진짜?"

"진짜."

간결한 대답에 헤르메스는 뻣뻣해진 웃음을 지었다.

"……그럼, '민첩'은?"

"시끄러워, 헤르메스."

집요한 남신의 질문을 잘라내고 헤스티아는 '거울' 안의 광경에 몰입했다.

벨과 히아킨토스의 싸움이 어떻게 될지 마른침을 삼키며 지켜보았다.

"흡!!"

"~~~~~~~~~~~~~~?!"

붉고 거대한 검광이 허공을 가르고, 이를 받아낸 히아킨토스의 단검을 위협했다.

명검이었던 플람베르주를 일격에 잘라낸 벨의 무기에 그는 굵은 땀방울을 뿌리며 후퇴하지 않을 수 없었다.

《우시와카마루 2식》.

드롭 아이템 '미노타우로스의 뿔'을 무기 소재로 삼아 제작한, 하이 스미스 벨프의 영혼이 담긴 무기. 초대 《우시와카마루》를 크게 웃도는 파괴력은 벨의 오른손에 그 숙적의 맹위가 고스란히 깃든 것 같았다. 오히려 자신을 휘둘러대려는 거친 소를 필사적으로 제어하며, 벨은 히아킨토스를 끝내고자 전력으로 공세를 펼쳤다.

적의 무기를 파괴하고 압도하기는 했지만 벨의 마음속에도 여유는 없었다.

나자에게서 받은 마지막 듀얼 포션으로 회복을 했어도 【아르고노트】의 반동은 건재했다. 전투가 오래 끌면 패배할 것이라고 사지에 새겨진 중압감이 외쳐댔다.

초 단기결전으로 결판을 내고자, 이 1분에 전심전력을 쏟아 부었다.

한계를 뜯어내듯 벨의 몸이 다시 가속했다.

"끄으으윽······?!"

신조차 반하게 했던 히아킨토스의 미모가 초조함에 불타고, 일그러졌다.

일주일 동안 아이즈에게 배운 대인전의 극의. 기술과 수 읽기를 비롯한 선배들의 가르침이 공세와도 맞물려 호각에 이르느냐 마느냐 하는 기교의 응수로 이어졌다. 제1급 모험자가 검과 주먹과 발길질로 직접 몸에 새겨준 승부의 감각이 히아킨토스의 퇴로를 차단했다.

엄청나게 높아진 스테이터스와 함께 결실을 맺은 타도의 의지가, 제2급 모험자를 몰아붙였다.

"우, 오오오오오오오오오?!"

피부를 스치고 온갖 액세서리를 날려대는 붉은 칼날의 난무를 떨쳐내듯 히아킨토스는 포효와 함께 발밑으로 검을 내리쳤다.

"웃?!"

그렇게 발생한 충격과 풍압. 무시무시한 위력의 일격에 잔해와 함께 지면이 갈라지며 흙먼지가 피어났다. 벨이 재빨리 뛰어 물러나는 가운데 히아킨토스 또한 다시 온 힘을 다한 도약으로 화살처럼 물러났다.

그리고.

"——【나의 이름은 사랑, 빛의 총아. 나의 태양에 이 몸을 바치노라】!"

히아킨토스는 마지막 도박에 나섰다.

피아간의 거리가 크게 벌어진 가운데 영창을 개시했다.

"【나의 이름은 죄, 바람의 질투. 한 줄기 돌풍을 이 몸에 부르노라】!"

'마법'——기사회생의 비밀병기.

불리한 백병전을 견디지 못하고 벗어나, 형세를 역전시킬 수 있는 필살기를 구사하고자 한다.

"【뿜어져 나오는 화륜(火輪)의 일격——】!"

벨은 대량으로 피어나는 흙먼지 속에서 자아내는 주문

을 감지했다.

《우시와카마루》를 칼집에 넣고, 그렇게는 놔두지 않겠노라 왼손을 내밀었다.

"【파이어볼트】!"

순발력에서 뛰어난 속공마법이 히아킨토스에게 작렬했다.

"~~~~~~~~~~~~~~~~~~~~~~~~크?!"

염뢰가 울려 퍼지며 폭염이 일어났다.

몸을 벌렁 젖히는 장신. 온몸이 그을리고 배틀 클로스가 너덜너덜해진 히아킨토스. 그러나 버텼다.

강철 같은 정신으로 '마력' 제어의 고삐를 놓치지 않았다.

이를 악물고 얼굴을 힘껏 앞으로 되돌리며, 영창을 속행했다.

"【──오너라, 서쪽의 바람】!!"

눈을 크게 떴다가, 즉시 눈꼬리를 곤두세우는 벨.

속공마법의 진수인 연사로 막아내려 했다. 그러나.

"에잇─!!"

"?!"

잔해 속에서 기어나온 장발 소녀, 카산드라에게서 기습을 당했다.

히아킨토스와 마찬가지로 포격의 직격을 면한 모양이었다. 바로 옆에서 날아든 몸을 사리지 않는 그녀의 몸받기에 마법이 방해를 받았다.

"잘 했다, 카산드라!"

오라리오에서 아폴론의 갈채가 울려퍼지는 가운데——

——카산드라에게 붙들린 벨에게 이번에는 조그만 그림자가

뛰어들었다.

"벨 님!"

"꺅?!"

변신을 푼 릴리의 서포트.

누구보다도 빠르게 이 자리로 뛰어든 소녀가 카산드라

의 몸을 튕겨내고 그대로 데굴데굴 지면에 뒤엉켰다.

"——ㅎㅇㅇㅇㅇㅇㅇㅇㅇㅇㅇㅇㅇㅇㅇㅇㅇㅇ읍!!"

벨이 즉시 왼손을 고쳐 내민 가운데, 영창을 마친 히아

킨토스는 상반신을 뒤틀었다.

무게중심을 낮추고, 왼손을 내리고, 그리고 오른팔이 높

이 높이 쳐든 그 자세는—— 원반던지기.

고출력 '마력'을 오른손에 응축시키며 히아킨토스의 푸

른 눈은 경악하는 벨을 꿰뚫어보고, 단숨에 마법을 발동시

켰다.

"【알로 제퓌로스】!!"

태양과도 같이 빛나는 거대한 원반.

휘두른 오른손에서 뿜어져 나간 일륜(日輪)이 고속회전하

며 맥진했다.

"【파이어볼트】!"

한순간 뒤늦게 날린 벨의 속공마법.

인간의 상반신만큼 거대한 빛의 원, 고속으로 질주하는 붉은 벼락.

두 사람의 마법은 눈 깜짝할 사이에 맞부딪치고, 대원반이 염뢰를 떨쳐냈다.

"웃?!"

한 줄기 불꽃의 이빨이 무참히 갈라지며 대량의 불똥을 흩뿌리고 무산되었다.

결정적일 정도로 힘에서 밀렸다. 벨의 마법이 가진 단점, 단발의 위력은 결코 높지 않다.

적의 필살기에 【파이어볼트】는 깨졌다.

"크윽?!"

그대로 돌진해온 대원반을 벨은 간신히 회피했다.

"소용없어어!"

그러나 히아킨토스의 그 외침에 이끌린 것처럼, 회전하는 빛의 원반은 상공으로 날아올라가 크게 호를 그리며 벨에게로 진로를 바꾸었다. 루벨라이트색 두 눈이 크게 뜨였다.

자동추적 속성. 조준한 대상에 명중할 때까지 적의 마법은 소멸되지 않는다.

서풍을 두르고 날아 돌아온 대원반을 벨은 조바심과 함께 다시 피하려 했다.

"【적화(赤華)】!!"

그 순간 원반은 눈부신 빛을 뿜으며 대폭발을 일으켰다.

"──커억!!"

알로 제퓌로스는 회피행동을 취하던 벨의 바로 옆을 지나가는 순간, 시전자 히아킨토스의 주문에 호응하여 폭쇄했다.

고위력 폭렬탄에 소년의 몸이 날아가버렸다.

"벨 님!"

카산드라에게 매달려 있던 릴리의 찢어질 듯한 비명.

'거울'을 통해 지켜보던 헤스티아의 호흡도 정지하고, 소년에게 성원을 보내던 모든 자들이 움직임을 멈추었다.

폭연에 휩싸인 몸이 잔해 위를 몇 번이나 튕기고, 떠오르고, 핏방울을 뿌리며 굴러간다. 동시에 덜그렁, 하고 오른손에서 나이프가 떨어지는 소리가 울려 퍼졌다.

벨은 간신히 기세를 죽이며 몸을 일으켰지만 갑옷을 잃은 오른쪽 어깨는 꼼짝도 하지 않았다.

마치 관절이 빠져나간 것처럼, 무참하게 그을린 오른팔은 덜렁 늘어져 있었다.

"잡았다아!!"

칼집에 거두었던 단검을 재장비하며 히아킨토스가 돌격했다.

무시무시한 속도로 적이 육박했지만 오른쪽 어깨가 빠진 벨은 움직이지 못했다.

뻣뻣하게 선 그를 향해, 태양의 광채를 반사하는 검신이

번뜩 빛났다.

'――――.'

벨의 체감시간이 극한까지 늘어난 가운데, 멀리 떨어진 오라리오에서.

헤스티아의 눈동자가 공포에 물들었다.

아폴론의 웃음이 환희에 일그러졌다.

에이나가 창백해지고, 시르는 굳어버리고, 헤르메스는 눈을 돌리지 못했으며, 베이트는 혀를 찼다.

그리고 티오나가 숨을 죽이는 옆에서――아이즈의 금색 눈동자는.

소년의 루벨라이트색 눈동자와 마찬가지로, 그날의 광경을 보고 있었다.

'――――.'

저녁놀에 물든 시벽 위에서, 두 사람의 그림자가 겹쳐지며.

나는 말했어.

난 들었어요.

――사람은 허점을 발견하면, 움직임이 단순해지는 경향이 있어.

그녀가 말하고, 소년이 배웠던 조언의 내용.

――결정타는, 방심과 가장 가까워.

되살아나는 회상을, 우연히, 필연적으로, 두 마음이 공유했다.

――궁지에 몰렸을 때가, 가장 좋은 기회이기도 해.

난 가르쳐줬어.

난 가슴에 새겼어요.

——잊지 마.

그러니, 아직.

"——이제부터."

급속도로 접근한 히아킨토스가 단검을 등 뒤로 돌려 힘을 모았다.

기세가 실린 찌르기. 벨을 꿰뚫어버릴 힘을 가진 필살의 일격.

입맛을 다시듯 청년의 입가가 치켜 올라가는 가운데 벨은 몸을 뒤로 뺐다.

겁을 먹었냐고 히아킨토스는 조롱하고, 소용없다는 양 단검을 굳게 쥔 채 내질렀다.

다음 순간, 벨은 지면에 등부터 쓰러졌다.

무게중심을 한껏 후방으로 기울이며 뒤구르기.

간격이 3M 안으로 들어섰을 때 힘차게 등부터 지면에 떨어져 단검 끝을 회피한다.

그리고 그 반동으로 두 다리를 들어 올렸다.

찌르기가 빗나가 한껏 늘어난 상대의 팔, 손이 쥔 칼자루에 오른발 끝이 닿았다.

그대로 상공을 향해 차올렸다.

"_____."

채앵. 소리를 내며 허공에서 회전하는 단검, 무기를 잃어 경직된 히아킨토스.

적이 품었던 승리의 확신을, 방심을, 자신의 기회로 바꾸었다.

벨은 뒤구르기 자세에 거스르지 않고 일어나 발꿈치를 지면에 파묻으며──질주했다.

"──흐읍!!!"

돌진했다.

"──자, 잠까아아아아아아아아아아아아아아아아아아아아아아아아아악?!"

쓰지 못하게 된 오른쪽 어깨를 버리고 왼손을 굳게 부르쥐었다.

전속력으로 정면에서 돌진하는 소년. 그러나 찌르기 자세 때문에 한껏 몸을 앞으로 숙인 히아킨토스에게는 이를 피할 방법이 없었다.

흰토끼의 치명적인 이빨──보팔 팽. 던전 깊은 곳에 도사린 살인토끼의 모습을 환영처럼 본 청년의 얼굴이 공포와 절규에 일그러졌다.

그리고 이빨을 꽂고자 날아오른 벨의 왼손이 혼신의 힘으로 내질러졌다.

"으아아아아아아아아아아아아아아아아아아아아아아아아아!!"

격쇄.

"커어어어억?!"

뿜어져나간 왼쪽 주먹이 히아킨토스의 얼굴에 꽂혀, 파고들고, 날려버렸다.

터지는 듯한 음향. 멀리 날아간 청년의 몸은 지면에 한 번 크게 튕기고 솟구쳤다가 망토에 휘감기며 봇물 같은 기세로 굴러갔다.

30M이나 되는 거리를 굴러갔을 때에야 히아킨토스는 큰 대 자로 허공과 태양을 우러러보았다.

뺨에 주먹 자국을 남긴 채 흰자위를 까뒤집은 몸은 일어날 줄을 몰랐다.

바람이 그치고, 전장의 소리가 끊어졌다.

결판의 광경에, 릴리를 뿌리치려던 카산드라의 몸이 축 늘어졌다.

"——————————————————————
————————————————!!!"

오라리오 상공에 대함성이 터져나왔다.

고성터에 울려 퍼진 격렬한 징 소리와 함께 결판을 알리는 큰 종소리가 도시 전체에 울려 퍼졌다.

관중인 수많은 데미휴먼이 '거울' 속에 선 소년에게 흥분 어린 외침을 터뜨렸다.

"에이나, 이겼어어—!!"

"벨……!"

길드 본부 앞뜰에서는 에이나가 미샤에게 안기고 있었다.

에메랄드색 눈동자에 눈물을 머금은 그녀는 지금만큼은 입장을 잊고 기쁨을 나누었다. 주위 길드 직원들도 감개무량한 듯 들끓는 가운데 저마다 웃음을 보였다.

『전투 종료오오오오오오오오오오오?! 그야말로, 그야말로 자이언트 슬레이어 【로키 파밀리아】의 주가를 빼앗는 자이언트 킬링!! 워 게임의 승자는 【헤스티아 파밀리아】—————!』

그리고 스테이지 위에서, 어째서인지 가네샤가 요란한 포즈를 짓는 가운데 실황자 이브리가 몸을 내밀고 얼굴을 시뻘겋게 물들이며 확성기에 고함을 질러댔다.

그의 확성된 말은 파도처럼 관중과 건물에 빨려 들어갔다.

"""""이얏호오—————!!"""""

주점에서는 헤스티아 파에 돈을 걸었던 신들이 힘차게 일어나며 승리의 환성을 질렀다.

"""""빌어먹을—————

——————————————————!!"""""""

한편으로는 아폴론 파에 걸었던 모험자들이 무수한 도박권을 찢어발겨 머리 위로 집어던졌다.

"어, 아가씨?! 아가씨도 땄어?!"

주점이 아비규환에 휩싸인 가운데 혼자 승리에 성공한 줄 알았던 몰드는 가게 한구석에서 득의양양한 표정을 짓는 소녀를 바라보았다.

그가 기뻐하며 문자 꼬리를 붕붕 휘두른 시앙스로프——나자는 웃음과 함께 엄지를 척 내밀었다.

""""앗싸아!""""

서쪽 대로, '풍요의 여주인'에서는 아냐, 클로에, 루노아 등 가게 급사 세 아가씨가 함께 손바닥을 마주쳤다. 다른 종업원들이며 주방의 캣 피플들도 손을 맞잡고 웃음을 나누었다.

"……벨 씨."

시르 또한 잿빛 눈을 가늘게 뜨고 입에 기쁨의 미소를 머금었다.

뺨을 붉게 물들이고 '거울'을 올려다보고 있으려니 가게 곳곳에서,

"젠장, 돈 날렸다아—!"

"시르 양, 술 더 갖다줘어!!"

그런 비탄에 잠긴 모험자들이 횟술에 몸을 맡기기 시작했다.

"네~."

주점 소녀들은 기분 좋게 대답하며 파닥파닥 힘차게 가게 안을 뛰어다녔다.

"……쳇, 이겼구만."

홈 밖에서 울려 퍼지는 환호성을 들으며 베이트는 언짢은 투로 내뱉었다.

그는 응접실에 등을 돌리고 나갔다.

"베이트, 어디 가?"

"어디면 뭐."

단장인 핀의 물음에 제대로 대답하지도 않은 웨어울프 청년은 모습을 감추었다.

응접실에 남은 멤버들은 얼굴을 마주하며 저마다 다른 표정을 지었다.

"던전일까?" "던전이겠구먼." "던전이네."

"그렇죠……?"

핀과 가레스가 쓴웃음을 짓고 리베리아는 두 눈을 감았으며, 티오네도 어이없다는 표정을 지었다.

또한 주위에서는 약 열흘 전 홈을 찾아왔던 소년이 거머쥔 승리의 광경에 단원들은 무어라 형언할 수 없는 표정을 짓고 이었다.

그리고.

"……해냈네!"

"응……."

'거울' 앞에서, 바로 조금 전까지 소리를 질러대던 티오나가 천천히 돌아보고 이히히 하고 만면에 미소를 지었다.

마주 고개를 끄덕인 아이즈는 달려오는 동료들에게 에워싸이는 벨의 모습을 보고 얼굴에 웃음을 지었다.

"축하해……."

형님 같은 동료가 머리를 마구 헤집어대는 가운데 파티원들과 웃음을 나누는 소년의 모습이 대로의 거대한 '거울'에 비춰지고, 도시는 순식간에 축제 분위기에 휩싸였다.

신들이 모인 바벨에서도 소란은 끊이질 않아, 그들은 저마다 아이들을 칭송하고 비평하는 등 제멋대로 워 게임을 총평하기 시작했다.

"뭐……가, 어……?"

그런 가운데 홀로, 아폴론은 새하얗게 물든 얼굴로 서 있었다.

자신의 자식들이 힘없이 두 무릎을 꿇고 있는 '거울' 속의 광경이 그를 현실에서 도피하도록 내버려두지 않았다.

두 걸음, 세 걸음 후퇴하는 그의 머리에서 월계관이 투둑 떨어졌다.

"──아~폴~론~?"

그리고 흐느적.

이제까지 침묵을 관철하던 헤스티아가 기분 나쁜 움직임으로 원탁에서 일어났다.

고개를 슬쩍 숙여 늘어진 앞머리 너머, 눈동자에서 사신으로 착각할 만한 안광을 뿜어내며, 망연자실한 아폴론에게 다가왔다.

"히, 히이익?!"

"각오는돼에있게에찌이?"

지옥 밑바닥에서 울려 퍼지는 듯 나직한 목소리에 아폴론은 요란하게 엉덩방아를 찧었다.

벨을 괴롭히고, 홈을 파괴하고, 온 시내를 헤집으며 쫓아다니고 한없이 멸시했던 그에게.

끊임없는 울분이 쌓여 폭발 직전인 여신을 앞에 두고 남신은 부들부들 떨었으며, 심지어 눈에서는 줄줄 눈물을 흘리기 시작했다.

"기, 기다려다오 헤스티아?! 내, 내가 잠깐 제정신이 아니었어! 네 아이가 너무 귀여워서 그만 장난을……. 부, 부탁이야, 부디 자비를 베풀어줘, 자비의 여신이여! 우리는 서로 구혼을 했던 사이잖아?!"

"닥.쳐."

명왕과도 같이 애원을 일소해버리는 어린 여신.

'천계'에서도 지상에서도 본 적이 없었을 정도로 노발 충천한 그녀의 모습에 아폴론은 새파랗게 질려 말을 잃었다.

휭휭휭휭 트윈테일을 거칠게 출렁거리는 그녀의 분노가 얼마나 깊었는지 깨닫고 말았다.

"이겼을 때는 무슨 요구든 받아들이겠다고 약속했으렷다아?"

승리를 믿어 의심치 않았던 아폴론은 패배하면 분명 그렇게 하겠다고 호언장담했다. 주위에서도 신들이 모여 커다란 원을 이루는 가운데, 한쪽은 죄상이 만천하에 드러난 죄인, 한쪽은 '신의 심판'을 내리는 여신이 되었다.

진심으로 재미나다는 양 빙글빙글 웃음을 짓는 신들, 목이 메어 말을 잇지 못하는 아폴론.

주저앉은 남신의 앞에서 천천히 고개를 든 헤스티아는 눈을 번쩍 뜨더니 분노의 포효를 터뜨렸다.

"홈을 포함한 전 자산을 몰수하고 【파밀리아】도 해산한다——그리고 주신인 너는 영구추방! 두 번 다시 오라리오에 발을 들이지 마라—————————앗!!"

"흐기야아아아아아아아아아아아아아아아아아아아아아아아아아아아아아아악?!"

도시를 뒤흔든 신의 절규가 울려 퍼졌다.

권속의 정조를 노리던 위험 신물에게 헤스티아는 가차 없는 벌을 내렸다.

전장에서 멀리 떨어진 도시, 아직까지 흥분의 소용돌이가 수그러들지 않는 이곳 오라리오에서도.

결판 하나가 내려지고 있었다.

싸움이 끝난 고성터.

성벽, 옥좌가 있던 탑, 그 외에도 수많은 건물이 무너진 성내에서 벨 일행은 승리에 들떠 있었다.

"정말, 그렇게 큰 【파밀리아】에 이겨버렸군요……. 우리만으로."

"잔재주를 이것저것 부리기는 했지만……. 뭐, 지금만큼은 가슴을 펴도 되지 않겠어?"

흥분이 식지 않은 기색으로 미코토가, 벨프가 말을 나누었다. 스스로 자기 마법을 받았던 그녀, 상대의 간부 다프네와 칼을 나누었던 그의 모습은 방어구며 옷이 너덜너덜해졌지만 얼굴에는 달성감을 얻은 웃음이 맺혀 있었다.

그런 그들의 대화를 들으며 벨은 릴리 앞에 천천히 몸을 숙였다.

"릴리…… 도와줘서, 고마워."

"벨, 님……."

"정말, 고마워……."

미소에 기쁨을 드러내는 벨의 너덜너덜한 얼굴을 보고 릴리는 감정이 북받쳤는지 목이 콱 메었다. 그녀는 그 조그만 몸을 긴장시키고 고개를 숙이며, 조심스레 물었다.

"릴리는…… 벨 님에게 도움이 됐나요?"

"응. 릴리가 있어준 덕에…… 난 오라리오에 돌아갈 수 있어."

벨의 말에 앳된 얼굴이 활짝 피어났다.

마치 서로의 관계가 다시 시작되었던 그날처럼, 파룸 소녀는 뺨을 붉히고 해바라기 같은 웃음을 지었다.

복면을 쓴 류가 벨의 다친 오른쪽 어깨를 보며 말했다.

"크라넬 씨, 그만 출발하시지요. 길드의 파견 직원들이 올 때까지 어디서 차분하게 치료를 해야겠습니다."

"아, 네."

승리의 여운을 곱씹으며 벨 일행은 잔해가 흩어진 그 자리에서 이동을 시작했다.

"……?"

문득 벨은 자신의 가슴에 왼손을 대보았다.

흠칫한 후, 목에 감았던 끈을 잡아당겨 그것을 가슴께에서 꺼냈다.

그곳에서 나왔던 것은 부서진 아뮬렛이었다.

완벽하게 박살이 난 보석, 금이 가 너덜너덜 파편을 떨어뜨리는 금속 부분. 시르에게 받았을 때의 그 아름다운 원형은 흔적도 없었다.

'……지켜준, 거구나.'

그때 직격당한 히아킨토스의 마법은 너무 강력해서 재기불능에 빠졌어도 이상하지 않을 위력이었다.

어쩌면 자신을 대신해 부서졌는지도 모르겠다고, 아뮬렛을 보며 벨은 그런 사실을 직감하고 말았다.

그리고.

부서진 아뮬렛의 안쪽에는 휘장 같은 각인이 새겨져 있었다.

무수한 균열 탓에 판별할 수는 없는 무언가의 프로파일 (측면상).

멍청히 서 있으려니 벨프가 돌아보며 말했다.

"왜 그래, 벨? 가자."

"어…… 으, 응."

아뮬렛을 내려다보던 벨은 애매하게 *끄덕*이고, 걸어나가기 전에 다시 한 번 하늘을 우러렀다.

"……."

이 아뮬렛을 시르에게 주었던 모험자는 누구였을까?

무슨 목적으로 시르에게 맡겼고, 그것이 자신의 손에 오게 되었을까.

맑게 갠 창공을 올려다보며 생각했다.

저 하늘 너머에서, '거울'을 통해 보고 있을 도시의 관중들 속에서 이쪽을 알아본 누군가가 미소를 지은──그런 기분이 들었다.

워 게임은【헤스티아 파밀리아】의 승리로 막을 내렸다.

두 파벌의 격전은 오랫동안 화제가 되었으며, 고성터에

서 하루를 거쳐 벨 일행이 도시로 귀환한 후로도 그들은 한동안 주목을 받았다.

패배한 【아폴론 파밀리아】는 헤스티아의 요구대로 즉시 해산. 주신인 아폴론은 권속들과 헤어져 퇴단 의식을 마친 후 홀로 도시에서 쫓겨나게 되었다.

무소속이 된 단원들은 앞으로 어떻게 할지 느긋하게 길을 모색하려는 자, 다른 파벌의 스카우트를 받아 입단하는 자, 낙오된 자 등등 갖가지였다. 개중에는 히아킨토스처럼 아폴론에게 심취되어, 길드의 전력유출 금지령을 뿌리치면서까지 자신의 생애를 바친 주신을 따라간 자들도 있었다.

워 게임의 영향은 곳곳에서 파문을 일으켰다.

아직도 열기가 가라앉지 않은 가운데 수많은 이들이 뒤처리에 내몰렸다.

"……여기, 약속드렸던 탈퇴금이에요."

금화가 담긴 자루가 릴리의 손에서 건네졌다.

로브를 걸친 소마는 말없이 이를 받아들었다.

워 게임으로부터 이틀 후. 릴리는 【소마 파밀리아】의 홈을 찾아왔다.

해산한 아폴론 파의 자산은 배상금으로 모조리 헤스티아 파에 들어왔다. 릴리는 약속대로 거금을 마련해 담보로 맡겼던 《헤스티아 나이프》를 교환하러 온 것이다.

함께 가겠다는 벨이나 다른 동료들의 청을 거절한 그녀는 혼자 이곳에 있었다. 자신의 손으로 종지부를 찍고 싶다고, 그렇게 말하고.

　"……."

　파벌의 체면도 있으므로 소마는 고분고분 탈퇴금을 받아들였다.

　자루 안의 금액 따위 확인도 하지 않고, 보관해두었던 칠흑의 나이프를 릴리에게 돌려주었다.

　식물의 모종과 술병이 선반에 늘어선 주신의 방에서 너무나도 쉽게 끝나버린 거래에 릴리는 조금 당황했지만 이윽고 자세를 고쳐.

　조심스레, 긴장된 기색으로 마지막 인사를 올렸다.

　"이제까지, 신세 많았습니다……."

　비아냥거려주기 위해서도 원한을 품어서도 아니고, 그저 종지부를 찍기 위해 릴리는 그 말을 입에 담았다.

　등에 여신의 '은혜'가 새겨진 릴리는 이미 【헤스티아 파밀리아】의 일원이다. 더 이상 【소마 파밀리아】의 단원이 아니다.

　로브에 폭 파묻힌 조그만 몸으로 인사를 하고 고개를 슬쩍 숙인 채, 제대로 시선을 마주하지 않고 소마의 앞에서 물러났다.

　"……."

　등을 돌리고 문으로 향하는 소녀에게 선 채로 있던 소마는 무언가를 생각하는 몸짓을 보인 후…… 그 뒷모습에 말을 걸었다.

"릴리루카 아데…… 미안했다."

흠칫, 릴리의 몸이 문 앞에서 멈추었다.

긴 앞머리 탓에 전혀 표정을 엿볼 수 없는 남신은 마지막으로 말했다.

"……건강에 유념하거라."

처음으로 듣는, 주신님의 말.

조용히, 천천히, 릴리의 밤색 눈이 젖어들었다.

아주 오래 전부터 듣고 싶었다고, 그래도 마지막으로 들어서 다행이라고, 돌아보지 않은 채 고개를 푹 숙였다.

"네……."

자신의 이름을 기억해준 주신에게 떨리는 목소리로 대답한 후.

이번에야말로 방을 나갔다.

"……."

릴리가 떠난 후로도 한동안 가만히 서 있던 소마는 천천히 몸을 돌렸다.

선반에 놓여 있던 술병을 모조리 꺼내 끌어안고 궤짝 안에 넣은 다음 뚜껑을 덮었다.

나올 차례를 잃어버린 잔을 대신 선반에 놓고 긴 앞머리 안에서 눈을 가늘게 떴다.

이후 【소마 파밀리아】의 파벌 상황은 조금씩 개선을 보이게 된다.

거대한 저택이 들어선 넓은 정원 안에서.

헤스티아는 크게 거들먹거렸다.

"짜안—! 어떠냐! 이것이 오늘부터 우리의 홈이다!"

""""""오오~~~!""""""

헤스티아가 가리키는 저택을 보며 벨, 릴리, 벨프, 미코토는 감탄했다.

고개를 들고 올려다봐야 하는 3층짜리 대저택이었다. 헤스티아 말로는 안뜰과 복도까지 있다고 한다. 부지는 높은 철제 울타리에 에워싸였으며, 꽃이며 정원수가 심어진 넓은 앞뜰도 있다.

"정말 【아폴론 파밀리아】의 홈을 차지해버렸네요……."

"흥, 우리는 부조리하게 홈을 파괴당하지 않았더냐. 누가 불만이 있을까!"

저택을 올려다보는 릴리의 말에 헤스티아는 당당하게 대꾸했다.

워 게임 승자의 권리로 그들은 【아폴론 파밀리아】의 홈——그들이 소유했던 호화 저택을 손에 넣었다. 꿈에도 생각지 못했던 주거지의 랭크 업에 벨은 다른 동료들과 함께 놀라움을 감추지 못했다.

새로운 홈이 된 저택을 앞뜰에서 모두 함께 바라보니 믿을 수 없는 심정으로 가슴이 가득 차올랐다.

"배상금도 듬뿍 받아냈으니, 악취미스러운 조각상 같은 것들의 철거를 포함해 저택 전체를 개축하겠다! 뭔가 희망

사항이 있으면 말해다오!"

"헤, 헤스티아 님! 부디 목욕탕을 도입해 주시옵소서!"

"헤스티아 님~! 난 작업용 화로 만들어줘요!"

앞으로 아폴론의 취미가 고스란히 반영된 저택을 개축하겠다는 뜻을 밝히자 미코토와 벨프가 흥분하며 애원했다. 헤스티아는 눈을 감고 두 사람에게 손바닥을 내밀며 잠시 기다리라고, 어딘가 느긋하게 말했다.

"이제야 겨우 가슴을 펴고 【파밀리아】를 내세울 수 있게 되었으니, 우선 엠블럼을 정하자꾸나."

""""""그건 그래요!""""""

주신의 제안에 나란히 고개를 끄덕이는 권속들. 그중에서도 벨은 염원하던 【파밀리아】 엠블럼을 착용할 수 있다는 데에 한층 가슴이 두근두근했다.

저택 현관 앞의 계단에 쪼그리고 앉는 헤스티아. 미리 준비해두었는지 부스럭부스럭 화구와 화판을 꺼내선 그림을 그리기 시작한다. 그녀를 중심으로 양피지를 들여다보려 하는 벨 일행은 가족처럼 몸을 맞댔다.

"헤헹~. 아주 오래 전부터 생각해뒀지!"

흐트러짐 없이 손을 움직인 헤스티아는 곧 짜잔 소리와 함께 완성된 그림을 보여주었다. 양피지를 받아든 벨프, 미코토, 릴리는 함께 쳐다보았다.

"이건, 불꽃하고……."

"그렇군요. 헤스티아 님의 상징은 수호의 불이죠."

벨프와 미코토가 음음 고개를 끄덕이는 가운데 릴리만은 버럭버럭 화를 냈다.

"그런 건 상관없어요! 이 엠블럼은 결국 헤스티아 님하고 벨 님이란 거잖아요!"

삼인삼색의 반응을 보고 헤스티아는 주신의 권력을 휘둘러 만족스럽게 선언했다.

"뭐 어떠냐. 이 【파밀리아】는 나와 벨이 시작한 거니까."

이윽고 벨의 손에도 양피지가 돌아갔다.

엠블럼의 그림을 내려다보던 그는 루벨라이트색 눈을 크게 떴다.

"주신님, 이건……."

놀라는 소년을 향해 여신은 후후 뺨을 붉히며 웃었다.

그녀는 기쁜 듯 미소를 지으며 다시금 말했다.

"자, 벨. 오늘이 진정한 의미에서 우리의 【파밀리아】가 시작된 날이다."

양피지를 보고 쓴웃음을 지은 벨 또한 그 말을 듣고 기뻐 활짝 웃음을 지었다.

소년은 다시 한 번 동료들과 함께 손 안의 양피지를 내려다보았다.

그가 든 양피지에는 '불꽃'과 '종'이 겹쳐진 엠블럼이 새겨져 있었다.

스테이터스

Lv. **2**

힘 : **SS** 1088   내구 : **SS** 1029   기교 : **SS** 1094   민첩 : **SSS** 1302

마력 : **A** 883   행운 : I

《마법》

　　【파이어볼트】　　· 속공마법.

《스킬》

　　【리아리스 프레제】　　· 조숙한다.
　　　　　　　　　　　　· 마음이 이어지는 한 효과 지속.
　　　　　　　　　　　　· 마음의 강도에 따라 효과 향상.

　　【영웅선망아르고노트】　　· 액티브 액션에 대한 차지 실행권.

《우시와카마루 2식》

· 벨프 제작 무기 시리즈 제2탄.
· 다홍색 단검. 초대 《우시와카마루》보다 검신이 길다.
· 《우시와카마루》를 만들 때 썼던 '미노타우로스의 뿔' 나머지 절반을 사용했다.
· 벨프가 습득한 '스미스' 어빌리티의 효과 덕에 《우시와카마루》와는 선을 달리 하는 공격력을 가졌다.
· 헤파이스토스가 인정한 제3등급 무장.

【벨 크라넬】

소속: 【헤스티아 파밀리아】
종족: 휴먼
직업(Job): 모험자
도달 계층: 제18계층
무기: 헤스티아 나이프
소지금: 123,000발리스

《깡총이 MK-IV》

- 벨프 제작 방어구 시리즈 제4탄.
- 강철색으로 빛나는 라이트아머. 가슴받이, 어깨받이, 완갑, 허리받이, 무릎받이.
- 워 게임 전에 서둘러 완성시킨 급조품. 정강이받이가 존재하지 않아 벨은 부츠로 이를 대신했다.
- 역대 갑옷 중에서도 최고의 방어력과 경량화에 성공.

후기

덜전 판타지인데 한 번도 던전에 내려가지 않는 제6권입니다. 다음 권부터는 던전이 나올 일이 적은 전개가 조금 더 이어질 것 같습니다만……. 부족한 던전 부분은 외전에서 보급할 수 있어요! 라고 노골적으로 선전해봅니다. 관심이 있으시면 부디.

동료가 한 사람씩 늘어가는 이야기 전개를 정말 좋아합니다.

혼자 여행을 계속하던 주인공이 만나는 듬직한 무투가, 다음에는 회복이나 보조를 맡아줄 홍일점의 아름다운 점술사, 네 번째로 가담하는 염원하던 마법사……. 만화나 소설, 특히 게임 속에서 동료가 늘어갈 때마다 두근두근하는 마음을 품게 됩니다. 그리고 동료가 갖추어졌을 때의 충실감이란 하나의 종점처럼 느껴지죠.

적은 인원으로 온갖 사태에 대처해나가야만 하는 그런 고생조차도 이야기 초반의 참맛이라고나 할까요, 뭐라 잘 표현할 수는 없지만, 무엇과도 바꿀 수 없는 그런 것이 있지 않나 싶습니다. 동료와의 만남과 이후의 과정을 천천히 그려나갔던 본편 1권부터 5권까지는, 어떤 의미에서는 스토리성을 희생해서라도 그러한 것을 그려보고 싶었습니다. 여담이지만 본작의 시리즈가 막 시작되었을 때 담당

편집자님과 '던전에 내려갈 동료를 좀 더 늘리는 게 좋지 않을까요?' 하는 이야기를 나누었던 것이 그립네요. 작가의 고집이랄까 집착을 들어주신 담당자님께 감사드립니다.

덕분에 본격적으로 동료가 모인 이번 제6권에서는 수긍이 가는 일단락을 맺을 수 있었던 것이 아닐까, 작가는 그렇게 생각합니다.

주신님, 권속,【파밀리아】 이 이야기의 골자를 짜맞춰갈 때 다음에 확 떠올랐던 '신들의 대리전쟁'이라는 테마도 이번 권에서 그릴 수 있었습니다. 이것도 응원해주신 독자 여러분 덕입니다. 정말로 고맙습니다.

이번에도 꼼꼼히 플롯을 짜는 데서부터 힘을 보태주셨던 담당 오타키 님, 지난 권에 못지않을 만큼 멋진 일러스트를 그려주신 야스다 스즈히토 선생님, 작품 관계자 여러분께도 깊은 감사를 드립니다.

또한 이번 제6권은 통상판 외에도 한정판이 간행되어 수많은 분들이 게스트 일러스트집에 참가해주셨습니다. NOCO 님, 이이즈카 하루코 님, 우사츠카 에이지 님, 칸나즈키 노보루 님, 카타야Ki 님, 미케오 님, 야스 님, 수많은 캐릭터를 매력 넘치는 일러스트로 그려주셔서 감사감격입니다. 이 자리를 빌려 감사 말씀을 드립니다.

다음 권 이후의 집필도 한층 노력하고자 합니다. 그러면 이만 실례합니다.

오모리 후지노

역자후기

안녕하세요, 역자입니다.

독자 여러분을 뒷골목에 몰아넣고 스포일러의 포위공격을 펼치는 역자후기이므로, 스포일러에 내성이 없으신 분은 어빌리티를 살려 본문으로 탈출하시기 바랍니다.

그런고로 던전만남 6권 되겠습니다.

원래 작업 일정에 대해서는 이야기하지 않는 편인데, 이번에는 스스로도 좀 어이가 없는 페이스를 내버렸습니다. 두께가 시리즈 최강이었던 6권인데도 초벌 작업을 겨우 사흘 만에 마치는 무시무시한 속도를 체험했거든요. 그중에서도 마지막 하루는 패시브 스킬【연중행사감기몸살】에 시달리면서 무려 평소의 두 배에 달하는 작업량을 소화해냈으니, 스스로 생각해도 미친 듯한 속도였습니다.

물론 그 다음에 뻗어버리는 바람에 퇴고에 시간을 잡아먹어서, 결국 전체 기간을 따지면 평소와 비슷한 일정이 되었습니다만……. 아무튼 (초벌에 한해) 제 손에 신의 은혜라도 강림한 것이 아닌가 싶었습니다.

이유야 뻔하죠. 재미있었으니까!

처음에 '워 게임'이란 것을 한다는 예고편을 보았을 때는, 그냥 신들끼리 보드게임 같은 거라도 하나보다…… 생각습니다만, 웬걸요. 냅다 총력전이네요. 그것도 상황은 【헤스티아 파밀리아】에게 가망이 없는 공성전. 머릿수만 봐도 압도적인데, 릴리는 【소마 파밀리아】에 끌려가고, 아폴론 측에는 벨보다 강력한 단장――히아킨토스의 존재까지. 그야말로 이쪽에는 없는 것을 모두 갖춘 그런 적을 상대로, 있던 것조차 없이 싸워야 하는 절망적인 상황.

하지만 여기서 뒤집어버려야 드라마죠!

릴리는 힘으로 되찾아오고(플러스 자신의 의지로 신주의 주박을 떨쳐내고), 그동안 우정을 쌓은 친구들은 자신의 【파밀리아】를 탈퇴하면서까지 벨을 도우러 달려오고, 여기에 벨은 사랑하는 님과 함께 제2회 알콩달콩 수련을…… 아니, 사실 그렇게 알콩달콩하지는 않았습니다만 아무튼 수련을 쌓아 어빌리티 올 O(쇼트 스토리 스포일러 방지)를 찍고 공성전에 임했습니다. 하지만 '이래가지고 어떻게 이기지?' 싶은 기분은 여전.

그래도 여기에 단원들 각자의 능력과 전략이 더해지니 조금씩 분위기가 역전되기 시작하고, 이 모든 상황을 이끌었던 것이 변신마법을 써서 이미 잠입했던 릴리였다는 신의 한 수…… 어, 헤스티아가 짠 작전이니 말 그대로 신의 한 수네요.

그리고 일대일 대결을 거친 통쾌한 승리까지.

진부한 표현이지만 그야말로 노도와 같은 전개라 독자

여러분도 아마 숨 쉴 틈 없이 읽어나가셨을 거라 생각합니다.

제가 작업할 때 딱 그 기분이었다고 보시면 됩니다. 손이 멈추질 않는 경험.

그렇기는 했지만 그래도 퇴고할 머리도 조금 냉정을 되찾아서, 초벌 때는 그냥 넘어갔던 부분도 새로 체크하고 자료를 찾아보기도 했습니다. 그런데 이게 또 재미있는 거예요. 주로 아폴론 쪽에서 새로 등장한 인명들을 확인하는 작업이 그랬는데요, 다들 아시겠지만 이번 공성전은 유명한 일리아드, 그러니까 트로이 전쟁을 모티브로 삼고 있습니다. 그리고 다프네나 카산드라, 히아킨토스 같은 인명은 그리스 신화에 나오는 아폴론과 관련이 있는 인물들이죠.

일례로 카산드라는 아폴론의 사랑을 받아 예언능력을 얻었던 일리오스(트로이)의 공주입니다. 하지만 자신이 나중에 늙어서 추해지면 아폴론에게 버림을 받으리란 사실을 예언능력으로 알아내고 그를 거부하자, 분노한 아폴론이 저주를 내려 그녀의 예언은 아무도 믿지 않게 만들어버립니다. 트로이 전쟁 때는 목마를 성에 들여놓으면 멸망할 거라고 예언하지만 역시 사람들에게 받아들여지지 않았고, 결국 예언은 이루어져 트로이는 패망합니다. 본문에서는 좋은 집안 출신이라 세상 물정 모르는 아가씨의 몽상처럼 여겨져 아무도 믿지 않는다는 식으로 변형된 것이 재미

있었습니다. 결론: 아폴론 참 찌질하죠.

아울러 다프네와 히아킨토스에게도 이에 못지않을 정도로 아폴론의 찌질함을 알 수 있는 신화가 있으니 한번 찾아보시기 바랍니다……. 그야 히아킨토스는 아폴론만의 잘못은 아닌 것도 같지만 어쨌거나 이게 다 아폴론 때문입니다.

아무튼 이번 일로 헤스티아 파밀리아는 크게 성장했고, 단원도 네 명으로(한 명은 1년 후면 나가겠지만) 늘었습니다. 벨도 어빌리티 성장과 함께 강적을 물리치면서 업적을 쌓았을 테니 Lv.3을 찍지 않았을까 기대도 되네요. 앞으로는 더 큰 모험을 할 수 있겠지요. 사랑하는 님에게 한 발짝 더 다가간 듯해 저까지 흐뭇해집니다.

그리고 보니 벨이 파밀리아의 벽을 넘어 아이즈와 맺어지려면 어떻게 해야 하는 걸까요. 둘 다 파밀리아를 탈퇴해야 하려나? 뭔가 거대한 공을 세워(그야말로 3대 퀘스트의 마지막 하나같은) 영웅이 된 다음 함께 은퇴해 결혼해서 행복하게 사는 엔딩 같은 걸 잠깐 생각해봤습니다만, 글쎄요. 벨에게 어울리는 듯 안 어울리는 듯. 그리고 저는 아이즈 엔딩보다는 주신님 엔딩을 보고 싶단 말이지요! 헤스티아와 함께 대피했을 때 벨이 잠깐 꿈꾸었던 그런 엔딩! 사실은 【리아리스 프레제】의 대상도 아이즈가 아니라 주신님이었다든가 하는 그런 결말!

……뭐, 그거야말로 제 몽상이지만요. 참고로 제가 지지

하는 헤로인 순위는 1. 주신님 2. 주신님 3. 에이나 누나 4. 주신님 5. 티오나(NEW!), 아이즈 6. 릴리 되겠습니다. 물론 하위권이나 등외 캐릭터에게도 애정은 듬뿍.

이건 여담인데, 한정판 소책자에 수록된 캐릭터들의 나이를 다시 보니 헤로인 전원이 벨(14세)보다 연상이더군요. 심지어 여동생 포지션인 릴리마저 벨보다 한 살 많다는 점은 놀랍기도 하고 우습기도 하고 눈에 습기도 차고…….

힘내렴, 벨.

……작업하면서 달아오른 열기가 가시지 않아 후기도 슬쩍 폭주하면서 분량이 마구 늘어났으니 슬슬 접어야겠습니다.

그럼 저는 다음 작품에서 뵙겠습니다.

2015년 4월

김완

DUNGEON NI DEAI WO MOTOMERU NOWA MACHIGATTE IRU DAROKA 6
by Fujino Omori
Copyright © 2014 by Fujino Omori
Illustrations Copyright © 2014 by Suzuhito Yasuda
All rights reserved.
Original Japanese edition published in 2014 by SB Creative Corp.
Korean translation rights arranged with SB Creative Corp.
through Eric Yang Agency Co., Seoul.
Korean translation rights © 2015 by Somy Media, Inc.

던전에서 만남을 추구하면 안 되는 걸까 6

2021년 7월 15일 1판 15쇄 발행

저　　자 오모리 후지노
일러스트 야스다 스즈히토
옮 긴 이 김완
발 행 인 유재옥
본 부 장 조병권
담당편집 정영길
편　　집 정영길 조찬희 박치우 조현진 오준영 곽혜민
미　　술 김보라 서정원
라이츠담당 한주원
디 지 털 박상섭 이성호 최서윤
발 행 처 ㈜소미미디어
등　　록 제2015-000008호
주　　소 서울시 마포구 토정로 222, 403호(신수동, 한국출판콘텐츠센터)
판　　매 ㈜소미미디어
마 케 팅 한민지 이주희
전　　화 편집부 (070)4164-3962, 3963 기획실 (02)567-3388
　　　　　 판매 및 마케팅 (070)4165-6888, Fax (02)322-7665

ISBN 979-11-5710-108-5 04830
ISBN 979-11-950162-0-4 (세트)